紺《こん》碧《ぺき》の海《うみ》

梶よう子

徳間書店

紺碧の海

目次

序

太平洋上に浮かぶ無人の火山島。

島には当然、高木は生えておらず、わずかな砂浜から続くなだらかな斜面《しゃめん》は、剝《む》き出しの岩肌だ。

遠望すると、三つの山が連なって見えるところから、三子島《みつごじま》とも呼ばれていた。

島に降り立つと、風に乗って奇妙な音が聞こえてくる。低く濁《にご》った、騒々しく荒々しい――鳴き声、だ。

ごつごつした黒い岩の斜面を登り切ると、眼下に視界が開ける。ススキや低木が茂《しげ》る斜面の光景に息を呑む。その地を埋め尽《つ》くしているのは無数の白い鳥。

アホウドリだ。

この海鳥が、伊豆諸島《いずしょとう》の島々に生息《せいそく》していることは江戸の末期から知られていた。

傾斜地であろうが、平地であろうが、島一面がアホウドリ。まるで、雪原《せつげん》。いや天上から雲を見下ろしているような錯覚《さっかく》にさえ陥《おちい》る。

四人の男が、三尺（約九十センチ）ほどの長さの棒切れを荷から取り出した。

そのうちのひとり、髭面《ひげづら》の男が見渡す限り広がるアホウドリの群《む》れに向かって突進して行く。

しかし、鳥たちは、まったく動じることなく、留まったままでいる。

ここ鳥島《とりしま》に人はいない。つまり鳥たちは人を見ても恐れない。そもそも人間という生き物を知らないのだ。

男が近寄ると、突然、一羽のアホウドリが翼を広げた。

両翼長は一間（約一・八メートル）以上あろうか。渡り鳥であるアホウドリは海鳥としても、飛翔《ひしょう》する鳥としても、最大の大きさを誇る。

髭面男はわずかに眼を細め、群れから少し離れたアホウドリに歩み寄ると、その首目掛けて、容赦《ようしゃ》無く棒切れを振り下ろした。

ずしゃり。

鈍《にぶ》い音を立てて、一羽が地面に叩きつけられる。それを合図に他の三名も、次々に鳥たちに打撃を加える。

鳥たちは逃げ惑うこともなく、仲間が隣で絶命している姿を見ても、なんの反応も示さない。命の危険が迫っていることにもまったく気づいていないようだ。あっという間に幾羽ものアホウドリが首を折られ、地べたに倒れ伏していく。中には、薄桃色の大きなくちばしで脚を突くものもいたが、攻撃というよりも、好奇心にかられた確認作業というふうだ。「こそばゆいんだよ」と、男たちはふざけていうや、たちまちのうちに打ち殺した。

「てめえが殺されるのもわかってねえ。だから、アホウドリっていわれんだ」

棒切れを振るっていたうちのひとりが笑い声を上げる。

一羽が飛び立とうと、両翼を広げ、地を蹴《け》って走り出した。

「おいこら、待て待て」

髭面の男がにやにや笑いながら、群れる鳥をかき分け、追いかける。ぐえぐえと鳴き声が一層高くなる。飛び立つその瞬間、追いついた男は、力いっぱい棒切れを振るい、その身を叩き落とした。

地面でもがくアホウドリに一撃、二撃と加え、絶命させた。

「身体がでかいから、飛び立つのにも助走が必要だ。こうやって飛び上がる間際に殴るのも容易《たやす》いんだ」

男は、大声で得意げにいうと髭を撫《な》ぜ、

「叩き殺すから血が飛ぶこともねえし、楽なんだよな」

たちまち出来たアホウドリの死骸《しがい》の山から、一羽の首を掴んで、掲《かか》げた。

「なあ、玉置《たまおき》の旦那。アホウドリ一羽で幾らくれるんだっけな？」

腕組みをしながら巨大な群れを眺めていた玉置半右衛門《はんえもん》が、首をゆっくりと回した。陽に焼けた褐色《かっしょく》の顔は艶《つや》やかで、眼光は鋭く、剝き出しの腕は肉がピンと張り詰めている。齢《よわい》五十の男にはとても見えない。歳相応なのは、白髪の混じる頭髪ぐらいなものだ。

「おいおい。佐吉《さきち》。ただ打ち殺しただけじゃあ、銭はやれねえ。毟《むし》り取った羽毛《うもう》を叺《かます》に詰めるまでが仕事だ。わかっているだろうが。それからな、羽毛を毟るのも丁寧《ていねい》にだ」

女の肌に触れるように、優しく優しくだぞう、と半右衛門は両手を広げ、指を淫《みだ》らに動かした。

男たちが顔を見合わせ、下卑《げび》た笑みを浮かべる。

「そうでないと売り物にならないからな。さあ、獲って獲って、獲りまくれ。獲れば獲るだけ銭になる。ここは、宝の山、いや宝島だ」

男たちを鼓舞《こぶ》するように、半右衛門は声を張り上げた。

一羽のアホウドリが空を飛んでいた。青い空に、先が黒く縁取られた白く大きな翼が美しく映えている。

沖に棲《す》む美しい鳥の意として、沖の太夫とも呼ばれているはずだが、バカドリ、アホウドリとはあの鳥も気の毒だった。


維新以後、日本は、外海に向けて帆を広げ続けていた。大海に浮かぶ小島を領土にすべく奔《ほん》走《そう》した。鎖国政策を敷いた徳川時代においても、決して外界に眼を向けていなかったわけではない。政権後期に至り、日本近海に現れる西洋諸国の船に脅かされ、八丈島《はちじょうじま》の島民が父島《ちちじま》へ移住するなど、小笠原《おがさわら》諸島周辺はすでに日本の領有であると主張していたが、幕末の動乱によって、無人島への移住は中断。父島の開拓も中止され、捕鯨《ほげい》のための補給地として欧米が乗り込んでいたものを、政府はようやく回収、さらに、沖縄《おきなわ》県から西の尖閣《せんかく》諸島にも調査隊が派遣《はけん》されている。

もともと、我が国は島国だ。隣国には、朝鮮《ちょうせん》や清《しん》、露西亜《ロシア》といった大国がある。日本は自分たちの領有を世界へ示さねばならないと、懸命に船を走らせている。

しかしそうした政府の思惑とは別に、これまで閉じられていた扉から競《きそ》うように飛び出したのは、半右衛門のような民間人だった。

果てなき海。まだ見ぬ地に冒険心を掻《か》き立てられた。

海へ、海へ。

日本にとって航海時代の始まりだった。

明治二十年（一八八七）十一月一日――。

榎本武揚《えのもとたけあき》を大臣とする逓信省《ていしんしょう》の保有する灯台巡視船《とうだいじゅんしせん》、明治丸《めいじまる》は横浜港《よこはまこう》を出航し、穏《おだ》やかな洋上を南へと進んでいた。

船長は、横尾東作《よこおとうさく》。元仙台藩士《せんだいはんし》である横尾は、榎本と、かつて北海道の五稜郭《ごりょうかく》で新政府軍と戦った間柄で、東南アジアへの移民、貿易を視野に入れた南進論《なんしんろん》をともに唱《とな》えている。

此度《こたび》の航海は、小笠原諸島の最南端、いまだ日本の領有ではない硫黄島《いおうとう》の調査、探検が目的だった。

船には、その探検隊とは別の者たちが乗船していた。

東京で織物販売を営む玉置半右衛門と、その雇い人十三名だ。

硫黄島には向かわずに、その手前にある鳥島で下船することになっていた。

こちらの目的は、島の開拓のための前調査だ。

晴天が続き、明治丸は順調に航海を続けた。そして、出航から四日後の午後三時ごろ、半右衛門らは、目指す島影を見た。

明治丸は島から一里（約三・九キロ）余りの海上に投錨《とうびょう》し、半右衛門の雇い人のうち三名が、まず小舟《こぶね》で鳥島に近づいた。島の周囲は、峻険《しゅんけん》な岩場で、接岸はかなり困難を極めた。それでも、岩礁《がんしょう》を伝い、上陸可能な海岸を発見した先発の者が戻ると、残る十一名もまた小舟に乗り込み、当面の物資とともに島へ向かった。

崖《がけ》がそびえる岩だらけの島に上陸し、荷揚げを終えたときには、すでにとっぷりと日が暮れていた。

岩壁をよじ登り、荷物を引っ張り上げるという作業に、壮年の者も若者も皆、疲労の色を顔に浮かせていた。終えた途端にその場に座り込み、あるいは寝転がり、荒い息を吐いた。頭《かしら》の半右衛門は、皆を後目《しりめ》に、すぐさま篝火《かがりび》を灯《とも》し、さらにあたりの枯《か》れ草を集め、火をつけた。明治丸へ、無事上陸を果たしたことを狼煙《のろし》で知らせるためだ。

それが目視出来たのであろう、ややあってから、汽笛が鳴った。

すでに、星のまたたく空と水平線の区別もつかぬ暗夜に響き渡る汽笛は、大海原を渡る怖い物知らずの男たちにさえ、孤島に置きざりにされたような心細さを感じさせた。

皆が押し黙り、見えぬ船影を遠望している。

「おいおい、どうした。このくらいで、へばってんじゃあねえぞう」

そのしわがれ声に沈黙が裂かれた。

「船が硫黄島から戻って来るまでそんなに時があるわけじゃあねえのだ。獲れるだけ獲って横浜へ戻るんだ。今夜は飯を食って、寝床を作って、明朝から、早速捕獲を始めるぞ」

男たちの眼に、篝火を背にした半右衛門の姿は、さながら火焔《かえん》を背負う不動明王《ふどうみょうおう》のように映った。

「よしっ。まずは飯だ。準備にかかれ」

大声が、微かに残る汽笛の音をかき消し、半右衛門が白い歯を見せた。

皆が、はっとしたように我に返った。

第一章　横浜居留地

一

万延《まんえん》元年（一八六〇）夏。

ねっとりとした潮風《しおかぜ》と強い陽射《ひざ》しのせいで、うだるような暑さだった。留吉《とめきち》は汗みずくになりながら、あたりを走り回っていた。

青い海、白い波頭。どこまでも広がる空。

トンカン、トンカンと玄翁《げんのう》を使う音、鋸《のこ》を引く音や鉋《かんな》をかける音に混じり、職人たちの威勢《いせい》のいい声が響いている。留吉はその間を行ったり来たりしていた。水を運んだり、塩を渡したり、道具を片付けたり。立ち止まる暇もなかった。

少し遠くには、大きな建物と二本の波止場が見える。

大きな建物は運上所《うんじょうしょ》だ。ここで、異国からの荷物や、日本から異国へ送る荷を確認したりしている。日本からは生糸《きいと》や茶葉が異国に送られているという。

日本の生糸は良質で、茶葉は英吉利《イギリス》人たちに好まれているらしい。異国からは、様々な品が入って来るという。毛織物や綿織物が主で、そのほかには武器などもあるというから、物騒だと留吉は思っている。

今年の三月に、お上のとても偉い人が登城《とじょう》のとき、往来で浪人《ろうにん》者らに殺された。異人たちが、この国に入って来るのをよしとしない者たちが、横浜《よこはま》や神戸《こうべ》などを異国のために開いてしまったことに憤《いきどお》っていたからだという。が、そんなことをしたって、もう止められやしないのだと、留吉は思っていた。留吉は、そうした人間を身近に見ていた。なぜ、そんなことをしたのかと訊《たず》ねると、決まって「仕方がなかった、それしかなかった」と答える。

偉い人はなにを思って死んでいったのだろう。殺した側はなにを求めていたのだろう。

互いに、仕方がなかった、それしかなかった、と言い訳をするに違いない。

沖合いには、帆《ほ》を上げた異国船が多数浮いている。白と青と赤の旗を翻《ひるがえ》しているのは、仏蘭西《フランス》国の船で、青地に赤と白で米のような印があるのが英吉利船、白と赤の横線と青い四角に星の印は亜米利加《アメリカ》船だと聞いた。

煙《けむり》を上げながら、港を出ていく船もある。たくさんの荷を積《つ》んで、自国へと何ヶ月以上もかけて帰る。

そのような長い船旅は容易《ようい》なことではないのだろうと、島生まれの留吉は思う。いつも海の機嫌がいいとは限らない。大波や暴風。遠い異国までの船旅は命がけだ。けれど、それをおしてでも、やって来るのはどういう心持ちなんだろうか。

いつだったか、宿で留吉がいうと、

「そりゃあ、おめえ、金儲《かねもう》けしかねえさ」

年寄りの大工が笑っていった。

まだ年少の留吉には難しい話はあまり理解出来なかった。それでも、職人たちが集まって飯を食っているときにもれ聞いたのは、異人が金を持っていってしまう話だ。異人は銀と金を交換するが、日本は金の値がうんと安いのだそうだ。だから、銀と金を交換して、他の国に金を持っていって今度は銀に換え、その三倍くらいの値で取引する。

狐《きつね》に摘《つま》まれたような話だけれど、異国と金銀の相場の違いで儲ける異人もいるのだ。

金儲け、か——。

金さえあれば、暮らしも楽になって、いい家に住める。食い物だって、食べたいものを好きなだけ口にできる。そんな暮らしにはもちろん憧《あこが》れる。

米びつを覗《のぞ》いて、ため息を吐《つ》くことなどない。朝から晩まで、おっ母ぁに機織《はたお》りをさせることもなくなる。妹だって田んぼの手伝いに出なくたってすむ。とうみたいに荒れた海で荒波にさらわれて死ぬこともない。

けれど金儲けといわれても、留吉はなんだかぼんやりしている。どうすれば銭が手に入るのか。相場なんてわかりはしないし、大体元手になる銭がないのだから無理だ。

でも遠い異国にやってきて商売をするというのはやはりすごいことだ。

危険を顧《かえり》みない、命を惜《お》しいとも思わない、そういう性根が備《そな》わっていないと駄目なんだろう。

そんな勇気は、自分にはないと思った。留吉が生まれたのは八丈島《はちじょうじま》だ。八丈島は古《いにしえ》から、罪人《ざいにん》が送られる流刑地《るけいち》でもある。舟を漕《こ》ぎ出すと、すぐに強い黒潮の流れがある。それは、船乗りたちの間で黒瀬川《くろせがわ》と呼ばれ、恐れられた。その潮待ちや風待ちで、舟航の日数が長くなるだけでなく、黒潮は舟を難破させ、舟をとんでもない地に連れて行く。蝦夷《えぞ》のほうまで流されることもあったらしい。だから、留吉も島から舟に乗って、江戸に向かうのが怖かった。三宅《みやけ》島《じま》、新島《にいじま》に立ち寄って、百日近くもかかって、ようやく品川《しながわ》についた。きっと流人船もこうだったのだ。流人も船旅の途中で死ぬ者がいたくらいだ。決して楽な旅ではない。留吉は江戸へ向かっていても、気持ちは流人のようだった。不安と恐怖でいっぱいだった。こんなに遠くまで出たのは生まれて初めてどころか、島を出られると思わなかった。まるで異国に行くような錯覚《さっかく》を覚えた。

品川で一泊したが、町並み、人の多さと賑《にぎ》やかさに眼を瞠《みは》った。留吉を連れてきてくれた半右衛門は、きょろきょろあたりを見回す留吉に、田楽《でんがく》や団子を買って食わせてくれた。日が暮れてからも、軒には煌々《こうこう》と提灯《ちょうちん》が光っている。まるで昼間のような明るさに、ただ驚いた。

翌日、茶屋が立ち並ぶ左手に海を見ながら歩いた。

無事に着いたと、留吉は心の内で唱えた。この海は八丈島にも続いているから、おっ母ぁにもきっと届くと思った。

八丈島は四方八方が海に囲まれている。少し離れたところに、小さな島が見えるが大きな陸地なんか見えやしない。

　気が遠くなるほど広い海原にある島だ。

　海はどこまでも果てしなく、どこまでも続いている。視界を遮《さえぎ》る物などない。だけど、と留吉は思っていた。

　ここには眼に見えない囲いがある。

　あの島で生まれた者は、あの島で生きていくことを決められている。出ることを禁じられているような、そんな気がしていた。

　孤島というばかりではなく、古から流刑地とされていたせいもある。

「仕方がなかった、それしかなかった」と、言い訳する罪人たちが集められた島なのだ。

「おい、小僧《こぞう》。水だ。水持ってこい。喉《のど》がひりひりすらあ。もたもたすんなよ」

　遠くから無精髭《ぶしょうひげ》だらけの中年の大工が鋸を引く手を止めて怒鳴《どな》った。

　また、あの大工だ、と留吉はげんなりする。もう幾度目だろう。この暑さでは汗が出尽くしてしまうから、仕方がないとはいえ、あいつのためだけに動いているわけではないのだ。そりゃあ、まだ九つになったばかりで、見習いの立場だから普請場《ふしんば》ではとんと役に立たないのはわかっている。材木一本だってむろんひとりでは運べない。釘《くぎ》一本、打たせてもらえない。

　それにしても、嫌になる。

　もう汗だくだ。眼の前がくらくらする。

　それでも、留吉は水の入った竹筒を持って、大工のもとに走る。

走りながら、すでに立ちならんでいる屋敷を横目で見た。

やはり変わった家だと思う。

寄棟《よせむね》の瓦葺《かわらぶ》きで木造造りの二階建て。壁は漆喰《しっくい》が塗《ぬ》られて真っ白で、きれいにいくつも並んだ縦長の窓は皆、観音《かんのん》開きだ。

そうした屋敷が道に沿ってならんでいる。それはそれは美しい眺めだ。

今、普請している屋敷に住むのは、商人らしい。何を商《あきな》っているかは知らないが、横浜のこの一角は、幕府から居住を許された異人が住む居留地と呼ばれている場所だった。

留吉は竹筒を手にして、大工のもとへと走りながら考える。

横浜に来て、ふた月が経っていた。島で生まれ育った留吉にとって見るもの聞くもの初めてのものばかりで、数日の間は、ぽかんとしていた。江戸の町も賑やかで、仰天《ぎょうてん》したが、横浜はそれ以上だった。

なんといっても、異人だ。姿が日本人とはまったく違っていた。同じ人なのに、なぜこんなにも違うのかと思った。女子《おなご》は、裾《すそ》の広がった衣装《いしょう》と羽根《はね》飾《かざ》りのついた幅広の帽子を被り、雨でもないのに傘を差して歩いていた。男は窮屈《きゅうくつ》そうな上着を着て、下は細いかるさんのような物を身につけ、足には獣《けもの》の革で作った履き物を履いている。顔は髭だらけだ。男も女も鼻が尖《とが》って、肌が白く、留吉は近くで見たことはなかったが、瞳の色が青とか茶とからしい。そんな瞳でよく物が見えるものだと、いったら皆に笑われた。

ただ、鼻も眼も大振りで、顔の凹凸《おうとつ》があって、怖かった。こんな異人相手に商売をしている日本人も度胸がないと無理なんだろう。

と、普請場の向かいにある屋敷の二階の窓が開いて、人影が見えた。

留吉はぎょっとして、一瞬立ち止まった。

顔を覗かせたのは女童《めわらべ》だ。

異人の子どもを見たのは初めてだった。留吉は眼を疑《うたが》う。髪が金色に光っている。大きな瞳は青い。あんな色の瞳の人間が本当にいるんだ、と眼が吸い寄せられた。

まだ六つ？　五つ？　いずれにせよ、幼い。

留吉が見上げているのに気づいたのだろう、女童が眼を見開いた。

気恥ずかしくなって、眼をそらそうとしたときだ。女童が笑みを浮かべて、小さな手を振った。留吉は驚いて、あたりを見回した。忙しく働いている普請場の職人たちの他には誰もいない。再び異人の少女を見る。

まだ笑顔を向けながら、手を振っている。どうすればいいのか戸惑った。

留吉は竹筒をぎゅっと握《にぎ》り締めた。

こんな汗だくの、汚れたお仕着せの着物を着ているのに。手を振り返せばいいのか？

留吉は恐る恐る、竹筒を持っていないほうの手を胸のあたりまで上げ、軽く左右に動かした。

すると女童は、嬉しそうに今度は両手を振ってきた。

どうしよう。

留吉はさらに困った。もう片方の手には竹筒を握っている。両手を振り返すことは出来ないし、まして女童はなにをしたいのかがわからない。

と、女童の背後に、歳のいった女が現れた。女童が振り返る。あれは、おっ母さんだろうか。茶色の髪をきれいに結い上げて、首元が詰まった緑の衣を着ていた。やはり色が白い。母親と思しき女子が留吉を一瞥《いちべつ》すると、女童に何か話しかけて、窓を閉じた。

少し、ほっとした。

「おい、この役立たずが！」

怒声が飛んできて、留吉は我に返り、慌てて駆け出した。

髭面の大工は、ぶつぶつ文句《もんく》をいって、竹筒を受け取るとひと息に飲み干した。

「もう一回、行って来い。まだ喉《こう》が渇いているんだよ」

大工は顎《あご》先に伝った水を手の甲で拭《ぬぐ》い、留吉を睨《ね》めつける。

「なんだって、てめえみたいな役立たずのガキを普請場に入れたのかわけがわからねえ。さっさと水場に戻って、汲《く》んで来い！」

と、怒鳴るや竹筒を留吉の胸のあたりに力任せに思い切り押し付けた。

「痛っ」

竹筒を摑んだ留吉だったが、大工の力をまともに受けて、転がった。その拍子に顔を地面に思いきり打ち付けた。

「よさねえか。子ども相手にいきりたつんじゃねえ」

助け舟を出してくれた左官《さかん》に向けて留吉は痛みを堪《こら》えながら頷《うなず》いた。

中年の大工は旗色が悪くなったのを感じたのだろう。

「けっ。流人の島から来た奴なぞ、なにかしでかすに違えねえぞ。きっと手癖《てくせ》も悪い」

唾《つば》を吐いて、背を向けた。

「大丈夫です」と、留吉はのろのろ立ち上がる。

そうかい、と左官が腰を上げた。

「あいつがいったことは気にするんじゃねえぞ。島の出だろうが、なんだろうが仕事をきっちりやってりゃいいんだ。けどなあ、さっきのように島の者を毛嫌いする奴もいるのは覚えておくこったな。おまえさんが流人の子じゃないという証《あかし》はねえからよ」

左官は五助《ごすけ》と名乗った。

その場に残された留吉は唇《くちびる》を噛《か》み締める。

島の出というだけで、こんな仕打ちを受けるのは、合点がいかない。でも、こういうことは覚悟しておかねばならないと、島から出るとき、おっ母ぁにいわれた。

眼に見えない囲いから飛び出せば、こうなる。

だけど――やっぱり、悔《くや》しい。

かんかん、かんかん、と木槌《きづち》を打ち付ける乾いた音が普請場に響き渡った。昼食の合図だ。

あたりにいた職人たちが、ため息をついたり、あからさまに嬉しそうな声をあげたりしながら、持ち場を離れ思い思いの処へ散って行く。ある者は海のほうへ。ある者は材木置き場に。中には、日本人町まで出て、一膳飯屋に腰を落ち着ける者もいた。

留吉は足下をふらつかせながら、その場をようやく離れた。幾度も深く呼吸をすると胸の痛みがわずかに薄れた。けれど、打った顔が重苦しい。頬に手を当てると少し腫れていたし、ちょっとぴりぴりした。

わかっていたのに、悔しい。

八丈島は、流刑の島。罪人たちが送られてくる島だから。

罪人だらけだと思われているかもしれないが、島には先から住んでいる島民がいる。機《はた》を織り、漁《りょう》をし、少ない田で米を作っている。

どこと比べても変わらない島民の暮らしがきちっとあるのだ。

留吉は怒りと悲しみが混じった複雑な思いを抱きながら、人目を避けるように歩いた。

流刑は古《いにしえ》から行われている刑罰で、各々の大名家には、その領地によって異なる流刑地があるというが、お上では、八丈島や伊豆の七島《しちとう》、佐渡ヶ島《さどがしま》だった。中でも八丈島は厳しい潮流に渡船が阻まれるところから、流刑地としての隔絶感が色濃くあった。

流刑、遠島《えんとう》は、追放刑より重く、死罪よりも軽い。そうした流人の中には、侍や坊主、学者や絵師のように教養、知識に富んでいたり、一芸に秀《ひい》でていたりする者もいる。

むろん罰を受けたということは、罪人であることに違いはない。けれど止むに止まれず罪を犯した、騙《だま》されて悪事を働いたという者も少なくない。

人を殺《あや》めていれば、たいていは打ち首、獄門《ごくもん》になる。が、八丈島の流人たちの中には、殺人もやむなしと罪を減じられ遠島になった者もいる。あとは、賭博《とばく》や僧侶《そうりょ》の女犯《にょぼん》などで送られて来る。

遠島に際し、付き添い人が認められており、妻は禁じられているが、子どもや縁故《えんこ》者は許されていた。そのため、親子で島にやってくる流人もあった。

留吉は物心つく頃から、流人を見てきた。島民は暮らしをあからさまに手助けすることはないが、身分や教養のある者からは読み書きを教わったり、手職《てしょく》を持つ職人からはその技術を習うことは昔から行われている。そうした者たちは島民にも重宝《ちょうほう》がられた。

中には、地役人《じやくにん》の待遇《たいぐう》を受ける者もいるのだ。

もちろん、どうしようもない屑《くず》のような罪人もいる。島民が殺められたこともあるし、盗みを働く者もいた。そして島から逃げ出す者だ。そうした再犯者は、村や島、あるいは代官の下《げ》知《ち》を以《も》って罰を受ける。

殺人はいうまでもないが、抜け舟と呼ばれる島からの逃亡者は、死罪だ。断頭《だんとう》刑という仕置きがあり、木槌や斧《おの》で頭を叩き潰す。また、崖から落とす突き落とし刑もあった。

だが、死罪になった流人は、ほとんどが病死と流人帳に記される。

けれど、島できちんと暮らしを立てている流人は大勢いた。

流人は島の女子と夫婦になることは出来ない。しかし、身の回りの世話をする女子を置き、それが夫婦同然の暮らしに変わることもある。子が生まれ、家族となる流人もいた。流人の子だからといって島では毛嫌いすることはない。

『島の渡世は勝手次第』

といわれるが、むろん気ままに暮らせるという意味ではない。その者の心根次第なのだ。あの髭面の大工は、侮蔑《ぶべつ》を含めて流人の子といった。留吉がすぐに否定したのは、流人が親ではないのが事実だからだ。恥じているわけではなく、ただ、親が流人ではないのは本当のことだということだ。

留吉は、材木の陰に身を落ち着けた。青々茂る木立の下で陽が遮られている。風が通り幾分しのぎやすい。潮を含んだ海からの風なので、ねっとりしているのを我慢すれば、いい。弁当を持ってきたものの、置いた場所まで行く前に少し休みたかった。まだ胸が痛むし、頬の赤みを皆に晒《さら》すのも嫌だった。

「よう、留吉。こんなところでどうした。飯、食わねえのか?」

積まれた材木の後ろから声を掛けられ、留吉はびくっと肩を震わせ振り仰《あお》いだ。

若い男の顔が留吉を見下ろしている。陽光が照らすその顔は、留吉を優しい眼で見つめている。半右衛門だ。

留吉はほっと安堵《あんど》して、笑みを向けた。半右衛門は大工の棟梁として、普請場を取り仕切っていて、忙しく走り回っている。屋敷は数軒ずつ造られているからだ。

「なんだよ、その面は。ん?　おい、もうちょっと横を向いてみろ」

留吉は首を横に振って膝《ひざ》の間に顔を埋めた。

「おまえ、傷が出来てるぞ。誰かにやられたんだな。顔を上げて見せろ」

半右衛門は積まれた材木を回ってくると、留吉の腕を引き剝《は》がし、顎を摑み上げた。

留吉の頬が、わずかに切れている。地面で頬を擦《す》って傷が出来ていたのだ。ぴりぴりしたのは、このせいだ。

「これは痛そうだな。どこのどいつにやられた?」

留吉は激しく首を横に振った。唇をぎゅっと嚙み締め、再び膝を抱えた。

「誰だと訊いているんだ。しゃんとして答えろ」

留吉はそれでも顔を上げなかった。半右衛門がため息を吐く。

「おめえみてえな強情《ごうじょう》っ張りは、こうなったら絶対口を開かねえ。わかったわかった。もう訊かねえよ」

大方、島の者は手癖が悪そうだの、役に立たないだのいわれたんだろう、と半右衛門は含むように笑う。留吉が、あっと顔を上げる。

「はっは、図星《ずぼし》かよ」

半右衛門は額に手を当てて、天を仰いだ。

「おれもよ、初めて横浜へ来たときには、散々嫌な思いをさせられたからよ。ありゃあ二十一だったかな」

半右衛門は、開港する直前の安政五年(一八五八)、横浜に見習いの大工としてやって来た。

波止場、外国人居留地、日本人町、遊郭《ゆうかく》がどんどん造り上げられ、横浜はあっという間に町になった。それと同時に、幕府は江戸の商人たちに横浜に店を出すよう勧めていた。

半右衛門は、そうした変革の時代に加わったのだ。

「誰も西洋風の屋敷なんか知らねえんだから、建てるのは大変だったさ。大体、異人の家には畳《たたみ》がいらねえ。畳職人が来ちまったときには、どう断るべきか棟梁が困っていたのを思い出すぜ」

それでも、日本人町のほうも人手が足りなかったから、そっちに移ってもらったと、当時の話を面白おかしく語ってくれた。

留吉にとって半右衛門は憧れの男だった。若い頃に八丈島を出て、横浜で仕事をするなんて、海に飛び出していける勇気がうらやましかった。

品川に向かう船の中、寄港した三宅島で、色々な話をした。

「この海の先にはなぁ、色々な国があるんだ。大きな国もあれば、小さな国もある。八丈島のように、海の上じゃ米粒みてえな島だってきっとある」

島は四方八方が海。望める景色は、広がる海原と空だけだ。でもそれは、朝と夜とで色を変える。乳白色の光に輝く空と海、茜《あかね》に染まる空と海。季節や天気でも表情を変える。それは、とてつもない美しさだ、と半右衛門はいった。

「おれは、おれが生まれた島が好きだ。飢饉《ききん》もある、暮らしは貧しい。それでも、八丈島が好きだ。好きだからこそ、おれは変えたいと思っているんだよ。そのためにも、島に留まっているだけじゃいけねえんだ。おめえも、そう思わねえか」

もっといろんな景色を見ようぜ、と留吉の頭を乱暴に撫ぜた。

留吉は震えた。まだ自分は九つだ。けれど、大きな江戸の町ならば奉公人として働いている年齢だ。島では奉公先などない。皆、家業の手伝いをする。しかし、漁師をしていた父親が死に、舟も売ってしまった。母は機織り物で留吉と妹を食わせてきた。

留吉や妹は、親戚の畑を手伝い、小銭をもらうくらいだった。

「なにが出来るか、どうしたらいいかなんてわかりゃしねえが、まずは島を出ることだ。おれは横浜の港を見て思ったんだよ。何かするってことは、いまある物を捨てて、飛び出すことだってな。異国の船を見て感じた」

半右衛門は、横浜がどんなところなのかを語ってくれた。その瞳はキラキラと輝いて、幼い留吉の心を躍《おど》らせた。

留吉は、ひとまわり以上も歳が違う自分をなぜ誘ってくれたのか、いまだに訊けずにいるが、半右衛門が声をかけてくれただけで、自分が選ばれたのだと思って、誇らしかった。

「そのほっぺたの傷につばでもつけとくか」

半右衛門が、舐《ねぶ》った指を留吉に差し出してきたのを慌てて避《さ》けた。あはは、と笑いながら歩き出した半右衛門の後ろを留吉は少し早足で追った。半右衛門は歩くのが速いのだ。

留吉の鬱々《うつうつ》した気分はいつの間にか晴れていた。半右衛門といると不思議と元気が出たり、勇気が持てたりする。

目の前に、荷馬車がやって来た。辮髪《べんぱつ》頭の清《しん》国人が手綱《たづな》を握っている。ふたりは道の端《はし》に寄って、荷馬車をやり過ごす。

荷台には大きな荷物が積まれていたが、車輪が小石に乗った途端、ガタリと揺れて、積まれていた荷のうちのひとつがぽんと飛んだ。

留吉は眼を見開いた。

そのまま地面に落ちて、ころころと地面を転がった。紐《ひも》で括《くく》られていて長さが三尺ほどもあり俵形《たわらがた》をしていた。白い布で包まれている。米俵よりも少し大きい。

馬車はそれに気づかず、ガラガラ音を立てて去って行く。

「おおおお、留吉」

「兄さん」

ふたりは、荷に駆け寄った。半右衛門は、荷馬車に向け、

「こら、おい！　荷を落としたぞ、戻って来いよ！」

大声で叫んだものの、馬の蹄《ひづめ》と車輪の音にかき消され、荷馬車はまったく止まる気配がないどころか、どんどん先へ進んで行く。

「駄目だな。聞こえてねえや」

半右衛門は諦《あきら》めて、その荷の近くに立った。

「兄さん、これはなんでしょう」

留吉が訊ねたが、半右衛門は唇を曲げ、首を傾《かし》げた。

「わからねえが、どうしたもんかな。あの清国人も、荷がひとつなくなっていりゃ、探しに戻ってくるかもしれねえ。まあ、異人の物には違いねえが」

「でも、道の真ん中に転がしておくのも」

留吉がいうと、

「そうだな。脇に寄せとくのが一番いいな。しかし、誰かが見張ってねえと、盗《と》られちまう」

半右衛門は顎に指を当てて、考え込んだ。

この中身はなんだろう。と、留吉は気になった。これもきっと、海を渡ってきたのだ。

軽い物というのは、荷台から弾《はず》んで落ちたことからもわかる。

「留吉も手伝え、おれはこちらを持つから、おめえは反対側だ」

半右衛門が、そういって腰を屈めて、荷に手を掛けた。その途端、顔が驚愕《きょうがく》に変わる。

「なんだ、これは――」

「どうかしたんですか、兄さん」

留吉は半右衛門の表情を見て、思わず知らず訊ねていた。

「軽いんだよ。こんな大きいのによ。そうか、女が着るどれすとかいうやつか」

以前にも横浜で大工をしていた半右衛門が知ったふうに鼻をうごめかせた。留吉は耳慣れない言葉に、眼をしばたたく。

「ああ、異人の女が着ている衣装のことだ。異人の言葉だとどれすというんだ。これなら、留吉ひとりでも運べるぜ。持ってみな」

「無理だよ、兄さん、大き過ぎるよ」

いいながら留吉は、さっき見かけた異人の童とその母親を思い出していた。きっと母親が身につけていた鮮《あざ》やかな緑の衣装がどれすというのだ。童の笑顔も脳裏に甦《よみがえ》ってきた。

留吉は腹に力を込めて、荷に手を掛けた。

あれ。おかしいぞ。軽い。やはり中身は衣装なのか。そのまま持ち上げて、さらに驚いた。

柔《やわ》らかくて、まるで——いや、なんだろう。たとえが見つからない。

「なにをぼんやり突っ立っているんだよ、留吉。ほら、脇に運んで——」

半右衛門が妙な顔つきで留吉を見た。

留吉は荷を抱えて、うっとりしていた。すっかり腕を回している。柔らかくて、ふわふわした感触。そうだ。まるで、雲を抱えているようだ。

「おい、どうした留吉」

「兄さん、この荷、雲みたいですよ。軽くて、柔らかくて。これがどれすなんですか。異人の女子はこんなに軽い物を着ているんですね」

留吉は嬉しそうにいった。半右衛門も興味がそそられたのか、

「おれにも抱えさせてくれよ」

と、留吉から奪うように、取り上げた。

「なんだこりゃ。ふかふかだ。が、こいつはどれすじゃねえぞ——」

半右衛門は荷を地面の上に戻すと、括っていた紐を解《と》き始めた。

「兄さん、異人の荷物ですよ。そんなことしたら、お縄になっちまいますよ」

「なぁに、盗むつもりはねえからよ。また紐を掛けておけばいいじゃねえか。それより、なに

が入っているか、おめえも見てみたいだろうが」

ああ、それは、と留吉もその誘惑に駆られた。

半右衛門が紐を解くと、包んでいた布がそれまで息を詰めていたように、ふわりと開き始めた。

「うわあ。勝手に布が剥がれていきやがる」

「ひゃあ」

ふたり同時に、頓狂《とんきょう》な悲鳴を上げた。中から出てきたのは、光沢のある鮮やかな赤い布。

なぜか、むくむくと膨らみ始める。

「兄さん、これ動いていますよ。生き物ですか」

留吉はあまりのことに声を震わせた。先ほどまで味わっていた夢心地が吹き飛んだ。

「留吉、こいつは、夜具《やぐ》だ」

半右衛門が口にした。

「夜具ですか」

「ああ、どう見たって夜具に違いねえよ。おれは、遊郭の花魁《おいらん》なんざお目にかかったことがねえが、廓《くるわ》で一番の売れっ妓《こ》は、綿がこれでもかと詰まった夜具を持っているそうだ」

「じゃあ、これは異人のおいらんって女子の夜具ってことですか」

留吉はなにがなにやらわからず混乱しながら口にしていた。

「そんなのはいいねえよ」

半右衛門は笑いながら、その鮮やかな夜具に手を伸ばし、再び抱え持った。軽くて、柔《やわ》らかい。きっと暖かさもあるのだろう。この夜具の中身はなんだ。留吉は考えた。綿も柔らかいが、これほど軽くはない。厚みも五寸（約十五センチ）ほどはあるかもしれない。これだけ綿を入れれば、重たいはずだ。

中身が気になるが、まったく思い当たるものがない。

「兄さん、これはなにが入っているのでしょう」と、留吉はたまらず訊ねた。

「おめえもそう思うよな」

半右衛門が笑みを浮かべる。

そこへ、何事かを喚《わめ》き散《ち》らしながら、走ってくる者があった。

「兄さん、さっきの清国人です」

砂煙を巻き上げながら、疾駆《しっく》してくる。後ろに垂《た》らした辮髪が跳ねている。

半右衛門たちの前まで来ると、肩で息をしてへたり込んだ。が、すぐに眉間《みけん》に皺《しわ》を寄せて、荷を指差し、大声で怒鳴った。

留吉も半右衛門も荷を開いてしまったことを責めているのだろうとわかったが、なにせ清国の言葉で話しているため、その怒りがあまり伝わってこない。

開けたことは、詫《わ》びなければならないが、半右衛門も留吉も落とし物を拾ってやったのだ。感謝されても、怒鳴られる筋合いはない。

「お前さんが荷台から落としていった物をおれたちが拾ってやったんだぞ。盗る気もねえぞ。

ありがたがってほしいんだがな」

　半右衛門も負けじと言い返した。

　だが、むっとした清国人は、さらに捲《まく》し立てた。

「ああ、わからねえや。困ったなぁ」

　半右衛門は、腰から手拭《てぬぐ》いを引き抜くと、顔から汗をだらだら流している清国人に手渡した。

　半右衛門は身振《みぶ》り手振《てぶ》りをしながら、拭え、といった。

　清国人が眼を見開いて、手拭いを受け取り、顔の汗を拭《ふ》く。

　半右衛門が笑みを浮かべると、清国人も威勢を削《そ》がれて、黙った。そして静かに、

「ソレ、私、ご主人、届ケル」

　留吉は驚いた。日本語が話せるのだ。

「なんだよ、言葉がわかるなら、初手《はな》からそうしてくれると助かったのによ」

　半右衛門が、事の次第を説明すると、清国人は、納得して幾度も頷いた。

「謝謝《シェイシェイ》」

「それなら、おれもわかるぜ、ありがとうってことだろう?」

　清国人は、そうだといった。

　そのとき、留吉は眼をぱちくりさせた。異人の家族がこちらに向かって歩いて来るのに気づいたのだ。

　父親は窮屈そうな羽織を着て、母親は緑、娘は淡い桃色のどれす姿だった。母娘はともに、

羽根飾りの付いた大きな被り物、父親は烏帽子《えぼし》の上を潰したような物を被っていた。

近くまで来ると、父親が清国人に向けて声を掛けた。

清国人はその顔を見て、慌てて立ち上がる。

しばらくふたりで、話をしているのを、留吉と半右衛門は、ただ見つめていた。が、いきなり、父親が半右衛門の前に立つと、手を差し出してきた。

半右衛門は、驚きもせず、自らも手を出し、異人の手を握り返した。

やはり兄さんはすごい。まったく物怖《ものお》じせずに異人と接している。

「これは、私の知人の荷物なんだ」

と、父親が流暢《りゅうちょう》な日本語で話した。

「落としたのを拾ってくれたと聞きました。知人に代わって、礼をいいます」

「んなことは、たいしたことじゃあねえですよ、それより」

半右衛門は、父親の眼をじっと見据《みす》えて、訊ねた。

「この夜具の中身はなんですかね？　日本にはない代物だ」

父親がきれいに整えられた口髭を撫ぜながら、笑みを浮かべた。

「鳥の羽根ですよ。羽毛です。柔らかくて、軽く、そしてとても暖かい」

「鳥の羽根！」

半右衛門は、鮮やかな光を放つ赤い夜具を愕然《がくぜん》としながら、見つめていた。

二

数日後、夕餉《ゆうげ》を終えた後、留吉は半右衛門に呼ばれた。

棟梁なので、半右衛門はひとり部屋をあてがわれている。

「お、留吉。遠慮せずに入れ入れ」

障子《しょうじ》を開けた留吉を手招《てまね》いた。

半右衛門は、酒を呑んでいた。膳の上には小鉢が三つ並んでいる。

「その後どうだい？　妙ないいがかりをつけられていねえか？」

留吉はこくりと頷いた。

「悪かったなぁ。おれはいつも側《そば》についていてやるわけにはいかねえからよぉ。まあ、また難《なん》癖《くせ》つけてくるような奴がいたらいいな。おれがすぐに収めてやるからよ」

留吉は首を横に振る。告げ口をするような感じがして、それは嫌だと思ったのだ。

半右衛門が苦笑した。

「ったく、おめえは見た目が弱っちいくせに、肝《きも》は据《す》わっていやがる。まあ、だから、おれはここに連れて来たんだがよ。ほれ、こいつを食べな」

膳の上にあった小鉢を取って、差し出した。揚げ出し豆腐だ。留吉は頭を下げて、半右衛門から箸《はし》を借りて、味わった。ああ、出し汁がしみていて、美味い。品川で初めて揚げ出し豆腐を食べたとき、こんなに美味いものがあるのかと、仰天した。白米もそうだが、江戸はなんて贅沢《ぜいたく》なのだろうと思った。

ただ、魚介の種類は島には敵《かな》わないと、留吉は心の内で胸を張る。

半右衛門は、ちびちびと酒を舐めるように呑んでいた。

「しかし、夏になると、ここは蠅《はえ》やら蚊《か》が多くて困りもんだ。蚊遣りを焚《た》いても、蠅は退治できねえからなぁ。あ、こら。肴《さかな》を狙《ねら》ってくるんじゃねえよ」

側に置いてある蠅叩きを素早く取って、叩く。すんでのところで、蠅は逃れた。

「ああ、畜生め。逃げられた」

半右衛門は悔しそうにいって、蠅叩きを手にしたまま再び猪口《ちょこ》を口に運んだ。留吉は、無心に揚げ出し豆腐をかき込んでいたが、ふと箸を止めた。

「兄さん、いまさっき、だからここに連れて来たっていいましたよね」

「あ？　いったがどうした」

留吉は、小鉢を置いて、半右衛門を見た。

「なんで、おいらに声をかけてくれたのかと思っていたから」

ああ、と半右衛門は「そんなこと気にしていたのか」と笑った。

「お前、富蔵《とみぞう》さまの処に通っていたろう？」

留吉は頷いた。

流人の近藤《こんどう》富蔵のことだ。富蔵は、松前蝦夷地御用役《まつまええぞちごようやく》として、蝦夷地の探索を行い、書物奉行も務めた旗本《はたもと》近藤重蔵《じゅうぞう》の息子だ。文政九年（一八二六）、重蔵の所有地の管理を任されていたが、隣地で商売をしていた町人らと金銭のいざこざが発生し、それが高じて互いに憎悪《ぞうお》を募《つの》らせた。その果てに富蔵は、相手方亭主、その女房、子ら七人を殺傷した。町人らの勝手な振る舞いゆえ、手討《てう》ちにしたと届けたが、刀を振るった富蔵は、遠島。父親の重蔵は近江《おうみ》の藩にお預けとなり、文政十二年に没した。富蔵が八丈島に流されたのは事件の翌年の十年、当時二十二歳だった。

流人は島に着くと、地役人に引き渡され、村の五人組のくじ引きによって、どの村に属するかが決められる。富蔵は三根村《みつねむら》預けとなったが、七人殺傷の極悪非道な旗本の惣領《そうりょう》息子など、島民にとっては恐怖の対象でしかなかった。しかし、富蔵はその罪過を深く悔い、流人小屋で暮らしながら、仏壇を作り、仏像を彫《ほ》り、シラミにすら肌を好きに食わせるほど一切の殺生《せっしょう》を戒《いまし》めた。さらに、石垣積み、草鞋《わらじ》売りなどで、わずかな銭を得て、清貧《せいひん》を通した。幾年にも亘《わた》るそうした暮らしぶりが次第に伝わり、島民らの頑なな心をほぐしていった。

もとより学問知識が豊かな富蔵は、請われるまま島民や流人を集め、俳句、和歌の会を催《もよお》し、ついには手習い所を開いて、子どもらに読み書きを教えるようになった。

事件に至った経緯も、相手の町人が札付きの博徒《ばくと》であり、父、重蔵の苦難を見るに見かねての殺傷であったことに加え、

「私は、放蕩三昧《ほうとうざんまい》で父には迷惑をかけた。その罪滅ぼしでもあったのだが、結句《けっく》、近藤家は取り潰され、父親も近江の藩にお預けとなり数年前に死んだ。すべて己の短慮《たんりょ》のせいだ」

そう涙ながらに富蔵の口から語られると、皆の同情を誘った。

その後、島の女子《おなご》を娶《めと》り、子にも恵まれ、いまは「八丈島の史実を辿り、書き残したい」と、『八丈実記』を綴《つづ》っている最中だ。富蔵はこれに一生を費やすと決めている。完成すれば、八丈島とその周辺の小島も含めた歴史、地形、動植物、暮らしなどが克明に記された貴重な物になるだろう。

「おれも、富蔵さまから手習いを受けていたんだ。それで、いい子はいないかと訊ねたら、お前を教えてくれたんだ」

「富蔵さまが、おいらを？」

「ああ、そうだ。読み書きも算術も飲み込みが早い。気弱そうに見えるが、じつは芯《しん》を持った子だと、そういってたぜ。まあ、おっ母ぁと妹と離れるのは辛かろうが、きっとあの子は役に立つってよ」

富蔵さまがそのようなことを。留吉は心が熱くなった。

人を殺して島流しになったことは、手習い所に通う前に母親から聞かされた。七つだった留吉は鬼のような人なのかと身を竦《すく》ませた。が、あのお方はお父っつぁんを守るために、やむをえず人を斬《き》ったんだよ、ともいった。

実際に会ってみると、人殺しにはとても見えない穏やかで優しい人だった。すでに島に来て三十年余りが経ち、歳も五十半ばにかかっていた。束《たば》ねた総髪はほとんど白髪で、皺が深く、島のことを書くために、いつもあたりを巡っているせいか、顔だけは陽に焼けて真っ黒だ。

どんなに算術ができなかろうと、字が覚えられなかろうと、叱《しか》りつけられたことは一度もない。手習い所でも藁《わら》草履や草鞋を編みながらいつも静かな声で話をする人だった。

「あれで、親父さんの手を煩《わずら》わせるほど若い頃は遊び人だったらしいぞ」

留吉は眼をぱちくりさせた。

「呑む打つ買うの上に乱暴者でずいぶん困らせたらしい。もっとも、親父さんってのは周りに嫌われるくらい頭が切れて、蝦夷地の探索でもさらに北に上って、エトロフって島にも上陸したってんだから、豪胆《ごうたん》なお方でもある。そんなご立派な親父さまがいるとなりゃ、倅《せがれ》としちゃたまんねえものなぁ」

半右衛門はもともと話し好きだが、酒が入っているせいか、より饒舌《じょうぜつ》だった。

「でもな、おれはさ、親父さんにも憧れたんだよ。誰も踏んだことのない土地を探検したんだ。氷の張る海、海面に浮いてる海獺《うみうそ》、見渡す限りの雪原、凍《こご》えるほどの寒さ――すごいよなぁ。だから、手習いに通わなくなってからも、時折、獲れた魚を届けに富蔵さまの家に行って、江戸の話を聞いたり、親父さまの探検話を聞きたくてな」

お上がおわす江戸城、大名屋敷、参勤交代《さんきんこうたい》の大名行列、間口が二十間もある大店《おおだな》、一晩中明かりが絶《た》えない吉原《よしわら》、川に無数に浮かぶ舟、大きな橋、河岸の賑わい。

「知らないことばかりだった。おれは、いつか島を出てやる、と思ったもんさ。ここから出ないと、何も出来ないってな、それでおれの親爺《おやじ》の処へ行ったんだよ」

親爺というのは、流人の大工だ。江戸で棟梁をしていたくらい、腕のいい大工だったが、賭場で喧嘩《けんか》をして相手を半殺しの目に遭わせ、流罪となったのだ。半右衛門は、その大工の下で修業して、数年もすると島で家の修繕や普請をするようになった。

半右衛門が、開港時に横浜に来られたのも、その大工のおかげだ。

それを好機とみた半右衛門は、大工に頼み込んで、江戸の仲間あてに書状をしたためてもらい、島を出た。

「富蔵さまから聞いて、頭ン中ではてめえなりの町の姿を考えていたが、とんでもねえ。見るもの聞くものすべてが、それ以上だった。白い飯にも、着飾った女にも、どでかい店にも、湯屋《ゆや》にも。ともかく仰天した。留吉、お前もそうだっただろう？　なあ、あはは」

半右衛門が銚子《ちょうし》を振った。あれ？　空になっちまった、と呟《つぶや》いた。

肴もいつの間にか平らげていた。行灯《あんどん》の火が揺れている。油が切れかかっているのだ。

「なんだい、ずいぶん話しこんじまったなぁ。明日も早い。そろそろ寝るか」

酔いが回っているのか、半右衛門がもたもたと腰を上げかけたとき、

「膳はおいらが廊下に出しておきます」

留吉は膳に手を掛けた。

「ああ、頼むわぁ。なあ、留吉、今夜は一緒に寝ようぜ」

え？　と膳を持って立ち上がりかけた留吉は眼を見開いた。

「なんだよ、その面《つら》はよ。おれは、お前の兄さんも同然だぞ。それとも、おれには乳がねえから嫌か？　まあ、夜中に弄《いじ》られても困るがよ」

半右衛門が軽口を叩いて大笑いした。

薄い布団にふたりは並んで寝転んだ。どこからか、風鈴《ふうりん》の音が聞こえてくる。音は涼やかだが、夜になっても、まだ暑さが残っている。隣に寝ている半右衛門の体温が伝わってきて、さらに暑い。それでも、いつもよりも楽だった。留吉があてがわれている座敷は八畳で、十人が詰め込まれている。それぞれの荷が隅《すみ》に置かれているので、夜具を敷けば、ぎゅうぎゅうだ。いびきが左右から聞こえ、ひどい寝返りを打つ者もいる。

出来れば、ずっとここで休みたいと、詮《せん》ないことを考える。

ふわっと風が留吉の顔を撫でていく。半右衛門が団扇《うちわ》を使っていた。

柔らかな風が、眠気を誘う。留吉が目蓋《まぶた》を閉じたとき、

「おれは、横浜の普請から島に戻ったとき、真っ先に富蔵さまの処へ行った」

半右衛門が話を始めた。

留吉は、はっと眼を開いて横を向いた。闇の中では半右衛門の顔はむろん見えるはずもない。

団扇の風が、留吉に届いてくるだけだ。

「頼まれていた書物を届けにいったんだ。なんの書物だかは覚えてねえ。学のあるお人はこんな小難しいものを読むんだなと思っただけだ」

半右衛門の口調は明らかに違っていた。

半右衛門は島民たちに土産《みやげ》を買ってきたといった。娘たちには小間物、男たちには煙草、そ

れから錦絵《にしきえ》だ。江戸の風景を描いたものだという。

「あとな、枕絵だ」と、軽く笑った。

「枕絵？」

「ガキのお前にゃまだわからねえよ。が、男どもはどんな土産より喜んだ。気が抜けたよ」

留吉はなんとなくだが、淫らな画なのだろうと思った。

「おれは、富蔵さまに、子どものように、江戸のこと、横浜の普請のことを話した。興奮して、話が止まらなかった。喉が嗄《か》れるまで話し続けた。おれは日本人町の普請に加わったんだ。横浜に着いたときには、もう居留地も波止場もほとんど出来上がっていた」

海には、異国の船があった。各国の旗を掲げて、沖合いにとまっていた。

「島から江戸までも長ければ三月掛かる難儀な旅だが、異国の船は大海原を越えて、それ以上かけて来る。何ヶ月もかかってこの国にやって来る。言葉も通じない、見た目も、暮らしもまったく異なる国へな。金儲けを考えて来るのかもしれねえ、いやほとんどがそうだろうよ。でもな、おれは馬鹿だが、それが、後戻り出来ねえ命懸《いのちが》けのことだというのはわかる」

おれはな、留吉、と言葉を一旦切り、

「広がる海に浮かぶ船を見て、そう思ったんだ。島から見ていた海とは違って見えた。お前だって気付いているはずだ。海に囲まれた島は閉ざされている感じがしねえか？　だから、流刑地なんだろうがな」

そういって、息を吐いた。

半右衛門もそう感じていたんだ。ここからは、逃げられない、と罪人には絶望を与える。島民には、ここからは出られないと、諦めを感じさせる。見えない壁が島を取り巻いているようにやはり思える。

「おれは横浜で感じたことをすべて富蔵さまに語ったんだ」

外《と》つ国《くに》の奴らのように命懸けでてめえを試《ため》すことをしたいといった。おれになにが出来るかわからないが、この島で一生を終えるのはまっぴらだ、と唾きを飛ばして肩を揺らした。その揺れが留吉の身体にも伝わってくる。

富蔵さまの前で、妙に熱っぽくなってしまった自分に照れているのだろう、と思った。

「ここで暮らすのも、命懸けで海を渡るのも同じ一生だ。どうせ限りのある命なら、おれは血が騒ぐ、沸《わ》き上がるようなことがしてぇ」

けどよ、富蔵さまはな、と半右衛門は笑った。

「一本のわらしべをおれにくれた」

藁草履を編んでいた富蔵が、半右衛門に差し出したのだという。

留吉は、富蔵から聞かされたお伽話《とぎばなし》を思い出した。貧乏だが真面目な男が、観音のお告げに従《したが》い、拾った一本の藁を次々と物と交換し、最後には長者《ちょうじゃ》になるという話だ。

留吉は、そんなに物事が都合よく運べば苦労などしないと思った。それを素直に富蔵に告げると、大笑いされたが、「それでよい。私もそう思う」と、留吉の頭を優しく撫でてくれた。

半右衛門が笑いを含みつついう。

「藁は藁でしかないと、富蔵さまはおっしゃった。この藁一本あれば長者になれるなどということはない。まず焦《あせ》るなってな。しかし知恵を使うときは使え。知恵にはな、悪知恵というものがある。姑息《こそく》だと謗《そし》られても、悪知恵も知恵だ。誰も文句はいえぬ、そういったよ。もっともおれにはさっぱりわからなかったけどよ。いまもそのわらしべは、守り袋に入れて肌身離さず持っている」

留吉にも富蔵がいわんとしていることが、なんであるのかわからない。頭を撫でてくれた後、なにか富蔵がいっていた気がする。それが思い出せない。

たぶん、留吉が感じたことに対して、富蔵が端的に言葉にしてくれたのだろうが、肝心なことが思い出せないのが情けなかった。

きっと、半右衛門に渡したわらしべとも繋《つな》がる言葉だったような気がする。

「それにしても、この布団は板みたいに硬いな」

半右衛門が、背をもぞもぞさせる。

「そうだ。お前、あの羽根の詰まった夜具を覚えているよな？」

うん、と留吉は首を縦に振った。

「あれは不思議でした。ふわふわで柔らかくて、雲を摑んでいるような。まだ手に感触が残っています」

留吉は天井《てんじょう》を見上げながら、両手を柔らかく広げた。

「羽根布団っていうらしい。あの娘っ子のお父っつぁんがよ、教えてくれたろう？　中身は鳥の羽毛だってよ。でな、あれは水鳥の羽毛らしい」

水鳥の羽根。留吉は小さく呟いた。

「そうさ。水鳥は、凍えるような冷たい水の上に浮かんでいても寒さを感じねえ。当たりめえのことよ。水が冷たいと感じたら、浮かんでいられねえものな、あはは」

半右衛門は機嫌よく笑った。

「その羽根も柔らかいのだけを使うから、軽くて、暖かいんだそうだ。聞くところによるとな、仏蘭西国や英吉利国の冬は、奥羽とか蝦夷みたいに寒いそうだ。だから、ああいう夜具が作られたんだとさ」

と、半右衛門は鼻をうごめかせた。

留吉はただただ感心していた。鳥の羽を毟るのだとすればかわいそうな気もするが、水鳥を見て、羽根布団を作り出した者はたいしたものだと思った。

「もっとも、八丈島は暖かいから、水鳥が飛んでいようと、そんなことを考えつく奴はいるはずもないけどな」

半右衛門がくつくつ笑って横を向いた。

と、団扇の風もいつの間にか止んでいた。

半右衛門の寝息が聞こえてきた。

話すだけ話して、先に眠ってしまったんだ。留吉は、薄い夜具を半右衛門の身にそっと掛けながら、羽根布団の心地よさを思い浮かべた。

――少しずつ暑さも和《やわ》らいできた。

横浜の海は今日も静かだ。昇った陽が水面を照らし、白い翼を広げた鳥が鳴きながら飛んでいた。餌《えさ》になる魚が群れているのを仲間に教えているのだろうか。

あれは羽根布団にならないのかな、とぼんやり考えていた留吉の頭上で大きな音がした。

「留」

「留公」

留吉が、はっとしたとき、

「とみい」

と甲高い叫び声がした。聞き覚えのないその声に驚き、留吉は身を返した。その刹那《せつな》、背後に五尺ほどの長さの材木が落ちた。

「大丈夫か、留」

「怪我《けが》はねえか」

皆が慌てて駆け寄って来る。すんでのところで、留吉は直撃を受けなかった。その場にへなへなとくずおれた。五助が転がる材木を見るや、上を見上げた。すでに棟上《むねあ》げを終えた家から、落ちてきたのだ。

「誰だ。こんな物、落としやがったのは」

怒鳴り声を五助が上げたが、組み上げられた家で仕事をしている大工たちは知らん顔をしている。

「いらねえ木っ端が落ちただけだろうよ」

誰かが下に向かって叫んできた。

青い瞳に見つめられ、留吉は材木が落ちてきたことよりも、慌てた。

異人の少女は、尻餅《しりもち》をついたままの留吉のそばまで来ると、そっと手を伸ばして、頭を撫でた。肌の色が白いせいか、唇の赤さが殊更鮮やかに、留吉の眼に映った。金色の髪は赤い布でひとつに束ねられ、今日は緑色のどれすを身につけていた。

「とみぃ」

赤い唇から再び洩《も》れた。おいらのことか、と留吉は思った。

この子が叫び、驚いて身を返したために、材木に当たらずに済んだのだ。

青い瞳は、穏やかな海の色にも似ていた。きれいだと思った。

でも、なんと返せばいいのだろう。どう礼をいえばいいのだろう。留吉は、戸惑っているうち、顔に血が上ってくるのを感じた。

この娘のおかげで、怪我を免《まぬが》れたのだ。

異国の言葉がわかれば、お礼がいえたのに――留吉は強烈に思った。

結局、犯人探しは行われなかった。だが、中年の大工を含んだ三人が普請場を逃げるように去って行った。普段から行状の悪い者たちだったので、誰かが役人に訴《うった》えたと噂が流れたが、それもいつしか消えた。

知らぬうちに、青い瞳の少女の姿は見られなくなった。五助に訊ねてもわからずじまいだったが、若い屋根職人から、父親の仕事で別の屋敷に引っ越したと聞かされた。

胸の中にもやもやが残った。ただ一言、お礼がいいたいだけだったのに。日本語でもよかったのかもしれない。でも、何もいわなかったことが、悔やまれた。

やはり、異国の言葉が話せたら、と留吉の思いは募った。

瞬《また》く間に季節がひと回りして、居留地での普請を終えると半右衛門は八丈島に戻った。が、留吉はまだ横浜にいた。半右衛門の伝手《つて》で、『野沢屋《のざわや》』という生糸問屋への奉公が叶《かな》い、残ったのだ。

むろん留吉の意思でもあった。壁の中へ戻るのは嫌だった。だが、島民の年季奉公は許されても、出島は禁止されている。

「戻れば、二度と横浜には来られない。せっかく出たのに島に戻りたいか？　また小作の仕事で食いつないで行きたいか？　五助から聞いたんだが、お前は異国の言葉を学びたいそうだな」

帰り支度を始めた三日前のことだ。

こくりと頷いた留吉を見て、半右衛門は顔を険《けわ》しくした。

今まで見た中で、一番怖い顔だ。留吉は身構えた。

「おっ母さんや妹と二度と会えないかもしれないぞ。訣別する覚悟があるなら、おれがなんとかしてやる。その代わり、本気で学べ。必ずいいことがあるはずだ」

厳しい声だった。

「島を捨てる思いでやれ」

留吉は泣いた。

半右衛門は、留吉を、世話になった横浜の大工の養子にした。ただの届けだけだから、気にするな、と軽い口調でいった。多分、相応の銭を払ったのだと思った。

しっかり奉公をして商いを覚え、異国語も学んで、いつか独り立ちする。そうしたら、島から母と妹を呼び寄せ、横浜で暮らす。留吉はそんな望みを抱いた。

「留。お前、やっぱり見所がある。異国語を必ず物にしろよ。おれといつか商売をしよう。必ずお前を迎えに来るからな。それまでに一人前になれ」

半右衛門はそういった。

奉公に入った野沢屋は日本人町の弁天通《べんてんどおり》四丁目にある大店《おおだな》だ。扱っているのは、生糸を中心に、水油、昆布、茶、荒物など多岐《たき》にわたっている。横浜でとくに輸出されているのは、生糸、茶、銅類だった。日本の上質な生糸は異国でも人気が高く、それを知った日本の商人たちは、生産される約八割もの生糸を輸出に回していた。

これでは、日本で用いる分が足りなくなってしまうと、留吉でさえも思った。

主《あるじ》の惣兵衛《そうべえ》は上野国高崎《こうずけのくにたかさき》出身と聞いた。高崎は生糸の生産が盛んな地域だけあって、惣兵衛は、太物屋や絹物商などでの奉公を経て、横浜に出てきたという。

店の初代はすでになく、惣兵衛は暖簾《のれんわ》分けという形で、野沢屋を守り立ててきた。様々な品を扱ってはいるが、やはり輸出物の中心は生糸のようだ。

惣兵衛は、柔和《にゅうわ》な顔と穏やかな眼差しをしていた。初めて対面したとき、

「八丈島にも八丈紬《つむぎ》という絹織物があるね。あれはまず色がいい。そして風合いもいい。売り方さえ考えれば、世間の流行り物になる」

と、褒《ほ》めてくれた。母親が献上絹《けんじょうきぬ》を織ったと話すと、それは誇らしい、母親を大事にしなさい、と優しく微笑んだ。

この主のためにも、しっかり奉公しようと留吉は心に決めたのだ。

このとき、惣兵衛の斜め横に控えていたのが、番頭の佐兵衛《さへえ》で、半右衛門の呑み仲間だった。その付き合いがあったから、ここに入ることが出来たのだ。

佐兵衛が輸入品の仕入れを任されているため、異国語を学んでいると聞かされていた。主の惣兵衛への挨拶《あいさつ》を終えて、佐兵衛と向かい合ったとき、

「異国語で、ありがとうはなんというのですか?」

留吉は訊ねた。佐兵衛は途端に大笑いした。

三

二年が経ち、留吉は十二になった。背もうんと伸びた。さらに二年で半元服、十五になった

ら本元服だ。そうすれば、お店で一人前の大人として扱われる。子どもから、若衆《わかいし》となるのだ。まだまだ辛抱の日は続くが、留吉は元服が待ち遠しい。

島で近藤富蔵に算盤《そろばん》も読み書きも習っていたので、同じ歳の子よりも重宝された。商いのための符丁《ふちょう》も覚え、もう、まごつくことなどない。

昼食を終えて、奉公まもない子どもに算盤を教えていたときだ。

階下から声がした。番頭の佐兵衛だ。

「留吉はいるかい？　八丈の半右衛門さんから、文が届いたよ。取りにおいで」

「半右衛門さんから！　今行きます」

留吉は、すぐさま階段を駆け下りた。

半右衛門から届いた油紙でくるんだ文はずっしりと重いものだった。八丈紬の反物《たんもの》くらい重い。一体、どれだけ書きたいことがあったのだろう、と思わず笑みがこぼれた。どうしているのかとずっと思っていた。島に戻ってから大工をしているのだろうか。それとも——。留吉は胸を弾ませて、油紙を外す。

表には『留吉どの』、裏には『半』一文字。

留吉は眼を細めた。少し右上がりの半右衛門の筆だ。

「あれ？」

留吉は分厚い巻紙の文を開く指を止めた。なぜ、今文が届いたのだろう。御船が江戸に帰って来るのは、気候を考慮して、遅いときで十月。けれど、今はもう夏だ。江戸に着いた御船から横浜まで届けられるのに、半年以上も要するはずがない。

だとすれば、この文は八丈島から送られたものではない。それなら、今半右衛門はどこにいるのだろう。

その疑念はなぜか、留吉を興奮させた。文を急いで開く。

一文を眼にして、留吉は驚いた。

――おれは、開拓民として父島で大工仕事をしていた――

時候の挨拶も、機嫌伺《うかが》いもまったくなく、いきなりだ。

父島？　と、留吉はあまりのことに声を出していた。父島は、八丈島から、はるか南、たくさんの小島が浮かぶ小笠原群島にあって、一番大きな島だ。とはいっても、八丈島の古老《ころう》から小さい頃聞いた話では、島の大きさは八丈島の半分にも満たない、人の住んでいない島だという。父島周辺には母島《ははじま》、聟島《むこじま》というのがあるらしく、火山の島は硫黄島と呼ばれているが、誰がそう名付けたものか、古老も知らなかった。

留吉は、はっとした。

手習い師匠の近藤富蔵が話して聞かせてくれたことだ。

富蔵は、八丈島や、その近くにある青ヶ島《あおがしま》のことを調べて、記録に残している。小笠原にも興味があったのかもしれない。

たしか――。

小笠原の島々は、はるか昔、まだ江戸に幕府が置かれる前、太閤《たいこう》の時代に信州の小笠原貞頼《さだより》という武将が発見し、その武将の名が、そのまま群島の名になったといわれている。

小笠原群島の探索に乗り出したのは、四代将軍徳川家綱《いえつな》の治世《ちせい》の頃だった。遠州灘《えんしゅうなだ》で遭難《そうなん》した大坂《おおさか》商人のミカン船がきっかけだ。漂流の末、最初に辿りついたのが母島で、その後父島にも船を寄せている。島に五十日余り滞在し、無事に帰帆《きはん》した。

島の周りは美しい海が広がり、砂浜があり、静かな入江には船が二十艘以上停泊《ていはく》可能、気候は温暖で、植物、魚も豊富、春には鯨《くじら》が見られる、とミカン船の船乗りたちの記録が残されており、興味を持った幕府が探索のために船を出したのだ。

その探索で、無人の島ということがわかり、一行は父島に、祠《ほこら》を建て、標柱《ひょうちゅう》に「此島大日本之内也」と記し、島の地図を作成し、島が海上のどこに位置するかを海図《かいず》に記した。

しかし、それから二百年余り、幕府は島を放置していた。

人が定住できないと判断したのか、遠く離れた絶海の孤島群には利用価値がないと考えたのか。それとも、国を閉ざしてしまったがゆえに、遠洋に出ることも、異国へ行くことも禁じられ、やがては、長旅に耐えうる造船技術も航海術も失ってしまったせいかもしれない。

富蔵はそれを憂《うれ》いながらも、極東の島国である日《ひ》の本《もと》が、異国の脅威に晒《さら》されることなくこれまで泰平《たいへい》の世でいられたのは、大海を渡る船を造らせなかった幕府の政《まつりごと》のおかげかもしれないといっていた。

もしも、黒船のような軍船を造り、世界の海を渡っていたとしたら、たちまちの内に異国の標的になっていたに違いないという。けれど、それによって、学問、文化、産業、政とあらゆる物で西欧諸国に大きく水をあけられる結果となったのは否めない。開国したところで、これから追いつくのは難儀だろうと、顔をしかめた。

そのときの留吉には、話の半分も理解出来なかったが、こうして異国相手の店に奉公していると、なんとなくわかるような気がしていた。

西欧諸国は、早くから大海を目指した。

大海原を渡る船を造っていた。帆船から、動力を使って海を走る船も造った。その原動力はなんだろう。

国の利益。もちろんそれはある。別の場所に領土を持つのはその国にとって有益だからだ。その地に眠る資源や産物が手に入るのだから。

しかし、大海に出るのは、容易なことではない。暴風雨や潮流であっという間に遭難、最悪の場合、沈没だってある。そんな命の危険まで冒しても、海に出るのは……。

好奇心だ。未知への憧憬《どうけい》だ。その強い思いが海へと向かわせるのだ。

半右衛門の文からは、その熱が溢《あふ》れていた。

――咸臨丸《かんりんまる》を知っているか。亜米利加国まで行った船だ。お上は文久元年にその咸臨丸で父島を訪れ、定住していた亜米利加人たちに、「ここは日本の領土である」と言い放ったそうだ。なぜ、父島が日本の物だといえるのかというと、昔々に建てた標柱が生きていたからだ。おれは仰天した。無人の島であれば、最初に見つけた国が、その土地に、ここは我が国の物だという証拠を残せば、領土として認められるのだそうだ。それから海図も島の地図もお上は残していたからな。そういう取り決めは、西欧で決められたことらしい。だから、父島は日の本の物なんだ――。

つまり、二百年余り前の「此島大日本之内也」の標柱が役立ったということか。それにも驚いたが、無人の島は最初に発見した国の物に出来るという取り決めが、世界にはすでにあったということだ。

留吉の胸もざわつく。大海原が眼前に広がって見えた。

――その翌年、お上は八丈で父島への開拓民を募った。島民が増えてきたのもあるが、父島には、八丈島が一番近いからだろう。おれは、それにすぐさま応じた。朝陽丸《あさひまる》って軍艦がやってきたときは、すわ戦かと思ったが、そうじゃねえ。島の者たちも流人も、でっかい軍艦なんぞついぞお眼にかかったこともないから、島をあげての大騒ぎだった。開拓民は、船が着いてから募られた。いきなり父島の開拓だと、下船してきた役人から聞かされて目の玉ひん剝《む》いていた奴らの顔ったらなかったな――。

しかも、開拓を希望する者は、三十日以内で決めなければならなかったとある。いなんの前触れもなく軍艦がやって来て、父島を開拓するから、三十日の間で申し出ろ、というのもずいぶん乱暴な話だ。誰しもこれまでの暮らしを持っている。それをすべてなげうって、新たな土地を切り拓《ひら》くのにどれだけの苦難があるか、幾年かかるかもわからない。下手をすれば、死ぬことだってある。その決断をするのに、わずかひと月。もっとも、島では人が増え、次男、三男は平地も少ないために分家が建てられず、粗末《そまつ》な小屋住まいを強《し》いられているという現実もある。そういう者からしてみれば、新天地を求めるのも、幸運と捉《とら》えるかもしれない。希望者は若い夫婦者が望ましいとされ、結果、男女十五名ずつの移住者が決まった。

支度金五両、木綿が三反、帯などが与えられた。

移住者三十名の他、大工、鍛冶《かじ》屋、木挽《こび》きなどの職人が加わった。半右衛門は、大工として、開拓に加わったのだ。

八丈島には、船を停泊させる港がないため、朝陽丸は一旦、帰港し、予定していた通り、一月後に再び八丈島にやって来た。

――おれは、嬉しくてたまらなかった。江戸や横浜に出たときも心が躍ったが、それとは別の喜びがあった。まったく知らない地に行く。まだ、なにもない土地を拓く。もうすでに出来上がった町に馴染んでいくのではなく、自分の手で、一から作るんだぞ。面白え、面白え。留吉、そう思わないか――。

半右衛門の弾んだ声が聞こえてくるようだった。心なしか筆の字までが躍っているように、留吉の眼には映った。

父島へ向かう朝陽丸の二日目。空は雲ひとつない快晴。風は髪をそよがせるくらいの柔らかさ。だが、八月の陽は容赦がない。じりじりと肌を炙《あぶ》る。甲板《かんぱん》で、半身を海に乗り出しながら、半右衛門は童のように興奮していた。

「いい眺めだぁ。やっぱり蒸気船ってのは速えなぁ。海を切って進んでらぁ」

「オランダから購入したスクーナー型コルベット、全長は二十七間（約四十九メートル）、速度は六ノット、大砲は十二門です」

いつの間にか隣に立っていた洋装の男に、半右衛門は怪訝な視線を向ける。三十半ばと思われる、すっきりと整った顔立ちの男だ。優男ふうではあるが、意志の強そうな眼をしていた。その男は、異人船の水夫《かこ》のような恰好《かっこう》をしていた。が、それだけじゃない。何かがおかしいと感じたのは、髷《まげ》がないせいだった。

見た目は日本人だ。けれど、どことなく、佇《たたず》まいが違う。なんにせよ、これまで付き合ったことのない類いの人間だというのは直感した。

どこかで会っているような、既視感もあった。いや、匂い、だ。半右衛門はなぜか首筋がムズムズしてきた。

「船の長さだけはわかったけど。それ以外は、さっぱりわからねえ。あんたは何者だい？　お役人さんか？　なんでそんな恰好をしているんだ？」

「これは失礼。私は、中浜万次郎《なかはままんじろう》と申します」

「おれは、大工の半右衛門だ」

なんだ、やはり日本人か、そう思ったところで、はっとした。横浜の異人だ。異人の雰囲気が漂っているのだ。

「あんたは、どういうお人なんだ？　異人じゃないのはわかる」

万次郎は、薄い唇に笑みを浮かべた。

「生業《なりわい》は通詞《つうじ》というべきでしょうか。父島開拓にあたっての役目もありますが、私がもともとこのあたりに詳しいからということになりましょうか。かつて、捕鯨船に乗船しておりましたので」

ホゲイセン？　半右衛門は呟いた。

「鯨《くじら》を捕らえる船です。この海域には鯨がよく現れます。父島では入江のすぐ近くまで鯨がやってくるのですよ。一頭だけでなく、数頭がこの海で泳いでいます。尾を高く掲げる様は壮観《そうかん》です。見られたことはありますか」

「ああ、指で数えられるぐらいしかないが」

半右衛門が答えると、万次郎はさも満足そうに頷き、「それはそれは。この世界で最大の生き物ですからねえ、圧倒されますよね」という。

半右衛門は、こっちの話を聞いてないのか、と心の内で毒づいた。

「おいおい、おれが訊いたことに答えてないだろ？　馬鹿にしているのか」

すると万次郎は、半右衛門に向かって手をかざした。それ以上は問うなという意味だろうと、半右衛門はむすっと唇を引き結んだ。

「そうでしたね。お訊ねの答えになるかどうかわかりませんが、私は十四のときに漂流し、亜米利加船に助けられ、そのまま彼らの国で、十年ほど暮らしてきました」

ああ、そうか。日本は異国を入れなかったから、帰ることも出来なかったというわけだ。

「今は、こうして日本に戻って参りました。が、風土はむろん、言葉、習慣などが異なる処で長年暮らしていると、自ずと人はそちらに次第に馴染んでしまうようです。そうなりますと、肌や瞳、髪の色、さまざま人間はおりますけれど、そもそも暮らしている土地や慣習が違うだけで、元は、人間は皆同じだと知りました」

少し、異人のように見えたでしょう？　と、万次郎は悪戯《いたずら》っぽく笑った。

「亜米利加は、我が国よりも数倍、科学も産業も文化も政も進んでいました。見るもの聞くものが珍しく、怖いほどでした」

「それは、面白いじゃあないか」

「面白いですか？　そういう反応をされたのは初めてですよ。ですが、そうした中に、漁師の子どもが放り込まれたんですから、たまったもんじゃありません。泣き言をいっても、亜米利加人には通じない」

「ああ、そうか。すまねえ。苦労したんだな」

半右衛門が盆《ぼん》の窪《くぼ》に手を置いた。

「苦労ではないですね。すでに日本に戻れないことは感じていましたから、生きるためです。私は生き残るために勉学に励んだ。語学を学び、対等に話ができなければ、ここでは必要のないどころか、そもそも存在しない人間になってしまう。だから、やはり苦労ではないのですよ。死なないように飯を食べるのと同じです。ただ知らないことを学ぶのが楽しく思えたのが幸いでした」

なんだ、結局、自分の身の上をぺらぺらと自慢げか。いけすかない奴だ、と半右衛門はきょろりと目の玉を回した。とはいえ万次郎から、どこか異人を感じたのはまことのことだ。

「お前さんの理屈だと、横浜に住んでいる異人も、日本人のようになるんだろうかな」

「ああ、そうですねぇ。ただ居留地では駄目ですよ。やはり、日本語を話して、かしこまる畳の生活をしなければ。しかし、さすがに髷は結わないでしょうね」

至極真面目に答えた万次郎が鬱陶《うっとう》しくて、半右衛門が「腹が減った」とその場を離れようと身を翻《ひるがえ》しかけたとき、船尾からさほど離れていない、小波の立つその下に大きな影がゆらゆらしているのが見えた。

甲板にいた役人や水夫、八丈島の者もそれを指差した。半右衛門は慌てて踵《きびす》を返し、身を乗り出し、叫んだ。

「おいおい、鯨だ、鯨だ。まさか、本当に見られるなんて思わなかった」

かなりの大物だ。半右衛門はこれから、父島に向かう自分たちのことを歓迎してくれているように思え、微笑んだ。

鯨はゆうゆうと海を泳いでいる。その長さは七間（約十三メートル）ほどもありそうだ。

「あれは、抹香鯨《まっこうくじら》です。夏から冬にかけて、この周辺を回遊しています。冬から春には座頭鯨が姿を見せます」

「へえ、お前さん、鯨に詳しいんだな」

半右衛門は、万次郎を見る。万次郎の眼が輝いている。

「私は、捕鯨船に乗っていたとお話ししたではありませんか。それに在所は土佐《とさ》でしたから、鯨とは縁が深い。実は父島の開拓は、捕鯨を推し進める拠点とするためです。私が幕府に上申しました」

「はあ？」

幕府に願い出たってわけか。こいつはただの通詞じゃないのだ。

「もともと、父島は無人の島でした。日本人が最初に発見したといわれておりますが、すでに西班牙人《スペイン》が訪れているという話があります。その頃、西欧諸国では、外洋に耐《た》え得る丈夫な船が造られ、新たな地を求める航海時代でもありました。西欧諸国にとって、日本は東洋の神秘でしてね、黄金の国などとも呼ばれて、しかもその周辺には金銀が大量に埋まっている金島、銀島があるという噂があったくらいです」

真面目に語る万次郎がおかしくて、ぷっと思わず噴き出した。

「金銀がわんさか採れる島があったとしたら、行ってみたいねぇ、あはは」

「いやいや、そう信じられていたのですよ。でも、父島は金が出なそうと判断されて、去ってしまった。だから、こうして日本国の領土と認められているわけです。西班牙人が上陸の証を残していたら、ややこしいことになったでしょう」

まあ、しかし、船で大海に乗り出そうというのは、生半《なまなか》な気持ちでは出来ませんが、と万次郎は陽を浴びて輝く水面を、眩しそうに見つめた。

「命知らずの船乗りたちの目的は海の向こうの未知の世界、見果てぬ夢を追い続けるという、少々ロマンチックな思いもあったのでしょう」

「ろまんちっく、てのはなんだ？　妙な言葉だな」

首を傾げる半右衛門に、万次郎は笑いかける。

「そうですねぇ、激しい情熱というより、甘美《かんび》な誘惑とでもいいましょうか」

半右衛門はそれを聞いても、ピンとこなかったが、

「要するに、うっとりしちまうようなことかな。憧れとか。まあ、でも広い海に出ていこうとするなんざ、気が弱い奴には出来やしねえ。おれなら、奮《ふる》い立つ、心が掻き立てられる熱情だな。後は、欲、だ。欲がなきゃ、人は何も出来ないものな。それは金や立身だけじゃねえ。自分を満足させる、満足するのも欲だと思っている」

半右衛門は鼻の下を擦り上げる。万次郎は「なるほど」と頷いた。

「面白い方ですね。満足と欲ですか。それもいい。海に出る理由として十分です」

鯨見物で、甲板は人がすずなりだ。と、巨大な尾鰭《おひれ》が波を裂くように、天に向けて突き出された。飛沫《しぶき》が飛ぶ。おお、うわあ、などと歓声が上がる。

「潜《もぐ》るようです。抹香鯨はかなり深いところまで潜れるのですよ」

「いいなぁ、鯨はでっかくてよ」

興奮しつつ、半右衛門は疑問を口にした。

「で、捕鯨の拠点にするって話だが」

「ああ、そうでしたね。話が逸《そ》れてしまいましたが。鯨はそれこそ、ひげ、皮、肉、すべてが

利用出来る。現在横浜の輸出で一番は生糸ですが、灯火用の水油は茶葉に続いて四番目に多く買われ、品不足を起こしています。その油も鯨で賄《まかな》える。灯火や燃料として用いる鯨油です。幕府主導で捕鯨が出来れば、それが銭になると思っています」

――万次郎という男の口から出たのは、驚くことばかりだった。黒船を率いて開国を迫ってきたペルリも、父島を捕鯨の拠点として狙っていたらしい。父島周辺はほぼ一年を通して、鯨がやってくる。亜米利加国は捕鯨のために、薪水《しんすい》と食料確保の地を欲していた。それにもっとも最適で都合がいい場所が、父島だったのだ。日の本としては焦っただろうな。放置していたが、日本の領土だ。そこにズカズカ入ってこられてはたまらない。きちんと調査していないから、どんなお宝が眠っているかもしれない。開国してから、でかい船を異国から手に入れた幕府は、近海の島の探索を始めるつもりもあったそうだ。ただ、もう父島には人が定住していることがわかって、騒ぎになった。亜米利加人や英吉利人の漂流者や、はわいって亜米利加領の島からも移住しているというから、焦った。けれどな、留吉、無人の島には面白い話がある。これは、小笠原に残った小花作助《おばなさくすけ》って人から聞いたものだ。

天保の中頃だったそうだ。無人の島といっても、漂流者や移住者がいつの間にか住みついている。外つ国に行かずとも、そうした異人が住む無人の島に行けばいいじゃないかと、いっとき、蘭学者《らんがくしゃ》たちの間で大いに沸いた。蘭学者だけではない。無人の島は、日本国でもない、どこの国にも属していないから、納める年貢《ねんぐ》がない。そこは極楽であろうと、町人や農民の間でもちょっとした無人島流行りが起きたというから、笑っちまう。

当然、幕府は密航など許すはずもない。企んだやつは次々捕らえられたって話だ。それもなんだか、物哀しいな。異人に会いたい一心、年貢を納めたくねえ一心で、行けるところじゃねえのによ。留吉、八丈島生まれのおめえなら、わかるだろう？　島の暮らしは、決して楽じゃない。常に海と空の機嫌を伺《うかが》っていなきゃいけねえ。狭い島の中で商売したところで、大金持ちになれるはずもない。島民が外での暮らしを夢見るのは、どうにもならない閉塞感《へいそくかん》からだ。それを感じねえ奴は、そこで一生終わっても後悔はしないかもしれない。けど、おれやお前はたぶん違う。だろう、留吉――。

だが、結局、この父島開拓は、わずか九ヶ月で終わりを告げた。すでに、住居も出来て、作物も育ち、これから開拓が本格的に始動する矢先の撤退命令だ。

生麦《なまむぎ》事件をはじめ、世情が乱れてきたからだというのがその理由だった。八丈島からの移住者と、先住していた異国人とは、島内で居住地を決め、分かれて生活を営んでいたが、万が一、島民に対して異国人が報復行為を行えば、如何《いかん》ともし難い。幕府としても苦渋の選択だったという。

小花作助は島に居残ることになったが、半右衛門は開拓途中の撤退に不満を抱きながら、迎えの船に乗り込んだ。

甲板にいた万次郎が島を睨めつけている。万次郎も納得出来かねているのだろう。沈んだ顔に影が落ちている。

「お前さんの捕鯨拠点の夢も潰《つい》えちまったのか」

半右衛門は隣に立ち、声を掛けた。万次郎は前を見つめたまま口を開いた。

「諦めたわけではありません。きっと別の機会もありましょう」

「万次郎さんは、やっぱり心根が強いね。おれはがっかりしたよ。英吉利人に報復されるというなら、ここは日本の領地だといわれて、居住地を無理やり移されたときの鬱憤のほうだと思うがな」

お偉いさんのやることは、どうもずれているな、と半右衛門は皮肉った。

万次郎が笑う。

「半右衛門さんのいう通りでしょう。高々、三十名ほどの開拓民の心配など、お上はしませんよ。おそらく、幕府にはもう開拓する余裕がないのかもしれません」

そうか、と半右衛門は呟くようにいった。

「なあ、おれは漂流したことはねえのだが、やっぱり厳しいものかい？」

万次郎は、「厳しいですよ」と、二十年以上も前のことを思い出してか、声を低くした。

「周りは海ばかり。美しいと思っていた海が、襲いかかってくる魔物のように思えました。百五十日足らずを無人島で過ごしました。それこそ、食べられる物はなんでも口にしましたよ。死んでたまるか、その一念だけでした」

半右衛門は言葉なく万次郎の顔をしばらく眺めていた。

「どうかしましたか？　私の顔になにかついていますかね」

くすりと笑う。こんな優男《やさおとこ》のどこにそんな強さがあるのか不思議なくらいだった。

ふと、気づいた。最初に感じた匂い。あれは、冒険者の匂いだ。海を畏《おそ》れながらも、怯《ひる》まず進むその強靭《きょうじん》な心だ。未知なものに立ち向かう旺盛《おうせい》な好奇心だ。自分にもきっとあるであろう、同じものを半右衛門は、すぐさま万次郎から嗅《か》ぎ取ったのだ。

静かな海は青く澄《す》んで、上空には白い翼を広げた海鳥が数羽飛んでいた。時折、海上がきらりと光るのは魚の鱗か。

「ああ、そうだ。私が生き延びた島は、鳥島といいます。父島と八丈島の間にある島で、そこは本当に無人島でした」

鳥島——と、半右衛門は呟いた。

ただ、と万次郎はいったん言葉を切り、

「とても美しく、命溢れる光景を眼にしました」

思いを馳せる表情をした。

「私が、遭難し、漂着したのが一月の半ばくらいでしたか。鳥島は、その時期、信天翁《しんてんおう》の群れがいたのですよ」

「しんてんおう？　アホウドリのことかい？」

そうです、と万次郎は大きく頷いた。

「信天翁は、秋に飛来し、繁殖して、春には島を離れます。真っ白な翼を広げると、大きいもので一間半弱はあるでしょう。その信天翁たちが、島を覆《おお》い尽くすようにいるのです。鳴き声は低く綺麗な調べとはなりません。一斉に鳴かれると、耳をふさぎたくなりましたからね。しかし、群生するその有様は、まるで、柔らかな純白の敷物を広げたように見えました。例えようもない美しさでしたよ。ひなも愛らしくてね」

アホウドリか。

「なあ、万次郎さん、その羽根は柔らかいのかい？」

「どうでしょうね。捕らえたことがないのでわかりませんが。でも鳥たちは襲われることを知りません。敵がいない。だからこそ、あの美しい光景となるのだと思いますよ。こちらは生きるか死ぬかの戦いでしたが、鳥たちの声を聞き、姿を見ると癒されました」

白い鳥の群生が敷物のようだと？　不意に半右衛門の脳裏にあの柔らかな弾力を持つ、羽根布団が浮かんできた。

いやいや、待て。万次郎は美しいといっている。人間がいない、鳥たちだけの棲処《すみか》を乱してしまうのは心が痛む。半右衛門は、羽根布団を頭から振り切る。

「おお、半右衛門さん。向こうにうっすらと島影が見えるでしょう？」

いきなり、万次郎が声を張った。

半右衛門は手をかざして、眼をすがめた。

見えた。

なだらかな傾斜を描いている、小さな島だ。

あれが鳥たちの極楽か。

「なあ、万次郎さん、なぜ、あんたはおれに色々教えてくれたんだ？　なぜ自分のことを話してくれたんだ？」

「さあ、どうしてでしょうね。半右衛門さんからは私と同じ匂いを感じたからかもしれませんね。海に出ることを恐れず、欲を持っている」

「おれは行けるところに必ず行く。新天地を切り拓く。父島で終わりじゃないよ」

「でも、海は人のことなど何も考えてはくれませんけどね」

万次郎は笑った。それは自分自身の運命を笑い飛ばすようでもあった。


――小笠原の開拓は失敗に終わり、おれはまた八丈島に戻った。だが、島でまた同じ暮らしを送りたくはなかった。だから、江戸に出た――。

留吉は、驚いて腰を浮かせた。半右衛門は、再び江戸に出て来ていたのだ。胸が騒いだ。

四

半右衛門からの文が届いてから、半月。留吉は、居留地七十六番にある商館《しょうかん》に向かっていた。製糸の過程で、出てしまう短い糸を屑糸というが、今から向かう商会はこの屑糸を扱っていた。まだ新しい店であるため、多くの日本店が売り込みに走っている。

留吉は井戸端で水垢離《みずごり》をして、気を奮い立たせた。取引ができるようになれば、自分の手柄になる。手代並《てだい》から手代に昇格させてやろう、と番頭の佐兵衛にいわれた。

お店でなにがなんでも出世する。家族で横浜に移住するのだ。

横浜では語学が出来ればどんなところでも重宝される。異人相手に商売しているお店なら、尚更《なおさら》だ。留吉は佐兵衛について、いくつもの異人の商館を回り、日常の会話やちょっとした軽口なら難なくこなせるようになった。

今日はひとりで初めて相手と交渉する。その怖さはあるが、それより喜びが先に立っていた。知らぬうちに心が逸《はや》り、足が速まる。

焦っては駄目だ。留吉は足を緩《ゆる》めて、その気持ちを懸命に抑え、海を見る。

青い海を見ると気が鎮まるのが不思議だった。島にいた頃には、周囲を巡る海が見えない壁のように立ち塞がっているように見え、苛立ちや絶望まで感じていたのに。

今は、違う。どこまでも限りなく広がっている。自分が望めば、どこにでも行ける。そう、海には初めから障壁などなかった。自分の中で、勝手に壁を作りあげていただけなのだ。

それに気づいた。

望まなければ、いつまでも壁のまま。

立ち塞がっていたのは、海ではない。自分の幼さや弱さだったのだろう。

交渉の反応はすこぶるよかった。横浜で重宝される異国語は阿蘭陀《オランダ》語より英語に移っている。商館主は亜米利加人だったので、留吉の英語を褒めてくれたが、なにより開港の頃から横浜で商売をしている野沢屋の看板が物をいった。

それはそれで悔しくもあるが、初めて自分の持ち店ができるのが勝った。

留吉が喜び勇《いさ》んで店に戻り、佐兵衛に報告をした。

佐兵衛は、「私からも、嬉しい知らせがある」と、意味ありげに笑うと、客間に留吉を連れて行き、障子を開けた。

「留！　大きくなったなぁ」

懐《なつ》かしいだみ声が飛んできた。座敷にいたのは、半右衛門だ。

「おれは、今江戸で暮らしているんだよ。大工仕事で金を貯めて、また父島開拓に行こうと考えているんだ」

「父島！」

驚く留吉に構わず、半右衛門が輝く眼を向けてきた。

「捕鯨の拠点を父島に作りたいといっていた男がいるんだ。文に書いたろう？　中浜万次郎さんだ。此度の開拓は中途に終わったが、必ず幕府はまた動くとおれは思っている。父島にはな、まだ幕府の役人が残っているんだ。その家はおれが建てたんだがよ。だからな、おれは幕府に直に頼み込むつもりだ」

半右衛門は唾を飛ばして話し続けた。

幕府に直に頼み込む？　一体、何を考えているんだろう。留吉には見当もつかなかった。思わず眼をしばたたくと、半右衛門が留吉の両肩をがしっと摑んだ。

「八丈島の者たちももう一度募る。島に人が増えているから、仕事にあぶれる奴がいるし、食い物が行き渡らねえ。だいたい山と岩場だらけで、平らな土地が少ねえから耕地が少なすぎる。

流人がわんさかやってくるわけじゃねえが、このまま島民が増えていけば、食い物で争うことにもなりかねない。どうだよ、留吉。おめえも一緒に父島に行かないか？　おれと一緒に島に渡って、土地を切り拓くんだ」

留吉は眼を丸く見開いた。

「なんだ、その顔は」

半右衛門は留吉の肩から手を離すと、首から下げた守り袋を襟元《えりもと》から抜き出した。

「近藤さまからいただいたわらしべが、この中に入っている。こいつは、必ず何かを引き寄せる。まずは父島開拓だとおれは思ったのさ」

おい、黙ってないで何かいえよ、と眉をひそめた。

留吉は戸惑いながら口を開いた。

「島の開拓といわれて、驚いてしまって。撤退と文にありましたが」

「やり直すんだよ。あのな、父島には、英吉利人や亜米利加人が昔から住んでいるんだ。わかるか？　ずっと暮らされたら日本の島が奴らに取られちまうんだよ。お前は異国の言葉が出来るだろう？　そいつらと話せるのは都合がいいんだ」

半右衛門は一人合点して頷いた。

「あのな、万次郎さんから聞いたんだ。ああ、そうだそうだ。万次郎さんって男は手風琴が得意でな、留吉は手風琴を知っているか？」

留吉は首を横に振る。

「片方の手で蛇腹の吹子《ふいご》みてえのを動かして、もう片方の手で、並んだ棒を押すと、なんともいえないいい音が出る。低い音、高い音、陽気な音曲から、物哀しい音曲と、それが波の音と重なってなぁ。今まで聞いたことのない音色《ねいろ》を奏《かな》でながら、万次郎さんは話すんだ。異国の船乗り衣装を着てよ。なんとも恰好のいい男だよ」

話がそれちまったな、と半右衛門は続けた。

「万次郎さんは、日本の周りには小さな島がたくさんあって、それをこれから利用するべきだというんだ。これからは異国と同じように日本も外洋に出て行くんだ。和船で陸沿いを怖々巡っている場合じゃあない。なんたって、蒸気船ってのがあるんだからな。どこだって行ける。そういう蒸気船の薪水、食料基地にしていくってことさ。これまで、異国船が日の本の沖合いに来たってのは、蒸気船の燃料が欲しいとか、食い物が欲しいとか、そういうことだったろう？」

中には、難破船の漂流民を送り届けに来る異国船もあったが、幕府は二心ありと見て、追い返したりしていた。それどころか、砲撃を加えることすらあったのだ。漂流民を国に送り届けるのは、船乗りの矜持《きょうじ》だということも知らなかったのだ。

万次郎もそうした幕府の政策の犠牲者だった。

「長旅をしていれば、途中で小腹が空く、喉が渇く、茶店があれば便利だろう？　船旅も同じこった。でもそこには、人が暮らしていなきゃいけねえ。だから移住する。土地を拓くんだ。いいか、まだ誰も住まない、誰にも見つけられてない島はお宝なんだぞ。それは国のためにもなることなんだ。日本国の近くにある島だから日本の物というわけではない。暮らしているという事実が必要だ。今は、蒸気船があれば、無人島の探索が可能だ。日本の周りにある島にたやすく行けるのだ」

国のため？　無人島の探索？　話が飛躍《ひやく》しすぎて困惑する留吉に構わず、半右衛門は途切れることなく言葉を並べ続けた。

日本は開国を果たしたとはいえ、いまだに攘夷を叫んでいる者たちがたくさんいるのだ。先年、生麦村で薩摩島津《さつましまづ》家の行列が、異人の商人を斬殺《ざんさつ》した。父島開拓が中止の憂き目にあったのも、あの事件のせいではなかったかと留吉は思っていた。

でも、目の前にいる半右衛門は、開拓を再び目指しているという。しかも、それが国のためになるという。が、今の公儀に、そのような暇はないはずだ。

「だから、まずは父島なんだよ」

と、唾を飛ばす。

「島を出て、お前はそれで満足か。お店の手代としてちんまり収まっているのが望みだったか？　おれと父島へ行こう。開拓だ。おれたちの島を作るんだ」

おれたちの島。

半右衛門は、番頭の佐兵衛が店座敷に出て来るまで話し続けた。

その日、半右衛門は横浜に一泊した。

留吉は、お店の許しを得て、佐兵衛とともに神奈川宿まで送った。

「考えておけよ、留吉」

半右衛門はそういって、背を向けた。

佐兵衛が不思議そうな顔を向けて来たが、留吉は笑みを返した。横浜へ帰る道すがら、留吉は半右衛門がいったことを交えながら、訊ねた。

「ほう、半右衛門が無人島探索は国のためだといったのか。なるほどな。にしても、勢いで話して説明がない。半右衛門らしいといえばそれまでだが、聞かされるほうは、なんのことかさっぱりわからないな」

佐兵衛は、ゆっくりと歩きながら笑った。

「でも、ご公儀は国内のことだけで精一杯なのではありませんか？　先日はどこかのお大名家の方が銃器を購入しに横浜に来たという噂を聞きました。生麦村の殺傷事件で、薩摩と英吉利国が戦になるという噂も流れていますし」

「そうだなぁ」

と、佐兵衛は呑気なものだ。

「ただな、半右衛門の話はまるきりの法螺《ほら》ではないのだよ。父島を捕鯨基地にするという話は私も耳にしたことがある。そうでないと、異国が次々、島を我が物にしてしまう。そのため幕府は開国を機に、外洋へ出る必要性を感じている。留吉、世界に門を開いたというのは、受け入れることだけではないのだよ。こちらから、打って出るということでもあるんだ」

留吉は、はっとした。生糸、茶などの日本の品物が世界に送り出されることだけではない。

日本が海に出て行くこともあって当然なのだ。今は、異国が日本に来て、品物を積んで戻って行くが、日本から品物を積んで、異国へ行くことも出来るようになるのだ。

佐兵衛は頷いた。

「今の異国船と同じことを日本も出来るようになる。近い将来必ずそうなるだろう。ただ、半右衛門のいう国のためというのは、幕府の事業のことだよ」

「幕府の事業？」

「そう、幕府は諸大名が行っているような殖産《しょくさん》事業を持っていないだろう？　煙草、養蚕《ようさん》、陶磁器《とうじき》、織物。海産物や水菓子など、その国々によって特産物がある。が、幕府にはそうしたものがない。むろん、この横浜の貿易も国益にはなる。が、財源は基本的に年貢や上納金だろう？」

だから幕府は捕鯨を事業のひとつにしたいと考えているようだ。鯨は捨てるところがない。余すところなく利用が出来る。さらに、日本近海の小島はこれから長い航海に出るための中継地になる。その重要性に幕府は気づいたのだと。

あからさまに領土を増やすとなると、西欧諸国から批判を受けるだろうが、日本はまず近海の小島を我が国の島だと世界に認めさせることが必要になったのだ、と佐兵衛はいう。

「それこそ日本の近くにある無人島が、例えば英吉利国のものになってしまったら、どうなる？　極端なことを言えば、八丈島が亜米利加国の領土になってしまうということさ」

「それは困ります。私たちは亜米利加人になってしまうじゃないですか」

ははは、と佐兵衛が大笑いした。

「亜米利加人になってしまうはよかったなぁ。もちろん八丈島は日本の地だから安心していいよ。たとえ話なんだからね。でも、もしもそんなことになったら八丈紬も魚もなにからなにまで亜米利加の物になる」

「嫌です」

「だろう？　幕府だってきっと同じ気持ちだよ。日本に近い島は、日本が利用する、日本の地だと世界に示さなければならないんだ。半右衛門がお宝だというのもわかるよ。その島がとてもいい漁場になるかもしれないからね。もしかしたら、金や銀が埋まっているかもしれない。それは夢物語だとしても、父島開拓を目指しているのは、そういうことなんだ。捕鯨基地にするというのもね。捕鯨が幕府の事業として成り立てば、それにかかわる父島にも利が出る。八丈島から移民を募るというのは、島民に新たな暮らしを与えることに繋がるんじゃないのかな」

それから、と佐兵衛は神奈川砲台の向こうに見える港へ眼を向けた。神奈川の砲台からは時々空砲が撃たれる。それは歓迎の意であったり、お祝いであったりするそうだ。

「西欧諸国は、昔から大きな帆船で海を渡っていた。それは、国益を求めて、新たな土地を探すということもあったのだろうけれど、どんな国があるか、世界はどうなっているのか知りたかったのだと私は思うよ。日本では、幕府の政策で大船を造ることが叶わなかった。しかし、それを通り越して、いきなり蒸気船に出会ってしまった。慌てるというより、気持ちが高ぶっただろうね。とてつもなく広いと思っていた世界は一つの海で繋がっていることも知った。蒸気船は世界を狭くしたのかもしれないね」

それでも命懸けであることには変わりないがね、と佐兵衛はいった。

「命懸けで海を渡るのも同じ一生だ。どうせ限りのある命なら、おれは血が騒ぐ、沸き上がるようなことがしてぇ」

半右衛門が、居留地の普請に携わっていたときにいった言葉が脳裏をよぎった。

「それで、父島へ行くのかい？」

「わかりません。私は英語を学び、商売を学んできました。でも、それが父島でいかせますか？　お店者の私が土地の開拓をするなんて無理ですよ」

でも、半右衛門はまことに迎えに来てくれたのだ。ただ、まだ半右衛門の役に立てないような気がするのだ。

「じゃあ、半右衛門さんにはついていかないのか」

佐兵衛が少し残念そうな顔をして、笑みを向けた。

「お前は、もっと欲を出すといいよ。何もうちの店だけにとどまることはないのだ。歳若い頃に英語を学んだから、私よりもずっと習得が早い。思い切って、異人の商館に勤めるのはどうだ？」

「商館番頭などになって、日本の品物を安く買い叩けば、恨まれます」

「いや、買弁《ばいべん》や商館の連中のように闇雲に安くしろというのは納得出来ない。だが、留吉は日本の生糸の良し悪しを知っている。だからこそ、日本人にも、異人にも信用されるぞ」

佐兵衛が留吉の背を軽く押すように叩いた。

その後、半右衛門からは便りもなければ、横浜を訪ねてくることもなかった。

以前聞いた住まいに文を送ったが、大家から差し戻された。江戸の住まいも引き払ったようだった。


それから、日本は大きく変わった。


沖合いには、英吉利国、仏蘭西国、亜米利加国の商船や軍艦が自国の旗を翻し、停泊していた。小早《こばや》が、海上を埋め尽くすくらい行き来していた。運上所では変わらず多くの荷が積まれ、人夫や商人、役人らが忙しく立ち働いている姿を留吉は万感の思いで眺める。

留吉は変わらず毎日を過ごしていた。明治となっても、横浜の風景はさほど変わらない。商いも変わらなかった。吉田堤《よしだづつみ》に牛鍋屋《うしなべ》が出来、番頭の佐兵衛に連れられて、おっかなびっくり初めて牛の肉を口にした。

甘めのたれが脂の乗った肉と絡んで、旨すぎて肉ばかり食べていたら、さすがに佐兵衛に怒られた。

元号が変わったが、新政府軍の東征《とうせい》は続き、蝦夷五稜郭での旧幕府軍の降伏で、明治二年（一八六九）五月にようやく終了した。

これで、日本は天皇をいただく国として、出発することになったのだ。

父島開拓も幕府がなくなってしまっては、進展もないだろう。大工をしながら金を貯めると、半右衛門はいっていたが、そんなことよりなにより、この時世では無事でいることだけを願っていた。

最後に会ったのは、いつだったたか。

留吉は、自ら売り込んで以来、ずっと取引をしている七十六番の商館を訪れた。

椅子に座り、主人が現れるのを待っていたが、もう小半時ほど経つ。

生糸は常に品薄だったが、今年はとくに生産量が減っていた。これも戦のせいではないかと、生糸を扱う店は大騒ぎだった。

屑糸の取引は進んでいたが、今年は買い上げ量を減らしてほしいと頼みにきたのだ。留吉の気は重い。扉を開けて入ってきたのは、清国人だった。洋装で、辮髪《べんぱつ》ではなく短髪だ。

商館では、清国人の買弁を雇っていることが多い。日本人の店と商館とを円滑に取り持つ通詞役だが、利益の一部を懐《ふところ》に入れる商売人でもある。もちろん、雇い主には気づかれないようにだ。

しかし英語を話す留吉は、買弁はいらない。直接、商館の者と交渉が出来るから、ここではそれも気に入られたのだが。

「申し訳ございません。旦那さまは急な用事が出来てしまい」

清国人が眉を下げた。とても流暢な日本語を話すので、ほっとした。

「旦那さまからくれぐれも失礼のないようにと申しつかっております。それで、早速ですが、屑糸のことで何か困ったことがございましたか？」

清国人が眉間に皺を寄せた。

「はい、屑糸が減少しておりまして、納める量を――」

留吉は、ここ数年の状況を書類にし、説明した。買弁は真剣に耳を傾けてくれた。国の為政者がひっくり返ったのだ。得心してくれたようではあった。

商館を出た留吉は、海岸通りへ出て、海を眺めた。変わらず、多くの船が投錨している。

こうして生糸の売り込みも契約交渉も任されている。

なのに、何か物足りなく感じるのはどういうことだろう。込み上げる衝動がない。

「おめえも一緒に父島に行こうぜ」

半右衛門の声が耳の奥で響いた。

潮風が頰を撫ぜる。

海はもう壁じゃない。どこまでも広がる海原だ。可能性の宝庫であるなら――。

半右衛門の誘いを待ち望んでいる自分がいるのを、はっきり感じた。

第二章　沖の太夫の島

一

明治二十年（一八八七）、春。

「とみい。肥前《ひぜん》屋との交渉はどうなった？」

「ご心配なく。追加の大皿五百、大鉢五百のあてはついております」

「助かったよ。変わらず日本の陶磁器《とうじき》は人気があるからね」

と、館主のウィリアムが帽子を被る。

「お出掛けですか？」

留吉はペンを置いて、ウィリアムへ顔を向けた。

「ああ、銀行にね。今日、上海《シャンハイ》から送金があるはずなんだ。もう支払いの心配はないよ。まったく冷や冷やさせられた」

「よかった。今月末には英吉利国の商館への支払いがありますからね」

「心配をかけたが、もう安心だよ。やはり旧《ふる》い友人だものな。頼まれたら断れないよ。そうだ、とみい。そろそろ理髪《りはつ》店に行ったらどうだい？」

ああ、と留吉は前髪をかき上げた。確かに、少し鬱陶《うっとう》しい。

隣の建物の二階に理髪店が入っている。

髷を落としてから幾年経つことか。洋装の窮屈さも気にならなくなったし、照れ臭さもなくなった。それは横浜という土地柄もあるが。それでも家で過ごしているときは、母が送ってくれた黄八丈《きはちじょう》の小袖《こそで》に手を通す。

扉を出るウィリアムの顔が明るかった。

上海で商館を営む幼馴染みから印度《インド》での新事業の出資を頼まれ、一万ポンドを工面《くめん》したのだ。日本円にすると約五万円になる。月給が二十円で、暮らしにかなり余裕のある留吉でも途方もない金高だ。むろん貿易で扱う金額は桁違いだが、ウィリアム個人の身代では厳しい。銀行から金を借りて、送ったが、幼馴染みも金の算段がついたのだろう。留吉もほっとした。実は、ウィリアムから相談を受けたとき、留吉は反対した。これまで堅実な商売をして来た。今、多額の借金をして、不払いなど生じたら、一気に信用が落ちる。

しかし、

「とみいは、私たちのような商館経営者がずっと順風満帆に人生を送って来たと思うかい？」

ウィリアムがいった。

「まったく違うよ。通りに落ちている銅貨《どうか》一枚を取り合うような子ども時代を過ごしたんだ。

本国じゃろくでなしだ。英吉利国も島国だ。海に囲まれたあの国でうだつの上がらぬまま死ぬのは嫌だった。新天地で死ぬ気でやってやろうと思ったのだよ」

留吉の胸にウィリアムの言葉が刺《さ》さる。まるで自分のようだ。

「横浜居留地にやって来た奴らは、多かれ少なかれ、そんなものだよ」

そういえば、横浜開港まもない当時の商館の主人は皆若かった。中には本国で成功し、横浜支店を開いた商館もなくはないが、大多数はある種の、一発逆転、一攫千金《いっかくせんきん》の希望を抱いて、この東の国にやって来たのだ。

「鞭《むち》を打たれながら、懸命に働いて船賃を稼いだ。足りない分は船の中で働いてね。故国を捨て、見知らぬ国に行く、私たちは冒険者だった。でも、その価値は必ずあると信じたから、やってこられた。上海の友人とはともに苦労を重ねて来た。だから後押ししてやりたい」

留吉はその気持ちを汲み取った。だが、友人でも必ず担保を取るようにと、ウィリアムに強く念を押した。

でも、よかった。末の支払いには十分間に合う。

留吉は、小田原町《おだわらちょう》にあるウィリアム商会で十年、商館番頭を務めている。開業は横浜の商館の中では比較的新しく、明治十年だ。つまり、設立当初からここで世話になっている。

留吉は、商売人として、売るばかりではなく、買うことも学びたいと思い立った。佐兵衛の後押しもあり、『野沢屋』を退《しりぞ》き、異人の商館で商館番頭として働いていたが、その商館で出会ったウィリアムが独立した折に誘われたのだ。

横浜は広いが、本当に狭いと感じることになった。

留吉が幼い頃、普請中の居留地で出会ったあの少女はウィリアムの娘だったのだから。娘の名はエミリといった。エミリはすでに結婚をして英吉利国で暮らしていたが、五年前に再会した。

青い瞳は変わらなかったし、麦の穂のような髪色も変わらず、なにより美しかった。

留吉のことは、うっすらと覚えていたようで、「とみい」とすっかり大人の女性の声で呼ばれたときには、はからずも赤面した。まさか、エミリに礼がいいたくて、異国語を学んだとはいえなかった。

主人のウィリアムと留吉のふたりで商会は始まったが、今は英吉利人がふたり、独逸《ドイツ》人がひとり、そして日本人の少年がひとり増え、六人で仕事をしている。

主人と商館番頭という立場であるものの、ウィリアムは留吉を共同の経営者であると認めてくれている。だから、独断では決めずにこうして相談してくれたのだ。それはとても光栄なことではあるのだが、いまだに「とみい」と呼ばれるのは、いささかくすぐったい。

横浜に来てから、すでに二十七年。もうすぐ三十六だというのに。

明治になり、出島禁止もかかわりなくなった。母親と妹を横浜に呼んだが、母は、父が眠る島に留まりたいと妹だけを送り出した。その妹も、野沢屋の手代と一緒になった。島でぴいぴい泣いていた妹は、今四人の子を持つ、立派な女房になっている。母は島で死んだが、それは手習い所の師匠だった近藤富蔵から文で知らされた。

明治元年（一八六八）、大赦《たいしゃ》があり、流人二百七十人が赦免《しゃめん》された。島では、ソテツに花が咲くと恩赦《おんしゃ》があるので、赦免花と呼ぶ。元年にはそれはきれいに花が開いたといわれている。が、富蔵に赦免はなかった。

その後、十三年（一八八〇）に富蔵は赦免され、内地に戻ったが、かつての江戸とはまったく風景が違うことに眼を瞠《みは》ったことだろう。多分、浦島太郎のような気分だったと思うのだ。知人や父重蔵もとうにいない。先祖や父の墓に無沙汰《ぶさた》を詫び、再び島に帰ったという。その富蔵も齢八十を超えているはずだ。流人として五十年以上も過ごし、長年書き溜めてきた『八丈実記』は東京府が買い上げたといわれているが、その人生を閉じ込められたものと捉えるか、留吉には想像もつかない。

留吉はいまだ独り者だ。白髪がちらほら見えると歳を感じた。

これまで縁談がなかったわけではないが、今は早いだの、仕事があるだの、言い訳をして拒んできたら、いつの間にか歳を食っていた。

あちらこちらの商館の者たちや、むろん取引先の日本人の店の者からも、なぜ身を固めなかったのかとしょっちゅういわれ、家族を持たねば男は一人前ではないというのは耳にたこが出来るほど聞かされた。

通いの飯炊きの婆さんに掃除洗濯などもしてもらっているし、時にはウィリアム夫妻と食卓を囲んでいる。暮らしに不便を感じたことはない。

伴侶《はんりょ》がいれば、子があればと思ったこともあるが、その気になると大きな仕事が舞い込み、追われて、気が萎《しぼ》んでしまう。

野沢屋を退いたときには、とうに二十を超えていた。

徳川時代が終わると、横浜の風景は、さらに加速度がついて変わった。

鉄道馬車が通り、俥夫《しゃふ》が町を駆け抜け、ガス灯が通りを照らしたが、人々の足はすでに蒸気車に取って代わり、ガス灯もまもなく電灯になるという。

この頃の居留地では煉瓦《れんが》造りの商館が見られるようになった。赤い煉瓦は重厚で美しい。ますます異国の風情が漂う町にもなった。

郵便夫、牛乳の配達夫、新聞売りの姿は当たり前になり、少し前からはひとり乗りの二輪車、三輪車というものが町を走っている。

おぼつかない運転の二輪車とぶつかりそうになったときには、冷や汗が出た。

八丈島にいた年月よりも、横浜のほうが長くなった。

すっかり、ハマの人間だと思う。


小一時間ほどで、銀行から戻ったウィリアムの顔色が変わっていた。留吉が訊ねても、「なんでもない」と首を振るだけだった。

それから半月後、あの日のウィリアムの顔色の理由が知れた。上海の友人の新事業が偽りだったのだ。清国と朝鮮国が不穏な空気を漂わせているのを見てとったその友人は武器商人と手を組んだが、旧式で中古の小銃を摑まされ、結局、ほとんど売れなかったらしい。その補塡《ほてん》のため、印度での事業をでっち上げたのだ。

その友人とはまったく連絡が取れないという。商館も屋敷も手放して逃亡したのだ。

それを上海の別の商館主から知らされたウィリアムの落胆は並々ならぬものであった。共に苦労を重ねて来た友人に裏切られ、騙されたその事実が受け入れられなかったようだ。結局、担保も取っていなかった。一万ポンドは丸々ウィリアムの借金になった。

浴びるように酒を呑み、みるみる痩せ細り、青白い顔で取引の席に出て、横浜税関にも足を運ぶ。病になるのではないかと周囲にも思われるほど憔悴《しょうすい》していた。留吉が銀行に掛け合っても、取りつく島もない。商館の借地権、経営権が抵当に入っていた。返済できなければ、すべて取り上げられる。このままでは、ウィリアム商会が銀行に乗っ取られる。商館の雇い人たちには黙っていたが、ウィリアムの様子を見ればただ事ではないことは気づかれる。異人も日本人も皆、留吉に詰め寄った。

皆、憤ったが、せんないことだ。

皆で頭を突き合わせ、大口の取引先を別の商館に譲って金にすることも考えた。あるいは、別の商館と共同経営とするか。要するに身売りだ。ならば銀行に取られたほうがマシだという声が上がった。

「とみい、なんとかなりそうだ。僕も君も皆もこのままやっていける。続けていける。館主は、銀行からの出向になるがね」

ウィリアムはそういった。

それでは、駄目だ。しかし、商館の名は残る。今まで通り、ひとりも欠けることなく働ける。それが一番の解決策なのだとウィリアムは諦めと安堵が混ざった表情をしていた。

留吉は家に戻り、着替えをしながら、ふと帯に眼を留めた。

黄八丈の角帯。昨年の暮れに半右衛門から贈られた物だ。

この帯も母が織った物だという。

母は死ぬ間際まで、黄八丈を織っていたことが、嬉しかった。もともと黄八丈は献上品にするほどの織物だ。そこに目をつけた半右衛門は、黄八丈の商業化を図り、島の者たちに仕事を与えた。着れば着るほど艶やかな光沢を放つ黄八丈は東京で飛ぶように売れた。

半右衛門は、八丈島と東京を繋《つな》ぐ廻船《かいせん》業を始め、今は京橋《きょうばし》に居を構《かま》えているという。

帯とともに、文でそれを知らされ、驚いた。ずっと音信不通だった。心配でしかたなかったのに、肩透かしを食った気分だった。

「父島に行かないか？」

あのときの声が留吉の頭の中でこだまする。いつ呼び出しがあるかと、声が掛かるのを待ち望んでいたのに。やはり、自分では、半右衛門の役に立てないのか、と責めた。だけど――その一方で。

あれだけ、開拓を叫んでいた男が、商売人になっていた。それには、愕然とした。正直、留吉は落胆した。

誘われたのはもう遠い昔だ。半右衛門の暮らしも変わったのだろう。

しかし、半右衛門の眼はいつも海の彼方《かなた》に向いていた。これまで閉ざされていた扉を開け放ち、いつでも勢いよく飛び出そうとしていた。

限りある命ならば、血の沸き立つことがしたいと、半右衛門は話した。でもあの頃は、若かった。だから、そんなことも思えたのだろう。

半右衛門は三十九で子を授かったという。半ば諦めかけていたときに出来た男児で、名は鍋《なべ》太郎《たろう》。三年後には次男、さらに三年後に三男、そして、女児にも恵まれた。

離島での開拓事業は危険を伴う。黄八丈の販売と廻船業が安定しているのならば、四人の子と妻を養《やしな》い、心やすく暮らせるほうを選ぶ。半右衛門とてもう五十だ。昔のちりちりした火縄のようなきな臭い熱情はとうに失われているだろう。

当たり前だ。平穏な暮らしを手に入れたのだから。

手文庫から半右衛門の文を取り出した。

行くしかないか。

留吉は唇を嚙みしめ、すがる思いで横浜駅から蒸気車に飛び乗った。

京橋区本湊町《きょうばしくほんみなとちょう》――江戸の頃は鉄砲洲《てっぽうず》と呼ばれたあたりに、半右衛門の屋敷があった。汐留《しおどめ》の駅舎からわずかな距離だ。留吉は呆気《あっけ》に取られて、門を見上げる。かつての武家屋敷《ぶけやしき》並の立派さだ。

本当に、儲かっているのだ。留吉は、自分の目的を恥じつつ、ぶるりと首を振った。

広い玄関に現れた半右衛門は、眼を瞠り、すぐに顔をくしゃくしゃにした。

「いきなり訪ねてくるなんてなぁ。驚いたよ。大きくなりやがったなぁ」

うんうんと嬉しそうに首肯《しゅこう》する半右衛門を見ながら苦笑した。二十数年もの年月が、ひと息に縮まる気がした。

「三十半ば過ぎの男に向かって大きくなったはないでしょう、半右衛門さん」

「ははは、違いねえな。おれも五十だ。やれやれ、互いにいい親爺ってことか。まあ、立派になったってことよ」

家ん中はガキどもがうるせえから、おれの行きつけへ行こう、と留吉の肩を叩いた。


半右衛門は、小上がりに腰を下ろすと、手を伸ばして留吉の蝶《ちょう》ネクタイに触れた。

「こんな洒落た物つけやがってよ。ったく、商館勤めになると変わるもんだねえ。ところで名字は菊池《きくち》だったな」

「はい。八丈島の親類が菊地姓を名乗っていると知ったので。養家には申し訳なく」

「いいんだよ。書類上だけの養《やしな》い親《おや》だ。なんにせよ立派になったもんだ。島の出だといじめられて、強情張ってたおめえとはもうまったく違う」

「やめてくださいよ。そんなガキの頃の話」

「そうでもねえぞ。居留地で一緒に働いた奴らが今おれの仕事を手伝ってくれているよ」

え？　留吉は眼をしばたたく。

「五助だよ。覚えているか」

驚いた。まさか今になって五助の名を聞こうとは思わなかった。

「もしかして、半右衛門さんの下で」

「ま、そういうことだ。けど惜《お》しかった。今はちょいと遠くに行っていてな、来月には戻るんだが」

懐かしい名を耳にして、留吉は一瞬、借金のことを胸の奥に押し込めた。久しぶりの再会を手放しで喜んでくれている半右衛門に対して心苦しさが募る。

黄八丈の販売をウィリアム商会を通じ、横浜で出来ないかと、頼みにきたのだ。すでに事務所は抵当に入っている。差し出すものは何もない。代わりに流通販売、すべてを無償で担《にな》う約束をして、金を借りる。ただし、数千ポンドの財産が半右衛門にあるかはわからない。けれど留吉は商会の行く末を背負っている。追い返されようとかまわない。が、そんな思惑を知らない半右衛門は、

「今夜は呑み明かしてえなぁ。それにしても、今じゃ異人と対等に渡り合う商売人だ。商会でも重宝されているんだろう。ガキん頃に異国語を学びたいといったおめえだ。見所があると思ったが、おれの眼は確かだった。いや、富蔵さまがすごいのかな」

ガハハ、と笑った。

「しばらく無沙汰をしちまったが、おめえのほうから会いに来てくれるとは思いも寄らなかった。まあ、おれもお前に会いたかったんだ。その日がようやく来た」

半右衛門の言葉がふと気になったが、ええ、私もです、と留吉は言葉を濁しながら、応えた。いつ切り出していいものか、留吉は躊躇《ちゅうちょ》していた。

純粋に会いたかったのではなく、借金の無心に来たのだ。その邪心《じゃしん》に気づかれるのが、怖かった。

半右衛門は唇に油を塗ったように話した。驚いたのは、明治になってから官舎を建設する大工として、父島への開拓に三度も参加していたというのだ。

「父島を取り仕切る役人と仲良くなったんだが、もっと上のお偉方のいうことに納得できなくて、引き揚げちまったんだよ」

すると半右衛門が留吉を急に見据えた。

「その代わりといってはなんだが、鳥島に行こう」

鳥島？　と、留吉は聞き返した。当然だ。聞いたことのない島の名だ。

「そうだよ。鳥島だ。伊豆諸島の南端だ。小笠原の父島より、うんと近いぞ。どうだ。今度こそ開拓だ。本当の無人島なんだよ。ようやくおめえと仕事が出来る。待たせたな。その前に視察という形で島に行く。一緒に行こうぜ」

待たせたって嘘だろう？　留吉はにわかに信じられなかった。だが半右衛門の眼はぎらぎらと輝いていた。

横浜に戻った留吉の話にウィリアムは唖然《あぜん》とした。

「つまり、とみいの知人が、その鳥島の羽毛をうちで一手に引き受けてもらいたいといったのだね。それはありがたいことだが。これから、羽毛を集めるのだろう？　それでは、もう間に合わない」

「いいえ、二千ポンドは、半右衛門さんが工面してくださいます。羽毛の取引で返済してもらえばいいと」

横浜での羽毛の需要は高まっていた。けれど、半右衛門がどれだけの羽毛を集めることが出来るのか、まるでわからない。

これは山事《やまごと》だ、とウィリアムが首を横に振る。

「失敗すれば、私たちはもっと追い詰められるかもしれない。金を工面してくれた、その半右衛門さんにも迷惑が掛かるだろう」

難色を示すウィリアムに、留吉は微笑みを向けた。

「私は半右衛門さんと鳥島に渡ります。果たして羽毛の取引が出来るのか、この眼で確かめて来ます。ウィリアムさんもかつては後先顧みずに、船に飛び乗った冒険者なのでしょう。その気持ちを思い出してください。これに賭けてみましょう」

このままでいれば、商館は銀行の物になり館主も変わる。

「今が最悪なんです。もう、それ以下はありませんよ」

わかった、とウィリアムが留吉の手を固く握りしめた。

その年の十一月、留吉は、半右衛門とともに、明治丸の船上にいた――。

二

鳥島ですでに三日過ごしていた。

留吉は、岩を積み重ねて作った竃《かまど》に鍋を置き、昨夕、巣から取ってきたアホウドリの卵を茹《ゆ》で始めた。大鍋ふたつに人数分だ。海水で茹でるから、塩はいらない。というより、持参した貴重な真水は使えないのだ。

上陸翌日に見せられたその卵の大きさにまず驚いた。鶏卵《けいらん》に比べると、三倍くらいの大きさになろうか。大型の鳥であれば、それも当然か、と留吉は、ひとり得心していた。

二日目には、粥《かゆ》に割り入れて食った。鶏卵と味にさほど違いはないにしろ、ひとつでも十分な量がある。孤島においては優れた食料であり、栄養源だ。

ただし、アホウドリは渡りの鳥だ。繁殖《はんしょく》のため秋に鳥島周辺に飛来し、産卵《さんらん》と子育てを終えると春には島を離れてしまう。この時期だけの鳥だ。

貝殻《かいがら》、小魚の骨が乱雑《らんざつ》に打ち捨てられている。

浜から離れた緩い傾斜の岩場の下に、船から運んだ荷が積んである。

寝泊りは、岩場の洞《ほら》を探して、夜具に包《くる》まって寝る。二日目には身体中が痛くなった。

予定では、硫黄島の探検を終えた後、明治丸は再び鳥島に戻ってくることになっていた。そうして、皆を乗せ、横浜へと帰港する。

鳥島での滞在は約十日だ。

沸騰《ふっとう》する湯の中で踊る卵を眺めながら、留吉は、十日ほどの滞在にしては妙に荷が多いと感じていた。中には、まだ解いていない荷物もいくつかある。

何が入っているのか、この調査の頭を務める半右衛門を質《ただ》してはいない。が、半右衛門は、かつて開拓民として、徳川時代に一度、明治になってからも父島に渡ったことがある。おそらくその経験上、必要と思える物を揃えたのだろう。

そうした点では、安心していられる。

「ふう」

大きく息を吐く。

生暖かい風に混ざってアホウドリの鳴き声と男たちの笑い声が聞こえてくる。

アホウドリの殺戮《さつりく》は上陸の翌朝からずっと続いていた。

だらりと首を落とし絶命したアホウドリの姿を見るのに慣れたとは言い難い。撲殺を間近で見たとき、アホウドリの鳴き声と骨が砕《くだ》ける鈍い音に、心の臓がきりりと痛んだ。むろん、家《か》禽《きん》をしめたこともある。だが、大きなアホウドリが打ち殺されるのは、また別だ。留吉は、ズボンのポケットから時計を取り出した。絶海の孤島で、時刻などなんの意味もなさない。アホウドリだらけのこの島では、陽が昇れば起き、沈めば眠る、それしか出来ないのだから。しかし、卵の茹で加減を測るには重宝している。

汗でシャツが素肌《すはだ》に張り付くのが不快《ふかい》だった。襟元をくつろげて、風を入れる。アホウドリを追う男たちは皆半裸で作業をしている。十一月でも十分暖かい。

半右衛門の指図で、アホウドリの捕獲に当たる者、羽を毟り、叺《かます》に詰める者、血抜きをして、干し肉を作る者など各自の役割で動いている。

が、留吉には何も役目は与えられていない。強いていうなら、こうして飯番の手伝いをするくらいだった。

「やれ重い重い」

ふたりの男が三羽のアホウドリを天秤棒に吊るし、運んできた。

「日向ぼっことは呑気なものじゃのう、商館番頭さんよ」

前を担ぐ男が横目を向けてくる。

「よせよせ、おれたちの働きぶりを見張りに来ていると、半右衛門の旦那から聞かされただろうが。楯突《たてつ》くと、異人を引き連れて乗り込んで来るぞ」

「こんな島まで来るものか」

男ふたりは、笑いながら留吉の前を通り過ぎる。

留吉は無言で、男たちをやり過ごす。

幼い頃よくしたように、空を仰いだ。眩《まばゆ》い陽射しに留吉は眼を細めた。

空も、海も、どこまでも続いている。

それこそ出航した横浜の港までも。

ははあ、また島に戻ってしまったなぁ、と心の内で笑う。

留吉は、幼い頃、海を見る度、閉塞感を覚えた。海には、眼には映らない壁があるのだと思っていた。いや、海そのものが障壁なのではないかと——。

流れ漂う雲は幻で、どこまでも続く海原は、まやかし。海は、逃げ出すことを拒む。出れば、たちまち激しい潮流に巻き込まれ、浜に引き戻される。幼い頃は本気でそう考えていた。自分の育った島が、流刑の地であったからだろう。徳川の治世の頃、島に送られてきた罪人は千八百人に及んだという。

「沖で見たときゃ、鬼島と見たが、来てみりゃ八丈は、情け島——」

留吉は島の唄を口ずさむ。

シュロの木が風に揺れて、激しい雨が玉石垣《たまいしがき》に打ち付ける。雨が降り続くと、唐滝《からたき》の水音が轟々《ごうごう》と鳴る。

晴れた日には、青い空と海が、はるか彼方で溶け合うのが見えた。夜は、黒い布の上に雲母《うんも》を撒き散らしたような星が空にまたたく。

八丈島は、二日もあれば一周出来てしまう。もっとも、高低差もあるし、危険な岩場もあるから、ぐるりと回って歩くという酔狂な真似をする者はいない。

東京からは、ほぼ真南の位置にあり、七十五里（約二百九十五キロ）ほど離れた海上にある。島は、こぶが大小ふたつ並んだ、ちょうど縦半分に割った瓢箪《ひょうたん》を伏せて置いたような形をしている。大きなこぶが、別名八丈富士といわれる西山《にしやま》で、小さなこぶが別名三原山《みはらやま》と呼ばれている東山《ひがしやま》だ。このふたつの山は、百年ほど前まで火を噴《ふ》いていたと、古老から聞いたことがある。

それはそれは恐ろしい。不気味な胎動を続ける山が、地を揺らし、轟音《ごうおん》とともに火柱を天に向けて噴き放つ。噴火は一日で終わるものではないという。十日以上も続くこともある。それは山の怒りなのだと古老は見てきたように語った。

真っ黒な灰や石が降り続き、山肌には炎の川が伝う。それはどろどろと流れ、海にまで至る。その川は地獄の釜より熱く、草木も獣も人も、触れるだけで燃え上がる。

島の土地は、その火の山から流れた炎の川が冷えて固まったもので出来ているのだという。

それを聞いて、幼い子どもたちは身を震わせる。悪さをすれば、また山が怒って火を噴くから、いい子でいろといわれた。

円錐形で、きれいな稜線《りょうせん》を見せている八丈富士だが、慶長《けいちょう》の頃にも火を噴いたことが伝えられている。そのとき熱い熱い紅蓮《ぐれん》の川が流れて、西山の麓《ふもと》に住んでいた島民は、東山の麓に移住したという。

けれど、草木はとてもたくましい。岩に姿を変えた炎の川の隙間を見つけ芽吹き、長い時間をかけて鬱蒼《うっそう》とした森を作り、獣たちや鳥たちを育んできた。

旅鳥も多く島にやって来る。常緑の樹林に住むアカコッコは、とても愛らしい小鳥だ。ちゅるちゅるるる、と高い声で鳴く。雄は頭が黒くて、胴が赤い褐色だから、梢《こずえ》に止まっていればすぐに見つけられる。

　森から、人は恩恵を受けている。木の実は食すことが出来、葉や根は薬になる。幹は建材だ。秋には、いくつもの暴風雨に見舞われるが、大きな樹木は、激しい風から家を守ってくれる。

　かつて、江戸から送られて来た流人たちは、島の樹木を見て一様に眼を瞠った。これまで眼にしたことがない南の温暖な土地に生える変わった形だからだ。シュロやソテツ、ヘゴといった細く、羽根状の葉を茂らせる大型の木は、葉を幹の上部にだけ生やす。ガジュマルのような幹が幾本も絡んでいる木などもある。

　留吉には、当たり前の風景でも、初めて見た者にとっては驚きなのだろう。

　雨が多いのは困りものだが、森林は十分雨水を含んで、あちらこちらから水が湧《わ》き出て、喉を潤《うるお》してくれる。三原山の頂を水源とする滝は、ヘゴやシダ植物が生い茂る深い森の中にある。木々の隙間から溢れる光の筋の向こうに現れる水流。その飛沫を身に受けるときの心地よさはたまらない。

　島を取り巻く碧い海と青い空。瓢簞形の八丈島は豊かな森林と清らかな水に恵まれているのだ。点在する島嶼《とうしょ》の中でも、水が豊富なのが、八丈島の大きな特長だ。

　ただし、暮らしは楽なことばかりではない。一年を通じて、雨が多く、湿気も多い。さらに秋の暴風雨のせいで農作物に影響が出やすい。そのため、ひどい飢饉が幾度もあったと聞く。農耕牛を仕方なく食すこともされ、田畑を持たない島民や特に流人においては、海で魚や貝、海藻を採って飢えを凌いだ。甘藷《かんしょ》栽培が行われるようになってからは、飢饉で死ぬ者が減ったといわれている。

家の周りに積まれた石垣が、厳しい気候を物語る。どの家でも、激しい風や竜巻などから家を守るために石を積む。ただ、よく見られる石垣と異なるのは、石が丸いということだ。海で削られて球状になった石が用いられているところから、玉石垣《たまいしがき》と呼ばれている。

それは、流人たちの仕事にもなっており、海岸から丸い石を拾って来ては積み上げ、賃金を得ていた。

玉石垣は隙間なく積まれ、とてもきれいだ。島の風景に溶け込んでいる。

玉石垣の続く通りを歩けば、黄八丈を織る機織りの音が家々から聞こえてくる。生糸を作る蚕《かいこ》の餌となる桑の葉が一面緑に染める。

八丈島が嫌だったわけじゃない。

島民は皆、温かった。村々の祭りも賑やかで、誰もが顔見知りだ。流人さえも。

あれは、幾つのときだったろう。まだ六つくらいだったか。

波が岩礁に当たっては砕け、飛沫を上げていた。

幼馴染みに呼ばれて、危なげない足取りで海面から頭を出している平らな岩を選んでひょいひょいと飛んで渡る。

島の子にはどうってこともない。まだおぼつかない足取りの赤子の頃から、岩場や潮溜まりで遊んでいたのだ。島は火の山のせいで、浅瀬が続く砂浜はあまり見られず、岩場の海岸がほとんどだ。切り立った崖のような危険な場所もある。

銛《もり》で魚を突きに来たのだが、思わぬ生き物に出くわした。青海亀《あおうみがめ》だ。甲羅《こうら》が二尺（約六十センチ）をゆうに超えていた。あんなに巨大な海亀を眼にしたのは初めてだった。見つけた幼馴染みが興奮して、いった。

「竜宮城から来たんじゃないか」

留吉も同じことを思った。ふたりは魚を突くことも忘れて、亀を追いかけた。

透明で澄んだ海の水が青海亀の姿をくっきりと浮かび上がらせる。櫂《かい》のような前脚で水中を搔いて、進んでいる。まるで、海の中を飛んでいるようだ。

海亀は比較的水深の浅いところで暮らしているが。多くの魚たちがそうであるように、とてもとても想像がつかないような遠い処にまで泳いで行っているのだ。

この亀も一体どのくらいの年数を生きてきたのかわからないが、きっと、様々な海を泳いできたに違いない。

それを思うと留吉の胸が高鳴った。

陸地よりも、海のほうがずっと広い。海をいつまでも渡れる舟があったなら、一体どこにたどり着くのだろう。どこにもたどり着かずに、途方に暮れるんじゃないか？

海亀は、海の果てを見たことがあるだろうか。果てがあるなら、それはどんな処だろう。

それとも、別の陸地が見えてくるのだろうか。

島にも、季節風や潮流によって舟が漂着することがある。帆船のため風や潮の影響を受けてしまうのだ。日の本の舟はもちろんだが、清国船、琉球《りゅうきゅう》船が着いたことがある。すでに船乗りが行方知れずのときには、舟を修理して島で使用することもあった。乗船者がいる場合には、きちんと怪我人の手当てをして、舟も直して送り帰すのだ。

だから、海には陸地があることも、他の国があることも知っていた。

が、この眼で確かめたことがない。

それが出来たら、どんなによいだろう。

青海亀は、初夏から晩夏にかけて砂浜に上がって来て産卵する。が、島にはその砂浜がほとんどないので、島の珊瑚《さんご》の森をゆうゆうと泳いでいるだけだ。けれど、こんな岩場に入り込んで来たのを見るのは初めてだった。

「あんな大きな青海亀、食いてえな。きっと腹一杯になるぞ」

幼馴染みが舌舐めずりをした。滅多に食べられないが、獲れた海亀は煮て食べる。味は淡白でおいしい。けれど、あれほど巨大ではどんな釜にも入りっこない。

「それより、おいらはあの海亀の甲羅に乗って、海に出てみたいよ。遠くまで連れて行ってくれるんじゃないかな」

留吉がいうと、幼馴染みが急に真顔になった。

「亀が潜ったら、溺《おぼ》れるぞ」

「潜りそうになったら、泳げばいいじゃないか」

あはは、とふたりで笑って、青海亀が沿岸を離れるまで見送っていた。

西に傾きかけた陽が海を照らし、光の道を作る。きらきらと真っ直ぐに輝いている。亀が無理なら、あの光る道が渡れたらいいのに、と幼い留吉は詮ないことを思った。

あいつはどうしているだろう。まだは八丈島で暮らしているのだろうか。

「茹で卵を作ってくれてるのかい？　すまないね、留さん」

留吉ははっとして我に返った。料理番の五助が、枯れ枝を抱えて立っていた。

こんな島に来たために、つい昔を思い出した。

三

「作るというほどじゃないですよ。ただ茹でればいいだけですから」と、留吉は苦笑する。

五助が顎をしゃくって顔をしかめた。

その方向では、留吉を嘲弄《ちょうろう》した男たちが羽を毟りながら、談笑していた。

「あんな奴らのいうことなど気にしなくていいぜ。あいつら、前に父島でアホウドリを獲ったんだよ。それで半右衛門さんが雇ったらしい。何かといばっていて胸糞悪いよ」

「大丈夫ですよ。横浜では、異人の手下だの、国賊《こくぞく》だのもっとひどいいわれようをしましたからね」

留吉が応える。

五助は枝を置いてしゃがみ込むと、腰に下げた小さな籠《かご》を引き抜いた。籠を返すと、貝が散らばった。五助が骨張った指でひとつ摘《つま》んだ。

「ほら、食いな。さっき磯《いそ》で採ってきたもんだ」

「ありがとうございます」

留吉は、指でくじって口に入れる。

身が、ぬるりと喉を滑《すべ》り落ちていく。海そのものが身に詰まっているようで美味い。留吉は二つ目の貝に手を出した。

このように生の貝を食べるのは、何年振りか。

「なあ、からかうわけじゃねえが、島育ちだと、こういう暮らしには慣れているもんかい？」

五助に問われる。どういう暮らしだ、と留吉は苦く笑う。いくら島でも野外で寝食しない。島流しとなった罪人でさえ、粗末ながらも家がある。日々の食料を磯で賄っているわけではないのだ。離島には珍しく八丈島には水田もある。

五助には悪気がないし、あざけるわけではないのはわかるが、島暮らしというのは海山を駆け回る印象が少なからずあるのだろう。

「島生まれといっても、当時大工をしていた半右衛門さんにくっついて横浜に赴《おもむ》いたのが、九つですよ。それからずっと横浜で働いていたので、島には帰っていません」

「そうか。小せえうちから頑張ったんだなぁ」

そんなことは、と留吉は首を静かに横に振る。

半右衛門は、異人の屋敷を建てる大工として横浜に二度赴いたが、留吉が誘われたのは、二度目の横浜行きのときだった。

五助と出会ったのも、居留地の普請場だ。もう三十年近く前になる。

あの頃から五助は爺さんだったような気がするが、いまもあまり見た目が変わらない。九つの子どもから見れば、大人は皆、歳老けて見えるものだ。けれど、自分もあの頃の五助くらいの歳になったのだろう。不思議な気分だ。

「時代も変わった。まさか徳川さんが失《な》くなるなんて誰も思わなかったからな。でも、お前は、洋装も似合う立派なお店者になったもんだ。じゃあ、里帰りもせずにずっと奉公していたのか。だよなぁ、藪入《やぶい》りったって、帰るには遠すぎるものな、ははは」

留吉は、居留地での普請を終えると、生糸問屋に奉公に入り、その後、英吉利人が経営する商館に誘われ、今もそこで働いている。

「戦ンときも、横浜にいたのかえ？」

「怖かったですよ。なんたって、横浜には、異国の軍隊が駐屯しておりましたから。英吉利国は薩摩寄り、仏蘭西国は幕府の味方、そこに亜米利加国までいます。英吉利国と仏蘭西国が衝突するかもしれない、そうなれば居留地は大混乱ですよ。神奈川奉行所にも幕府軍がいましたから、誰が守ってくれるのか。生きた心地がしませんでした。でも、何事もなくすみましたけどね」

「だよなぁ。おれは、江戸にいたから、総攻撃が中止になったときはほっとしたぜ。まあ、お互い生きていてよかったよ。まあ、おっ母さんも留さんのことは自慢の子だろうなぁ」

「母は島に残りました。ですが、妹は横浜にいます。妹は私の最初の奉公先の者と祝言《しゅうげん》を挙げまして。母は亡くなりましたが、島で一生を終えたことに満足していたと思います」

話しながら、まことに？　と自らに問うた。八丈島の特産品である八丈絹を用いて黄八丈を織る母の姿がふと浮かんできた。

八丈絹は島名の由来とされており、一疋《いっぴき》の長さが八丈（約二十四メートル）の絹織物であったことから、いつしか八丈島と呼ばれるようになったといわれている。

島にとって八丈絹は、年貢として納められる大切な織物だ。

八丈絹には、黄、黒、樺《かば》の三色がある。絹糸の染料は、すべて島内の植物が用いられており、黄色がコブナ草、黒色は椎《しい》の木、樺色がタブの木の樹皮だ。

これらの色を出すために、染め汁に漬けては、陽に当て、漬けては陽に当てと、二十回以上（黒色は四十回）も繰り返す。それゆえに、独特の光沢を放つ生糸になる。

その生糸を織って出来た反物は、しなやかな風合いで、着物に仕立てれば、袖を通す毎に肌に馴染む。意匠は、その色の美しさを際立たせるために、格子《こうし》や縞《しま》、無地といった簡素なものが多い。

とくに常憲院《じょうけんいん》（五代将軍徳川綱吉《つなよし》）が好んで着用していたといわれ、市中で売られるようになると、人形浄瑠璃《じょうるり》や歌舞伎《かぶき》の演目として『恋娘昔八丈《こいむすめむかしはちじょう》』が上演され、黄色の八丈絹（黄八丈）が大人気になった。

二月ごろ蚕《かいこ》を育て、四月には糸をこしらえ、七月から織立てを始める。生糸の染めは男の仕事で、養蚕《ようさん》と織立ては女の仕事だ。特に、年貢として納められる八丈絹は、島内五つある村から、染師の男をひとり出し、織立ては、機織りに秀でた女子が数人選ばれ、注連縄《しめなわ》を巡らせた機屋で織る。

留吉の母親は幾度も機織りに選ばれた。誇らしいことでもあったが、休みなく機織りをしている姿を見るのは辛くもあった。

カタン、カタンと機織りの音が留吉の耳に甦る。母は、まことに幸せだったのだろうか。島で生を終えたことに本当に後悔はなかったのだろうか。

人生には様々な岐路《きろ》がある。

もっと母の背を強く押してやれたら、孫に囲まれて、賑やかに暮らしていたかもしれないのだ。自分はどうだろう？ 分かれ道に立ったとき、正しい道を選んだろうか？ 島に戻らなかったのは、親不孝だったのではないか。

「なあ、幾つになった？ 子はいるのかい？」

「三十六ですよ、あっという間です。子どもは――というより妻がおりませんので」

「なんだって？ お店者ってのは通いの番頭にならなきゃ、女房がもらえねえというが。異人のお店もそうなのかい？」

「いえ、私が勤めている商館では、そうした決まり事はありませんし、縁談もなくはなかったのですが――ついつい仕事ばかりで、いつの間にやら」

「そうかえ。でもよ、留吉。仕事にかまけてってのはいけねえぜ。男はやっぱり一家をなして一人前だ」

「皆さんにそういわれますがね。そういう五助さんはどうなんです？」

「おれか？　女房に先立たれてよ、三人の子も片付いた。またひとりになっちまったが、楽しくやってるよ。そういえば、居留地で、おめえを港崎《みよざき》遊郭に連れて行ってやるって約束したっけか？」

「そんなことがありましたね」

留吉は頬を緩める。

居留地の普請場で、大人たちが、仕事を終えると連れ立ってどこへ出掛けていくのか、少年の留吉には見当がつかなかった。それを五助に訊ねると、「元服したらなぁ」と、いったのだ。懐かしい思い出だ。

横浜の港崎遊郭は、江戸の頃の慶応三年（一八六七）に全焼した。その跡は横浜公園として生まれ変わり、遊女屋は今、吉田町《よしだまち》に移っている。

「残念ながら、燃えちゃいましたけどね」

「岩亀楼《がんきろう》なんざきらびやかだったんだがなぁ。異人もたくさんいた。けどよ、あんなにちっちゃかったおめえがよ。よく横浜で、ひとりで頑張ったなぁ」

半右衛門についてきたものの、大工仕事など何も出来なかった。ただ、鉋屑《かんなくず》や道具を皆の邪魔にならぬよう片付け回っていただけだった。

それでも島を出たという喜びが勝っていた。

「こんなに立派になってなぁ。異国語まで話せるようになってよう。たいしたもんだ」

「仕事ですから覚えないとならなかっただけですよ」

「だとしてもさぁ」と、五助は眼を細めた。

「五助さんは、半右衛門さんとずっと一緒にいたのですか？」

「ああ、ついたり離れたりしたかなぁ。徳川さんの頃の父島開拓は行ってねえが、台湾《たいわん》に一緒に官舎を建てに行って、新政府さんの小笠原の開発のときは、父島へ渡ったよ。でも、それから何年後だったかな、半右衛門さんは、黄八丈に眼をつけて、大当たりしたじゃないか。今じゃ立派な長者だ。けどそれじゃあまだ足りないようだがな。おれなんかも駆り出してさ。嬉しかったけどな」

　黄八丈の販売、その後、島と東京を繋ぐ回漕業《かいそうぎょう》で財を成したのだ。

「島も半右衛門さんのおかげで潤ったと思います。若い頃から、島のことを気にしていましたから」

　五助は、煙管《キセル》を取り出して、火を付けた。

「そういや、半右衛門さんはよくいってたな。八丈島の皆が心安く暮らせるようにするにはどうしたらいいかって。それには、いくらあればいいのか。若い頃は、てめえのことだけで精一杯でがむしゃらにやることしか考えねえもんだが、変わったお人だよ。けど、聞いてるおれらは、くだらねえ夢見るな、儲け話があるならおれがやりてえって、誰も本気で取り合わなかった。いまだに、その思いを持っててんのかね、この島に来たのもさ」

　急に五助が洟《はな》をすすりあげた。返答に迷った留吉は時計を取り出す。

「卵、そろそろいいようですよ」

「お、そうか。夕餉は、貝汁と茹で卵。あとは、餅にするか。肉もつけるか？」

「いえ、肉は御免です。アホウドリの肉は酷い」

留吉は顔をしかめた。

昨夜、獲ったアホウドリの肉を炙《あぶ》って食べた。臭いがきつく、留吉は息を止めて噛み、飲み込んだ。数人が同じような顔をしていた。半右衛門や、すでに父島でアホウドリを獲っていた者たちは酒を呑みながら、その様子を眺め、笑った。

「いや、酷かった、酷かった。雀《すずめ》や鳩《はと》のほうが肉は少ねえがよほどうめえ。あんなでかい鳥が、わんさかいるんだ。ここにいりゃ、もう一生食うには困らねえと思ったが、ああもまずくちゃ、腹が減っても食いたくねえ。期待して損した」

真顔で文句をいう五助がおかしくて、留吉はつい噴き出した。五助が、なんだよとばかりに睨《ね》め付けてくる。

「いや、本当に私もその通りだと思います」

「だろう？」と、五助はすぐに目元を和らげた。

「鳥にも美味い不味いがあるんですね。何が違うのかはわかりませんが、異なるのは、餌ですかね。アホウドリはイカや小魚、雀や鳩は穀物の違いかな。あとは陸鳥か水鳥か」

「水鳥でも、鴨は美味い」

五助がいう。

「そうかぁ。ああ、そうだ。海猫や鴎《かもめ》も美味しくないと聞いたことがありますよ。じゃあ、海鳥が美味しくないんじゃないでしょうか？」

なるほど、と五助が妙に得心した。

とはいえ、まことのところはわからない。

「ほとんど干し肉にするんだよ。島で食い物がないときには助かるぜ」

昨夜、半右衛門が肉に嚙み付きながらいった。干し肉にしたところで、味が変わるとは思えないが、飢餓状態に陥ればすべてが御馳走だ。八丈島はしばしば飢饉に襲われたが、留吉が過ごしていた頃は、舟での物資輸送や甘藷など救荒作物の栽培で、餓死者はめっきり減った。が、江戸との行き来により、人の流れが活発になり、疫病《えきびょう》が島にもたらされるようになったのが新たな厄介事《やっかいごと》になっている。

「しかし、なんだなぁ。皆、もう幾羽、殺しているのやら。佐吉《さきち》って奴は殺した数を棒切れに刻んでいるってよ」

少し先の平地に山と積まれたアホウドリの死骸があった。ふわふわと白い物が飛んで覆い隠して、誰が作業しているかわからない。毟った羽毛があたりに飛び交っているせいだ。と、

「おい、羽を毟るのは丁寧にしろよ。売り物にならなくなっちまうからなあ」

半右衛門が再び声を張りながら、歩いて来た。

作業をしていた男たちが威勢よく返事をする。

鳥を潰すことに長《た》けている茂作《もさく》という中年の男は、若い男に教えながら、大型の鳥であるア

ホウドリをさくさくさばいた。取れた羽毛は、藁莚《わらむしろ》で作った叺《かます》に入れる。

「半右衛門さん、こいつらデカすぎる。血抜きするにも時がかかってしょうがねえや。鶏のようにはいかねえ。叺も足りなくなっちまうよ。あまり調子に乗って殺しすぎねえようにいってくれ」

茂作が肉を切り裂きながら、半右衛門を見上げる。

「そうか。ここに山積みされたままなのも困るからなぁ。わかった。獲るのは、三人にして、こっちに回そう」

「そうしてくれると助かるぜ」

茂作はまた、アホウドリの肉を手際よく削ぎ始めた。

半右衛門が留吉に眼をとめ、にこりと笑い、近づいて来る。

まだ湯気が上がる鍋を覗き込み、満足そうにうなずくと、留吉に眼を向けた。

「お、茹で卵か」

「留、これから島巡りをするが、一緒に来ねえか?」

半右衛門があたりを見回す。

「一応、開拓の前調査で来たからな。形だけでも、島ぁ見とかないとならねえ。難癖つけられても困るんでよ。初日から、ちょくちょく巡ってはいたんだが。牧畜ができるかどうか、視察しないとな」

半右衛門が笑った。牧畜?

「お願いします。私もどのような島だったか、商館のウィリアムさんに報告《しら》せなければなりませんから」

訝《いぶか》りつつも留吉は五助に頭を下げてから立ち上がった。


半右衛門は、早足で先を進んで行く。

鳥島の周囲は一里半強（約六・五キロ）。岩石だらけの足場でなければ、ほんの数時間で回り切れてしまうくらいの小島だ。

東京から、百四十五里強（約五百八十キロ）離れた、太平洋上のほぼ円形の孤島は、小笠原諸島の航路が出来てから、その存在が大きく取り上げられるようになった。五年前、鹿児島の商人が、無人島を発見したとして東京府に届けを出した。

政府は、このときまで、鳥島について、まったく把握《はあく》しておらず、これまで調査にも当たっていなかった。が、約二百年前、徳川幕府による小笠原諸島の探索の際に、「亀島《かめじま》」と記録された島であろうことが確認された。政府が取りこぼしていただけで、太平洋を渡っていた外国人たちには認知されており、その昔、日本人の漂流民がこの島で暮らしていたことも知られていた。

「まったく、政府のお役人も鈍い奴らが多いのには呆れ返る」

半右衛門は歩を進めながら、ひとりごちる。

「なにか？」

「ああ、役人など騙すのは容易《たやす》いということだ。すぐなんでも忘れるからな」

「そのような物言いは感心しませんね。言葉には気をつけないと」

留吉は、早くも息を切らせて、半右衛門を諫《いさ》める。

「こんな島で、役人の悪口いったところで、誰が聞いているってんだ。東京で一番偉い府知事さまも今は、明治丸の船上だ。聞こえないよ、あはは」

留、と半右衛門が首を回した。

「おめえは、ここになにしに来たんだ？」

「そりゃあ、羽毛を販売するためのアホウドリの捕獲でしょう？」

「だよなぁ。ところが、東京府への届け出には、そんなこと一行も書いてない」

「え？」

「青葉の茂れる、牛や羊などの牧畜に適した地があるってな」

「要するに、牧畜開拓ということですか」

そうだ、と半右衛門は楽しそうに応えた。

「石炭代を二十五円出せば、明治丸に乗せてやるって話になったんだ、ははは。これぐらい、アホウドリを売ればすぐに取り戻せる銭だ。もちろん、留吉が横浜で売り込んでくれればの話だけどな」

「東京府を騙したということですか？　アホウドリの捕獲では許可が得られないと」

留吉の息は驚きとともにますます荒くなる。

「人聞きの悪いことをいうなよ。牧畜開拓の調査のついでのアホウドリだ。しかし、獲るのをやめたら、お前も困るだろう、うん？　商館の借金を返すために羽毛が必要だものな」

それは、と留吉は言葉に詰まった。

半右衛門から借りた金は、ウィリアム商会が羽毛の販売で賄うことになっている。

「まあ、留が気にすることじゃない。おめえは知らなかったでいいやな」

半右衛門は、大声で笑った。もう五十だというのに、軽やかに岩場を越えていく。留吉はその強靭さに舌を巻く。常人なら隠居の歳だ。その他方で、届けが不正にならないか、虚偽《きょぎ》にならないか、留吉は頭を巡らせた。

もやもやした思いが胸に渦巻く。

上陸した島の西北から、さらに西へ向かった。

軽々と斜面を登っていく半右衛門に、荒い息を吐きながら追いついた留吉は、顔を上げ、思わず声を洩らした。岩場の斜面に現れたのは幅二間ほどの大きさがある洞穴だった。むろん自然にできたものだろう。穴に陽が差し込んでいる。

強い陽射しをかざした手で避けながら、岩肌を踏み締め半右衛門は立った。留吉はその背に声を掛けた。

「ここなら、急な雨も風も防げますね」

「だろう。この少し上にも同じくらいの穴がある。ま、とりあえず中に入ってみな」

半右衛門がにやにやしている。留吉は恐る恐る洞穴に足を踏み入れた。奥行きも二間はある。

座敷であれば、八畳間ほどになろうか。この大きさの洞穴がふたつあるならば、しっかり横になって眠ることが出来そうだった。

突き当たりに何か転がっている。留吉は暗がりに眼を凝らして、仰天した。朽《く》ちた釜、錆びた刃物や釘だ。穴の開いた鍋を拾い上げる。

「これは驚いた」

留吉は踵《きびす》を返し、入り口付近に戻った。足下をよく見れば、黒く煤《すす》けた石が転がっていた。つまり煮炊きをしていたのだ。

「ここに暮らしていたのは、漂着民ですか?」

「ああ、そうだ」

では、ここにいた者はどうなったのか。たまたま通った船に拾われたのか。それとも船を作ったのか。留吉は、落ちている板切れに眼を向けた。

「半右衛門さん、文字が記されています」

「読んでみなよ」

「土佐と、遠州《えんしゅう》? ですかね、名のほうは、消えかかっていてわかりませんが」

留吉は板切れを指で擦り懸命に眼を凝らした。

「その昔、お蔵米を運んでいた船や普請の材木を積んだ船が、嵐に遭って漂着したそうだ。遠州の者は二十年、土佐の男は、十三年、ここで暮らしたそうだ。それも、漂着した船を修理したとか、幾人かの仲間とともに漂着物で船を作って脱出したとか、運がよかった。国に戻ったから、そうした話が伝わるが、死んじまった者も大勢いただろうな。まあ、おれたちのような島生まれの者にとっては、嵐や潮流で漂流した者の話は珍しいことじゃない」

「とはいえこんな島で？　信じられない」と、留吉は思わず声を上げたが、それよりなにより脱出が出来たことに驚嘆した。

「少し上にもうひとつ洞窟がある。使えそうなものがあったら、浜のほうへ運ぶとしよう」

が、それは後だ、と半右衛門は踵を返し、再び足を進める。え？　留吉は洞穴を振り返りつつも、慌てて歩き出す。

島の岩はほとんどが黒くごつごつしている。火山の島だと聞いているが、黒褐色《こくかっしょく》の岩は、火が噴いたときに流れ出た熱泥や溶岩が冷えて固まったものなのだ。おそらく我らは火山の上にいるのだろう。八丈島では、かつて噴火した八丈富士から噴き出した溶岩が固まってできた千畳敷と呼ばれる海岸線があった。

それと、色も形状も同じだ。

「半右衛門さん、すぐに洞穴に移りましょう。あと数日で、明治丸が迎えに来るとしても、やはり安心して横になれるところのほうがいい。いまいるのは洞穴というより、岩陰のようなところです」

半右衛門はそれには応えず、先を歩く。時折、力を込めた唸り声が洩れる。

「ですが、あのような洞穴があることをなぜ知っていたのですか？」

「ああ、実はな、あるお方から聞いたことがあったんだ」

半右衛門は、ふふんと軽く笑った。

留吉はいささか不満を感じつつ、傾斜に手を突きながら、登る。アホウドリ以外、獣らしい獣はいない。襲われることはないにしろ、風雨に晒される不安がある。島の嵐はまことに怖い。波がうねり、樹木がしなり、強風に煽《あお》られた雨粒は石つぶてのように飛んでくる。

その引き締まった背を仰ぎ見ながら、留吉は懸命に後を追う。

上陸した浜は島の北側で、アホウドリの群生地はそこから斜面を上がったところにある。

空は晴れ、陽光が降り注ぐ。

ごつごつした岩をよじ登っているうち、息が上がり、汗が滲《にじ》んだ。留吉はシャツの袖をめくり上げる。どのくらい歩いているのかどこに向かっているのか見当もつかない。

半右衛門は留吉を振り返りもせず、岩をひょいひょい軽やかに上がって行く。岩場の上に立ち、陽を避けるように、額に手をかざし、あたりを大きく見渡した。

「ああ、いい眺めだ。留、早く来い」

は、はい、と肩で息をしながら、留吉はようやく半右衛門に追いついた。

顔を上げると、眼下に海が広がっていた。

やはり、否《いや》でも八丈島を思い出す。

「小せえよなぁ。鳥島はな、八丈の十四分の一くらいの大きさしかねえんだとよ」

わかっているのは、島の周りと、東西で一番長いところが、二十五町（約二・七キロ）、南北が二十二町（約二・四キロ）ということだ。

「やはり、このあたりは無理だなぁ」

半右衛門がぼそりと呟いた。

「半右衛門さん、この島も八丈島のような火口があるんですね」

ああ、と半右衛門が上方を指し示す。

「おそらく、この斜面を登り切ったところにある。この島は火山そのものだ、と偉い学者さんがいっていた。空から眺めたら、島が丸いのがよくわかるだろうな。もっともアホウドリが話せりゃ訊いてみたいもんだがな」

半右衛門はそういって、笑った。

「だとしたら、火を噴くこともあり得るんでしょうか？」

「さあてなぁ。八丈富士も、かれこれ三百年近く静かにしてる。ここも似たようなもんじゃねえのかな」

留吉は、火口があるであろう方角を見上げる。

「さっきの洞穴を見てわかっただろうが、ここには、漂着民しかいなかった。無人の島でも命があれば儲けもんだ」

半右衛門は海を眺めている。

「当世、船は蒸気船になった。帆船よりは漂流も少ない。これまでは漂着して新たな島を知ることになった。しかし、いまは自ら島を探して海に出る。海は、人の運命をガラリと変えちまう恐ろしいもんだ。ジョン万次郎さんがそうだった」

「ええ、中浜万次郎さまのことですよね。文に書かれていた方ですね」

漁に出て遭難し、どこかの島に漂着して、亜米利加国の捕鯨船に救われた男だ。鎖国の最中で帰国が叶わず、万次郎は亜米利加国に留まり、語学はむろん、最新の航海術、造船術、測量術などを学んだと聞いた。嘉永四年（一八五一）に帰国した万次郎は薩摩藩や長崎《ながさき》奉行所で取り調べを受け、土佐への帰郷が許されたのは、黒船が来航した前年の嘉永五年のことだ。その後は幕府に招聘《しょうへい》され江戸に出て、直参旗本になり、翻訳や通詞のほか、亜米利加国で学んだ知識を惜しみなく伝えた。

「文久の二年だったか。幕府がな、父島の開拓に乗り出した。八丈島からの移民を募ったんだよ。おれは大工として開拓に加わった。そのときの船長が万次郎さんだった」

「船長だったんですか」

「嘘じゃねえよ。おれの文を読んでいないのか？　お前が奉公していた生糸問屋に送ったろう」

留吉は唇を曲げた。

「ずいぶん前でしたから、細かいことは覚えていなくて」

「まあ、いいさ。万次郎さんは、この国に戻ったとき、欧米からかなり遅れていると思っただろうよ。たかが、土佐の漁師だった人間が、だ。だから海は怖い。人の運命をがらりと変えちまう。けど、おれは、海に運命を委ねたくはない。おれは海に魅《ひ》かれ、自ら望んで海に出た。おれ自身で、運命を変えるためだ。この島はその取っ掛かりだ」

「取っ掛かり？」

眉をひそめる留吉を見て、半右衛門が、ふっと笑った。

「なんて面《つら》しているる。海にはおれたちが知らないお宝がたくさんあるということだ。この島の周りは断崖絶壁、船を接岸できるところはわずかだった、実はなあ、留吉。おれは、ここから幾羽ものアホウドリが飛び立つ姿を見たんだよ」

留吉は眼を丸くした。

「あいつらを見たのは、明治になって再び父島に渡ったときだ」

空高く飛んでいても、その大きさが見て取れた、と半右衛門は話した。

「ここ数年、父島でアホウドリが捕獲されている。それで、万次郎さんと、この鳥島を思い出したんだ。間違いなくアホウドリがいるってな」

土佐の漁師だった万次郎――アホウドリ――。そうか！

「万次郎さんが漂着したのは、ここだったんですね。それで洞穴のありかも」

勢い込んでいう留吉を見て、半右衛門は薄笑いを浮かべた。

「ようやく気づいたか。この鳥島で四ヶ月暮らしたそうだ。明治になってからも、政府のお偉方は万次郎さんに世話になったのにな、漂着した島の名などすっかり忘れていやがる。悔しいもんだ」

それで、役人たちを皮肉っていたのか。

「まだ十四だったそうだ。でも、歳若かったから、異国の言葉も学問もなんでも吸収できたといっていた。それを聞いて、おれも実感している」

「どういう意味です」

「留のことさ。幼かったお前を横浜に置いてきて、心底よかったと思っているよ」

大いに役立ってる、と半右衛門はいった。

「万次郎さんは、政府に頼まれて教師にもなったが、土佐の生まれだしな、捕鯨をしたかったようだよ。小笠原はその中継地にできたはずなんだがなぁ。それも頓挫《とんざ》した。さあ行くぞ。一周できるかどうかわからないが、行けるところまで行ってみようぜ」

半右衛門は再び歩き始めた。

留吉は手で岩肌をさぐりながら進む。足を踏み外せば、すぐそこは海。断崖から滑り落ちる。岩に砕ける白い波頭が見えた。

背の高い樹木はどこを見回してもなかった。アホウドリの住処から離れると、岩の隙間や、土の斜面に短い草が生えているくらいで生き物の気配もない。砂浜周辺に若干、常緑の草があったが、それ以外は、岩と石が転がるばかりで、青葉など望むべくもない。やはり火山の島だからか。

何が青葉の茂れる、だ。大嘘つきじゃあないか。

それより、気になったのは、横浜に置いてきてという言葉だ。どういう意味だろう。が、もうくたくただ。ろくな思考もできない。

半右衛門は、変わらず足を緩めずに歩く。やはり長年大工で培《つちか》った身のこなしと体力だ。商館では力仕事などないとはいえ、十以上も歳下の自分が、足をもつれさせているのが情けない。かなり疲れてきていた。陽射しが、鬱陶《うっとう》しい。

「いやあ、それにしても、この時期に探検隊が出てくれて助かったぜ。アホウドリは、秋に来て、卵を産んで、ひなを育てて、春には別の処に移っちまう。今が奴らを捕まえるには一番いいときなんだ。卵もあるからな」

「ああ、そういえば、半右衛門さん。アホウドリの群生地の中に、黒い鳥がいたのですが、あの鳥は？」

留吉は息も絶え絶えに声を出した。三間（約五・四メートル）ほど先を行く半右衛門が大声で応えた。

「ひな鳥だよ」

「ひな！　それにしては大きな鳥でしたよ。二尺はあったかと」

「あはは。卵がデカいからだ。あれぐらいでもひなだ。アホウドリってのは、二、三年経っても黒っぽい羽色をしてんだよ。五年くらいで成鳥になるんだそうだ。黒から次第に白く変わっていくのさ。でな、奴らは年にひとつの卵しか産まない。あいつらは長命でな、二十年くらい生きるらしいぞ。卵が一年にひとつでも、長生きするから、数は保てるって寸法さ。大体あれだけデカい鳥だからな。奴らを食っちまうような敵がいねえしな」

もっとも、今は人が一番の敵だ、と笑った。

確かにそうだ。アホウドリの羽根は帽子の羽根飾りに使われ、綿のように、枕や布団にも使われる。肉は臭うが、干し肉にすることが出来、卵も食用になる。つまり、余すところなく利用出来ることを人は知ってしまった。しかもそれが、無人の島に大量に群れ、容易く撲殺出来るとなれば——。

「糞《ふん》が飼料《しりょう》として使えるかもしれねえと、お偉い学者さんがいっている。亜米利加国などが動いているって話だ。ともかく、アホウドリには無駄がねえのさ。まさしく宝だよ。生きたお宝だ。これを見逃す手はねえ」

くるりと半右衛門が振り返り、両手を高々と差し上げた。

「おれは、必ず大儲けしてやる。皆が羨むくらいにな」

遠くから聞こえる鳴き声を打ち消すほどの大声だ。

横浜での羽毛の需要は高まっていた。西欧諸国で流行っているのは、羽根飾りをつけた帽子と羽毛布団だ。豪華に羽根を飾った帽子は、女子の間で飛ぶように売れ、冬が寒い英吉利国や仏蘭西国では暖かな羽毛布団が欠かせない。近年、日本から輸入されたアホウドリの羽毛の質がよいことが広まり、羽毛を求める商館は確実に多くなっていた。けれど、半右衛門がどれだけの羽毛を集めることが出来るのかは、まるでわからなかった。

鳥島へ発つ前に、ウィリアムと交わした会話を思い出した。

首を横に振りながら、これは山事だ、とウィリアムが顔をしかめた。

だが、山事だからこそ、賭ける価値があると留吉は思っていた。そして、この鳥島がアホウドリの群生地だと、この眼ではっきり確認が出来た。

眼前の霧《きり》は完全に晴れたのだ。これで販路《はんろ》が確保できれば、間違いなく大きな商売になると確信した。

借金を抱えたウィリアム商会はこの羽毛を一手に引き受け、再生を図る。必ず大きな利益に繋がるはずだ。半右衛門から借りた二千ポンドもすぐに返すことが出来る。だが、それだけに、自分の手腕が試される。ぶるり、と留吉は武者震いした。

「実は、ウィリアムさんが羽毛の夜具を使用していたんですよ」

「へえ、やっぱりいいもんだったか？」

「ええ。触れると、手が沈み込みました。あのときの感触を思い出しました」

「お、思い出したか。そうだよ、羽毛布団さ。ともかくおれは、アホウドリの羽毛を異人に売る。商館番頭がいてくれれば、百人力だ」

幼い頃、半右衛門とともに味わったあの感動というか驚き。綿よりも柔らかで、軽く、暖かい。枕も夜具も、雲に包まれているような心地よさだった。ただし、異国でも羽毛の枕や夜具は裕福な者しか手に入れられない贅沢品らしい。けれど、需要は十分にあると、ウィリアムはいった。贅沢だからこその人気か。高価でも欲しいと思う人が多いのか。

羽根は装飾品になるという。

あとは、注文にきちんと応えられるだけの量が確保出来るか、それだけだ。

留吉は大きく息を吸い込んだ。

もう一時間は足場の悪い岩場を歩き続けている。喉も渇いたし、頭もクラクラしてきた。

「ちょっと疲れて。少し休ませてくださ い」

「情けねえなぁ。そうだ、留。おめえは仕事しなくていいからな。取引先の商館番頭の視察なんだ」

「五助さんにもいわれましたが、なにもしないのも角が立つのでは？」

「おれと島巡りをしているんだから十分だよ。いいか、この島のアホウドリで、おめえの商館も大儲け出来る。夢じゃねえのだぞ」

留吉は岩場に座りこんだ。

「それはもちろんありがたいのですが。これを幾度も繰り返すのですか？　この島に渡るためには船も必要になります。政府に、定期航路を申請するしか手段はありませんが、許可が出るかどうか」

半右衛門が留吉を見下ろし、せせら笑った。

「は？　馬鹿いうな。おれが考えているのは、移住だ」

留吉は呆気に取られた。このあたりは無理、という呟きは、集落を作る場所に相応しくないという意味だったのか。

「ここで、アホウドリを獲り続けるために、村を作るんだ」

「どこから人を集めるつもりですか？　そもそも、こんな岩だらけの土地に？」

水もない島でどう暮らすというのか。虚言《きょげん》にもほどがある、と留吉は半ば怒りをもって、半右衛門を仰ぎ見る。

「はっははー」

半右衛門が顎を上げた。

「変わったなぁ、留。洋装なんぞしていると頭の中もそんなふうになっちまうのか。お前だって、島を出た人間だったろう？　違うか？　海を渡ることも、生まれ育った土地を離れるのも容易じゃない。結局、おめえのおっ母さんは島に残った。けれど、勇気がなかったと責められないよな。出られるのはほんの一握りの、覚悟を持った人間だけだ」

今、政府は南洋開拓に積極的だ。この国の周りに点在する無人島をほっぽらかしにしているのはもったいねえと思っている、と半右衛門は続けた。

「海に浮かぶ島々には、ここのアホウドリのように、どえらいお宝があるかもしれねえんだぜ。漁場も増える、船の補給基地にも出来る。まあ、島を国の物にするためなら、住んでしまえばいい、いい、その事実がほしいのさ。今が、好機なんだよ、外洋に眼が向いているうちにな」

半右衛門はそういって笑うと、

「八丈の島民を募る」

八丈島の人間を移住させるのか。

「小笠原諸島再開発、ひいては父島の開拓ってのは、移住政策の一環なんだよ。そこに乗っかろうって魂胆《こんたん》さ。そもそも、八丈島の人間は内地にいっても、流刑地から来たと差別されたり、見下されたりしていたのは、お前もわかるだろう？」

「はい」

「徳川さんの頃、八丈の者は島を出ることが禁止された。おれたちは罪人じゃなかったのに、そんな屈辱《くつじょく》的な思いをなぜしなければならなかったんだ？　時代が下っても出島を許されたのは、次男、三男と貧乏人だけだ。おかしいじゃないか。おれは、生まれ故郷のあの島が好きだ。好きだから、これから切り開くどの島にも八丈島の者を住まわせられたら、面白かろうぜ。いわれのない理不尽な思いもしなくてすむ。ひとりひとりじゃ、覚悟はできなくても、数人が、数十人がともにすれば、別の土地に行ける。生きる力になる」

切り拓くどの島にも八丈島の人間を置く。そんなことが出来るのか。

「もう休めたろう？　ほらほら立てよ」

少し足が痛むような気がしつつも、留吉は立ち上がり、はっとした。

「半右衛門さん、あれ」

留吉は上空を指差して、大声を上げた。

アホウドリたちが一斉に飛び立ち、旋回しながら空の高みを目指していた。数百、いや千をくだらない数だ。それは空へ向かってそびえ立つ柱のように見えることから、

『鳥柱《とりばしら》』

と、昔から呼ばれている。幼い頃、一度だけ遠目に眺めたことがあった。けれど、このように間近で見るのは初めてだ。

蒼《あお》く澄んだ空に立つ、白い柱。

自然と生き物が織りなす壮大な光景に呆然として佇んだ。

なんて美しく、力強いことか。

留吉の口から思わず知らず、洩れていた。

どれだけ続いていただろうか。

それはやがて、少しずつ四方に散らばり、柱は跡形なく消え失せた。

四

鳥島に上陸して十日経った。

アホウドリの撲殺は続いている。半右衛門が連れて来た者たちは、日頃の鬱憤を晴らすかのように、鳥を殺す。むしろ楽しんでいるのかもしれない。

にやにやと口元に笑みを浮かべ、慣れた手つきで棒切れを振り下ろす。わざとアホウドリを追い立て、飛び立つ寸前に叩く。どれだけ長く走らせたか、いかにギリギリで打ち殺すことができたか競い合う。それでもアホウドリたちは警戒心を持たず、仲間が隣で殺され、運ばれていくのをぼんやりとした眼で眺めているのもいれば、半目で居眠りをしているのもいる。

こいつらには、なんの感情もないのか、と留吉は埒《らち》も無いことを考えた。

グァググ、グァググ。

アホウドリの低い鳴き声が島中に響いていた。風向きによっては、糞の臭いが運ばれてくる。

留吉は、もうひとりの者とともに撲り殺されたアホウドリを背負い浜辺に運ぶ。何もしないでいるのはやはり気が引けるからだ。捕獲と死骸の運搬は五名でしている。

一羽の重さはおよそ一貫（約三・七五キログラム）。それ以上の個体もある。斜面を降り、浜へ戻る。アホウドリの死骸はたちまち山積みになる。

その脇では、六名の男たちが固まって作業をしている。アホウドリを潰す者たちだ。羽を毟られ、肉を削がれた骨の間からこぼれる臓物や血がたちまち腐臭《ふしゅう》を放ち始める。

すでに大量の羽毛が山になっていた。

留吉は、アホウドリを置くと、羽毛を叺に詰めていく。

硫黄島探索に向かった明治丸が迎えに来る頃だった。そのため、ここ数日は、捕獲をやめている。

留吉は、昼飯を終えると、午後は半右衛門と集落ができそうな地を探しながら、島巡りをしていた。やはり、島中、岩だらけで、断崖絶壁がほとんどだ。平地はわずかで、浜辺周辺に緩やかな傾斜が続くくらいだ。

西に少し行くともうアホウドリの群生地になってしまう。

鳴き声もうるさいし、糞の臭いもあるが、秋から春にかけての期間だけだ。ただし、アホウドリが旅立ってしまってからの暮らしをどうするのかが課題ではある。

「生き物だから、ずっと置いておけば腐《くさ》っちまう。やはり、渡ってきたときだけ大いに仕事をして、飛び立ったら、遊んで暮らすしかねえな。それか、島から一旦本土に戻るか。それより留がいうように鳥島への航路を作るか。羽毛を運ぶだけじゃない、人と物を運ぶ航路だ」

半右衛門は真顔でいった。

「予想以上に厳しい土地だが、なんとかなるだろう。ただ、船を接岸するのが難しい。小舟で少しずつ運ぶしかない」

半右衛門が岩を踏みしめながらいった。

夕刻、島巡りから戻った留吉の眼に、ふわふわと白い羽根が舞い上がっているのが、映る。アホウドリの哀《あわ》れを思う。

「商館番頭さんよ、そんな眼をするなよ。五百が千になろうと、いっかな馬鹿鳥は減りやしねえんだ。かわいそうだと思ってんなら、羽毛なんぞ売らなきゃいいだろう?」

佐吉がいいながら、羽を毟り取る。

「ほら、佐吉、乱暴に毟るんじゃない。番頭さんに難癖つけられるぞ」

茂作がたしなめる。

「けっ。おれたちは、半右衛門の旦那に雇われているんだ。商館番頭じゃねえ」

と、吐き捨てた。

留吉が、その場を離れると、笑い声が背に届いた。やはり、異人の商館に勤める留吉を煙たがっている。

再び島を歩く。半右衛門が海を見ながら、

「おめえも、ちっとは言い返せばいいのによ。真面目で誠実なだけじゃ、舐められる。まあ、あと二日もしたら船が来る。もう会うこともねえ奴らだ。あと少し我慢してくれ」

と、申し訳なさそうにいった。

「気にしていませんよ。横浜の商館は、皆商売敵なので、もっと嫌味な奴、足をすくいにくる奴がいます。いちいち目くじらを立てていたら、それこそ身体が保ちません」

「ふうん、そんなものか。それが自分を守る術《すべ》か」

というより、嫌味や揶揄《やゆ》はやり返すだけ無駄骨だ、と留吉は、首を横に振る。

「でも、商館番頭から見てどうだい？ 異人に羽毛は売れそうかえ？」

「それは間違いなく」

留吉は自信たっぷりに頷いた。

約一斤（六百グラム）の羽毛を取るには、三羽必要になる。

だが、羽毛でも柔らかな胸毛、硬い翼と分かれ、高値で売れるのは、むろん柔らかな胸毛だ。いまだと、百斤五円ほどであろうか。

皮算用ではあるが、ざっと算盤を弾くと――この十日ほどの捕獲で、百円になる。ひと月ならば三百円。

自分の月給などと比べたところで詮無いことだが、十五倍だ。いや、もっと比べる者はいないか。留吉は頭を巡らせた。

あ、と声を出した。先を歩く半右衛門が振り返った。

「どうした留吉。驚かすんじゃねえよ」

「すみません」

うろ覚えだが、県知事の年俸が四千五百円ほどだ。もちろん、船や雇い人など多くの掛かりがあるにしても、その稼ぎの大きさが知れる。

とんでもない、と留吉は途方に暮れた。

アホウドリはまさに宝。一攫千金を狙える商売になる。

商館が半右衛門から借りている二千ポンドも、幾度か羽毛の取引をすれば、あっという間に返済が可能だ。確かに半右衛門のいう通りだ。

が、ふと不安が頭をもたげる。

半右衛門以外にも、すでに羽毛の取引をしている者がいなくもない。その者たちとて、アホウドリの群生地を求めているに違いない。

いずれ、この鳥島が奪い合いになる。

「なんだよ、さっきから小難しい顔をして。腹の具合でも悪いのかえ?」

半右衛門がからかうようにいった。

「いえ、おそらくは、半右衛門さんが思っているよりずっと、羽毛は大きな商売になります。しかし、それに気づく者が必ずいるでしょう。すでに商売をしている人もいるのですから。一気に大金が転がり込むことが広まれば、アホウドリを狙う者たちがこの島に殺到する恐れがあると思います」

島は誰のものでもないのですから、と留吉は半右衛門の背に向けて、早口でまくしたてた。

半右衛門が、肩を小刻みに揺らして、笑った。

「おれもそのひとりだがな。まあ、下手すりゃ、刃傷沙汰《にんじょうざた》になるかもな」と、首を回して、歯を見せた。

「冗談でいっているわけではありませんよ。ここは無人島なんです。日本国の領有かどうかも曖昧《あいまい》です。集落を作ったところで、誰かが占有できるわけではない。しかも宝はアホウドリだ。獲り尽くせないほどの数がいるのです」

留！　と、半右衛門が鋭くいった。留吉は、気圧《けお》され口をつぐむ。

半右衛門が踵《きびす》を返して、留吉に顔を寄せた。

「おれをみくびるんじゃねえぞ。そんなことに気づかねえと思っているのか。おれはな、この鳥島を国から借り受ける。拝借願《はいしゃくねが》いを出すんだよ」

「拝借願い？」

「ああ、そうだ。此度は、牧畜開拓のための調査と東京府に願い出て、許可を得た」

国から借りるとなれば、相応の借地料が発生するはずだ。

「まるまる一島を借りるとなったら、いくら掛かるのですか？」

うーん、と半右衛門が顎鬚を撫でた。

「千坪で五銭ぐらいだって話だ。たいした額じゃあない。東京に戻ったら、早速、島の報告をしなければならねえ。ここでは牧畜の他、まだ未着手の資源があると、あることないこと並べ立て、この島を借り受けるための願いを出す」

留吉は、ぎこちなく頷いた。

「願いが通れば、この島は、おれのもの同然だ」

ははは、と半右衛門は高笑いしながら、空を見上げた。

「留吉、ほらアホウドリが飛んでるぜ。あいつもおれのアホウドリだ。きれいなもんだ。白い羽がおれには黄金色に光って見えるぜ」

半右衛門は両腕を広げて、笑い続けた。

留吉は、唖然として半右衛門を見つめた。

翌日から、海が荒れ始めた。高波が鳥島の岸壁に打ち寄せて白い飛沫を上げる。空には鈍色《にびいろ》の雲が垂れ込め、雨が激しく降り出した。

荒天は数日間続いた。ようやく海が静けさを取り戻したが、明治丸の船影はいっかな見える気配がなかった。

「おそらく、島に近寄れなかったに違いない」

半右衛門が事もなげにいった。

不思議と半右衛門に焦りはなかった。むしろ余裕すらある。

「漂流したわけじゃねえ。こんなこともあろうかと、ちゃあんと島で暮らせるように、色々取り揃えてきたからな。しばらくは大丈夫だ」

留吉は、上陸した直後に抱いた違和感を思い出した。荷の多さを感じた、あの疑問が再び頭をもたげる。いや違う、孤島に来るのも帰るのも、何が起きるかわからない。だから、万端怠《おこた》りなく準備をしたのだ。真水を作るためのらんびきがいくつも用意されており、なにより、食料には事欠かなかったのが幸いした。干し椎茸《しいたけ》、ひじき、切り干し大根などの乾物や豆類、穀類、砂糖、味噌、酒などがたっぷりあった。

歓声に似た声が上がったのはいうまでもない。

だが、五日が経っても、船影もなければ、汽笛も聞こえない。半右衛門は、

「船が来なければ帰れない。迎えが来るまで遊んでいるわけにもいかねえぞ。働け」

と、再びアホウドリの捕獲を命じた。

しかし、雇い人たちの間に不安や不満が広がり、幾人かが半右衛門に食ってかかった。だが、

「まあ、酒でも吞め」と、軽くかわし、そして、

「迎えは来る。必ず来る。お前たちには打ち殺したアホウドリの分だけ手間が出る。なにか文句があるか。どうしても逃げ出したいなら岩場の小舟を盗め。海原に出ろ。一番近い島は青ヶ島だ。五十五里以上はあるぜ。それでも島を出たければ出ればいい」

半右衛門は皆をぎろりと睨めつける。屈強《くっきょう》な男たちも、舌打ちして酒を吞み始める。なんにせよどうにもならないことは皆わかっているのだ。それでも半右衛門は、奇妙なほど悠長《ゆうちょう》に構えていた。だが、それが皆に安心を与えていたのも確かだった。

強い雨が打ちつけた日には、洞穴でまる一日過ごした。さすがに、髭も当たらず、汗と垢《あか》でどろどろの男たちが穴に籠《こ》もっていれば気も滅入ってくる。が、晴れれば、磯で遊び半分に魚介を獲ったり、偶然、岩場に湧き出る温泉に足を浸したりして、苛立ちを紛らわすこともした。もっとも、温泉はそのままでは熱くてとても入れず、海水を差し入れ湯温を調整しなければな

らなかったが。

しかし、十日が過ぎ、とうとう二十日あまりが過ぎ去ると、このまま島に取り残されるのではないかという恐怖が湧き上がってきた。洞穴の先住者たちのことが甦る。十三年や二十年もの歳月を暮らした漂流民。あるいは、四ヶ月で亜米利加船に救われた万次郎――。

ある夜、焚き火で魚を焼いている半右衛門の隣に座った。少し離れた場所では、気の合う者同士で集まり、酒や飯を楽しんでいる。

「脱出は考えられませんか？　このようなことは想定になかった。雇い人たちがいつ暴発するかしれません」

半右衛門が魚にかぶり付き、「ほんに甘くなったな」と口元を拭った。

「島で生まれたお前がよ。見渡す限りの海を見て、恐れも感じなくなったか。海はいつ牙を剝くかわからねえのだぜ。漁師だったお前の親父は海に呑まれて死んだ。漁師がだぞ」

「しかし、このままでは半右衛門さんに恨みを抱く者も出てくるでしょう。万が一のことも考えなければなりません」

「おれも馬鹿鳥みたいに打ち殺されるか。だったら、一儲けを目論んで視察に来た異人の商館に勤めるお前も一緒だな」

焼けた魚を留吉に差し出した。が、留吉は首を横に振る。

「冗談でいっているわけじゃありません」

「そうだなぁ。その昔の漂流者は気がふれて、崖から飛び降りて死んだり、自殺したり、洞窟に閉じこもって餓死したりしたらしいぞ」

「迎えがなければ、そういうことになりかねないということです。今は水と食い物がふんだんにありますし、アホウドリの干し肉も、卵もある。とはいえ皆我慢している状況ですが」

半右衛門は、魚を食い終えると、煙草に火を付けた。

「一旦、明治丸は横浜に戻ったのだろうな。明治丸が横浜に着くのに五日。ここに迎えに来るまで、五日。最短でも十日はかかる。それに同じ明治丸を出すとは限らない。別の船を出すのに時間がかかることもある。政府の出した明治丸に乗船して来たんだからな。ともかく、おれたちは、遭難や漂流ではない」

「だったら、我々は見捨てられたわけではないことを強調して、皆に話しましょう」

「わかった、わかった。心配性だなぁ、留は」

半右衛門が意味ありげな笑みを浮かべ、煙草の煙を吐いた。

さらに十日が経った。

「うわあ、半右衛門の旦那!　船だ。船が見える」

傾斜地の中腹にいた者が絶叫した。

アホウドリを追いかけていた者、羽を毟る者、ただ休んでいた者たちが、一斉に色めき立った。叫ぶ者、抱き合う者もいた。ともかく大騒ぎだ。

予定から遅れることひと月近く。十二月二十二日。ようやく迎えの船がやって来た。船体には芳野丸《よしのまる》とあった。政府の船である明治丸ではなかった。

「ははは、だからいったろう。迎えは必ず来ると。どの船を出すかもめただけだよ」

半右衛門がいうと、皆が安堵した顔で一斉に頷いた。

皆は、島で唯一、湾のような形状をした磯に立ち、近づいて来る小舟を見つめた。

小舟に乗っていたのは、髭を蓄《たくわ》えた恰幅《かっぷく》のよい男だ。

「ご無事でなにより」

叫びながら、半右衛門に向かって岩場を渡って来た。

「おお、志賀《しが》先生ではございませんか。このような孤島に、先生がわざわざお迎えに来てくださいましたのか」

「何をいうか。遅れてすまなんだ。ひと月、よく耐えてくださった」

志賀という男は、半右衛門の手を握り締め、よかった、よかったと繰り返した。小舟に乗って来た水夫など嗚咽《おえつ》を洩らしている。あまりにも大袈裟なその様子にどこか奇妙な感じがした。

実は、と志賀が語り始めた。

「明治丸は、硫黄島探索のあと、この鳥島に寄ろうとしたのだが、海が荒れ、島に近づけなかったのだ。だが、その後も政府は別の船をなかなか出さなかった。鳥島で十数名が下船している。その者らを迎えに出ないのかと、声を上げました。そこで、東京の新聞社もこれは大事件だと、各紙が政府の非道さを書き立てましてな。地理学者の端くれとして、このような形で、南洋開拓が頓挫するのは口惜しい。日本国のために命を顧みず、南洋探索に出た勇気ある半右衛門どのを救うべきだと、声を大にして政府の役人どもに言い放った」

政府に金を出させ、船を借りて、志賀自ら乗り込んだという。

なんてことだ、と留吉は身を震わせた。

我らは、知らぬ間に、鳥島に置き去りにされた探索隊となっていたのだ。

「志賀先生、かたじけのうございます」

半右衛門は歯を食いしばり、感極まった声でいった。

「このひと月近く不安で夜も眠れませなんだ。此度の探索の成果を報告することが出来ず、絶海の孤島で朽ち果てるのかと思っておりましたが」

なんと白々《しらじら》しい物言いかと、留吉は半右衛門の役者ぶりに呆れた。わざわざ迎えに来た者に対して芝居を打ったほうが効果的なのかもしれないが。

昨日も今朝も、へっちゃらでアホウドリの卵を食べ、貝の味噌汁をすすっていたというのに。

「この島に連れて来た仲間たちにも申し訳なく。せめてこの者らだけでも、救っていただければと思いましたが」

「いやいや、まずは半右衛門どのにお戻りいただきましょう。新聞社の連中が、この置き去り事件の話を聞かせてもらおうと手ぐすね引いて待っておりますよ。あなたは、南洋探索の不屈の冒険者として讃《たた》えられるべきです」

志賀は半右衛門の手をさらに強く握りしめた。

芳野丸には、羽毛を詰めた叺を十だけ載せ、あとは、土や植物、アホウドリの卵などを積み込んだ。

半右衛門は、小早に残りの荷物を載せながら、

「志賀先生、港は、記者や物見高い者で溢れているのでしょう?」

と、訊ねた。

「そうだね。君らが無事に戻るのを大勢が待っているからねえ」

「皆、私の雇い人で、ただの人夫です。あまり大騒ぎされるのはかわいそうですし」

半右衛門は志賀にすっと身を寄せた。

「先生の学問のためにもう少し採取させるのはいかがでしょうね」

志賀が眉間に皺を寄せたが、「そうだな。もみくちゃにされるのも気の毒だ」と、いって笑みを浮かべた。結局、乗船したのは、半右衛門と留吉と佐吉だけだった。

他の者たちは、残りの荷とともに、後から迎えにくる船で、戻ることになった。


芳野丸の甲板で、海風を受けながら、次第に霞んでいく鳥島を眺めた。

「半右衛門さん、このまま置き去りにされていたら、どうなっていたのでしょうか?」

「どうなるもないさ、必ず迎えがあると信じていたからな。志賀先生に、あらかじめ鳥島に行くことを告げてあったしな」

鳥島に行くといったら、すごく羨ましがられた、と半右衛門は笑った。

「でも、残った人たちも、すぐに戻って来られるといいのですが」

「志賀先生がすぐに船を出してくれるさ。それに、五助がちゃんと承知しているよ。あの大量

の荷は、そもそも半年近くは過ごせるように用意してあったのさ」

半右衛門は、身を翻した。

「アホウドリの捕獲を続けられるようにだ。はなから、明治丸で帰るつもりはなかった」

半右衛門は、軽く振り返って小首を傾げた。まるで、留吉に得心したか？　といいたげな仕草だった。

留吉の背にぞくりと怖気《おぞけ》が走った。半右衛門は、こうなることを予見し、予《あらかじ》め計画を立てていたというのか。でも、海が荒れたのはたまさかのことだ。明治丸が予定通り迎えに来ていても、別の手立てを考え、雇い人たちは残すつもりだったのかもしれない。だとしたら、大胆不敵すぎる。なんて人だ、と留吉は思った。

この人がこの先、どう海を渡って行くのか。ぶるりと震えが走った。

五

甲板に出た留吉は、両腕を高々と差し上げて伸びをした。鳥島を出てすでに五日。朝靄《あさもや》に霞む先に眼を凝らし、息を洩らした。赤い煉瓦造りの税関がぼんやりと見えた。

ああ、横浜だ。港だ。ようやく戻って来た。

はからずも涙が滲んだ。わずかひと月余り離れていただけであるのに、何を感傷に浸っているのか。そんな自分に呆れながらも、本心では数年離れていたような気がしてもいたのは確かだ。やはり、思いの外鳥島での滞在に疲れたのだろう。考えてみれば、あのような暮らしは八丈島にいた頃だってしていない。

遭難に近いものだったのだから。

鳥島とは、まったく異なる冷えた空気に身を震わせ、ああ、そうだと気を引き締めた。

早く商館へ顔を出さねば。ウィリアムも心配しているだろう。

アホウドリの羽毛の件もある。

半右衛門との商談も詰めて、安心させてやりたい――。

沖に停泊した芳野丸を降り、小舟に乗り換え、桟橋《さんばし》に着いた。水平線から陽が昇り、靄が晴れ、眩しさに留吉は眼を細めた。が、すぐに眼を瞠るような光景が広がった。

どこから知り得たものか大勢の野次馬が待ち構えていた。さらに記者と思しき者たちが、こちらをみとめるなり走り寄って来る。

半右衛門は南洋開拓に命を懸けた男として、一躍時の人となっていたのだ。

鳥島に渡った者たちを明治丸が迎えに行かなかったこと、それを放置したことで、東京の新聞各社が「絶海の孤島置き去り事件」と大々的に報道していたからだ。

芳野丸の帰港を待ち構えるように新聞社の記者たちが、横浜港に集まり、下船した半右衛門、そして地理学者の志賀重昂《しげたか》をたちまち取り囲んだ。

記者たちは、話を聞き出そうと、矢継ぎ早に質問を飛ばすが、半右衛門は憔悴し切った表情で、

「志賀先生のおかげでこうして生きて戻ってくることが出来ました。ありがとうございます」

眼にうっすらと涙を浮かべ、志賀に向けて深々と頭を下げた。記者たちは、半右衛門の言葉を逃すまいと手帳に綴りながら、さらに質問を投げる。

志賀もまた感極まった表情で半右衛門の肩を抱き、強く揺さぶった。

「いや、あの孤島でよく頑張られた。本当に素晴らしい」

半右衛門は無言でただ首を横に振り続けた。

留吉はその様子を少し離れたところから、冷めた眼で眺めていた。半右衛門は十日ほど前から、髭も剃らず、伸びた髪もざんばらで整えずにいた。

芳野丸の船上で髭くらい当たってはどうかと留吉が促したが、

「髭はそのままにしておけよ。そのほうが、過酷な暮らしをしてきたように見える」

半右衛門はうそぶいた。

「東京府にいいたいことはないか？」

「政府に見捨てられたと思ったか？」

記者が半右衛門に詰め寄る。

志賀が眉をひそめ、一喝した。

「これ、いい加減にせぬか。半右衛門さんはお疲れだ。島での話は、この私、志賀が聞き取りを行い、発表するゆえ、今日のところはこれまでにしてくれ」

志賀が声を張ったが、記者の中から皮肉が飛んだ。

「先生が独り占めして、新聞社に情報を買わせようって魂胆ですかね？」

「下衆《げす》の勘ぐりだ。私は南洋開拓に期待しているひとりだ。独り占めだの、金儲けだのは考えておらん。玉置さんは危険も顧みず、我が国の、南洋進出の先鞭《せんべん》をつけたのだぞ。それも学者や、政府のお雇いでもない。ひとりの庶民が、だ。この果敢《かかん》な挑戦者を政府は見殺しにしようとしたのだ。私は強く抗議する！　それだけだ。さあ、半右衛門さん、行こう」

志賀は不機嫌に顔を歪《ゆが》め、半右衛門を促すと背を向けた。

ざわつく記者たちの横を通り抜け、留吉はふたりの後を慌てて追う。

「どうするね？　このまま東京へ戻るかね？　やはり疲れているならば――」

「先生」

と、半右衛門は志賀の言葉を制し、留吉を振り返った。

「こいつの処へ行きます。いいよな、留」

断る理由はなかったが、留吉はわずかにためらいながら、頷いた。

「おお、そうだった。留吉くんは英吉利国の商館番頭だったたな。では私は一足先に東京に戻ることにしよう」

志賀が笑みを浮かべて留吉を見やり、

「まあ、記者どももしつこく追っては来んだろう。もし、押し掛けて来るようなときは、巡査を呼びたまえ。縄を打たれれば、諦めるだろう」

「そんなご冗談を」

留吉がいうと、志賀はわははと笑う。半右衛門とは異なるがこの人も剛胆《ごうたん》な人物であるのだろう。

「ともかく半右衛門さんは我が国の南洋開拓における先駆者として讃《たた》えられねばならん。南洋探索、開拓は、島国である我が国にとって急務だ。近いうちに逓信大臣の榎本武揚さまにも会ってもらいたい。榎本大臣は南洋群島への植民構想を持っていらっしゃる。此度の硫黄島の探索は成果を得られなかったが、鳥島は興味深く思っていらっしゃるようだ。東京に戻ったならば、すぐに私を訪ねて来てくれ。大臣にも知らせておくからね」

留吉は仰天した。榎本武揚と、半右衛門が対面する？　ただの商売人が政府の要人と？

半右衛門は肩をすぼめ、さも恐れ入るといった態度で、

「そんなお偉い方とおれのような者が」

ボソボソという。

「何をいう。大臣に鳥島の話をすればきっとお喜びになる。今後のこともあるからな。私に万事、任せておけ」

「ありがとうございます。で、うちの――」

「ああ、それも私の書生が半右衛門さんのご家族へ無事であることを伝えるよ。ま、横浜から電報の一本でも打ってあげたらいい。きっと安心するだろう」

ふたりはさらに何事かを話しながら歩いて行く。記者たちは、ぞろぞろと後につくが、志賀とともに芳野丸に乗船していた若い書生たちが追い払い始めた。

「とみぃ！」

留吉はその声にはっとして横を見た。遠巻きに眺めていた野次馬の中から、ウィリアムと商会の者たちが、手を振っていた。皆の顔を見て、ようやく戻って来たと、安堵の思いが胸底に広がった。


慌ただしく、年が明け、早ふた月が過ぎた。

新聞各紙は、東京府も政府も、国益を求め命懸けで海洋探索に出た民間人の命を切り捨てたと、「絶海の孤島置き去り事件」をさらに煽り立て、国を挙げての南洋進出は、日本にとって資源を得るため、貿易のため不可欠であり、玉置半右衛門らはその先駆けとなった称賛されるべき人々であると、持ち上げるだけ持ち上げた。

半右衛門は、政府に見捨てられた冒険者として一躍名を馳せることになった。

自宅にも記者が押しかけていると、志賀から知らせがあった。

結局、半右衛門は鳥島から戻って、東京の家に帰ったのは、年明けの三日だけ。四日には、陸《おか》蒸気で再び横浜に戻ってきて、宿を取り、ウィリアムとも対面して羽毛の取引を行っていた。

とはいえ、現物はほんのわずか、見本といったところだ。

東京府への手前、あくまでも羽毛の採取が目的ではないとしなければならない。だが、アホウドリが鳥島にいるという報告のため、少量の羽毛と、羽毛以外のものも持ち帰ったのだ。

半右衛門が志賀とどこまで話し合いをしていたかはわからない。

けれど、残りの羽毛はどうするのか。鳥島に残された者たちをいつ戻すつもりなのか。

留吉の心配をよそに、羽毛はすぐさま買い手がついた。

帽子の羽根飾り、羽毛布団の需要は思ったよりも多く、別の商館がウィリアムのもとを訪れ、羽毛を回して欲しいと頼みに来るほどだった。

「おかげさまで、お借りした二千ポンドを返済する見込みが立ちました」

宿を訪ねた留吉は半右衛門に頭を下げた。

「欲しい奴は必ず値を吊り上げてくる。別の商館が欲しいというなら、ウィリアム商会で卸をやればいい」

半右衛門はそういいながら、逗留《とうりゅう》する旅館で、算盤《そろばん》を弾いた。

「それと、水臭えことをいうな。おれとお前は兄弟も同然だぜ。留には感謝している。商館番頭のおめえがいたから、すぐに羽毛を銭にすることが出来たんだ」

半右衛門は、鳥島に渡る前に、父島で採取した羽毛を東京の商人たちに売り込んだという。

「けど、皆首を縦には振らなかった。高値であるし、使い途《みち》がわからないときた。鳥の羽根が売れるわけはねえと取り付く島もなかった。要は、おめえはいいときにおれに会いにきてくれたってことだ。おかげで横浜の商館と直に繋がることが出来たんだからな」

ああ、いい心持ちだ、と半右衛門は満足そうな顔をした。

「それに、ウィリアムさんってのは、異人にしちゃずる賢《がしこ》くねえ。黄八丈を売り込むのに、他の異人とちっと付き合ったことがあるが、こっちの足下を見て、日本人を馬鹿にしてくる。そこを行くと、ウィリアムさんにはそういうところがねえ」

「ウィリアムさんは、恩義を感じているからですよ。もともと正直な人ではありますが」

「いい商館に勤めたと思うぜ」

半右衛門にウィリアムが褒められたのが嬉しかった。

「まあ、でもな、正直でいい奴だから此度のように騙されちまうこともある。気をつけねえとな」

半右衛門は、ぐいと酒をあおり、膳から銚子を取り上げた。

「おめえも付き合えよ」

「いえ、私はまだ仕事中ですよ。これから、商館に戻らなければなりません」

半右衛門が、顔をくしゃっとさせて、二階の窓から表を眺めた。そろそろ日が暮れようとしている。浮かんだ雲がわずかに朱に染まっていた。だが、半右衛門の視線は、さらにその先、水平線のかなたへと向けられているように思えた。

不意に半右衛門が肩を揺らした。

「相変わらずだなぁ。おめえも真面目な奴だ。だから、女も寄って来ないのかねえ。野沢屋の佐兵衛も呆れていたよ」

「お会いになったんですか?」

佐兵衛自身はもう取引の場には出てこないが、野沢屋とは商いをしている。

「まあ、でもいい商館番頭だと褒めていたよ。公平で、正直だとな。さ、ほら、留も、呑め呑め。どうせ独り身なんだ。ここに泊まって行けばいいさ」

押し切られるように、留吉は盃《さかずき》を取った。

「おれがおめえの女房を見つけてやる。商館番頭で月給もいい。ちょいと歳は食っているが、お店者なら、詮方ねえ。それにおめえは様子も悪くねえんだから」

「そんなことより、東京の家に戻らないでいいのですか？」

「まだ、記者たちがうるさいそうだ。それに、京橋の家は大丈夫だ。黄八丈の商売は女房と番頭でちゃあんと回しているからな。それよりおれは羽毛だ。いいかい、留。アホウドリは四月を過ぎりゃ鳥島を離れて、別の土地に移っちまう。今のうち採れるだけ採っておかないとならないんだ」

半右衛門に強引に進められた感はあるが、留吉は珍しく盃を重ねた。鳥島でも酒は呑んだ。しかし、どこか気が張っていて酔えなかった。が、羽毛の買い手もつき、ウィリアム商会は持ち直した。

溜まった疲労と安堵の思いがどっと溢れ出て、留吉はしたたかに酔い、睡魔《すいま》に襲われた。

第三章　羽毛長者

一

「おい、留。おい」

身体が揺さぶられる。波が荒いのだろうか。胸のあたりが焼けつくような気がする。船酔いか。はっとして留吉が眼を覚ますと、半右衛門の顔があった。

うわあ、と叫びにならない声を上げ、飛び起きた。

「着いたんですか？　鳥島に」

「なにを寝ぼけているんだ。ここは、おれの泊まってる宿だよ。深酒して、眠っちまったんだろうが」

半右衛門は首の凝りをとるように、左右に傾げた。

あ、ああ、そうだったのか。服はそのままだったが、夜具できちんと寝ているじゃないか、そう思ったとき、

「おれが夜具を敷いて、寝かせたんだ。ありがたいと思えよ。こっちは寒いからな。布団も掛けてやった」

半右衛門が、くくと含み笑いを洩《も》らした。

留吉は、申し訳なさと情けなさで、頭を下げた。ああ、でも長い夢を見ていた。昔の夢だ。色々思い出した。

横浜で、半右衛門と共に羽毛布団に出会ったこと。

ウィリアムに、羽毛が羽根布団に使われていることを聞かされても、違和感がなかったのは、すでに羽根布団のことを知っていたからだ。どこか頭の隅に記憶が残っていたに違いない。

朝の陽が妙に眩しかった。

窓の外に見える海が輝いている。

「飯だ、飯にしよう。仲居を呼んでくれ」

朝餉《あさげ》を取りながら、留吉は訊ねた。

「ところで、羽毛はいつこちらに届くのですか。十の叺では見本程度の量でしかありません。ウィリアムさんもそれを心配しています」

商品がないのに、金を受け取れば相手を騙したことになる。これまで築き上げてきたウィリアムの信用がなくなってしまう。ようやく持ち直したというのに。

「安心しろ。春には必ず、山ほどの羽毛が届く算段になっている」

「ですが、鳥島には滅多に渡れませんよ。残してきた五助さんのことも心配です。どうやって、羽毛を持ってくるのですか？」

身を乗り出し、語気を強めると、半右衛門が傍《そば》に置かれていた手紙のようなものを手に取り、留吉に突き出すようにかざして見せた。

「な、なんですか」

「これかい？　東京府への届け出さ」

「届け出？」

留吉の驚く顔を見て、半右衛門がぺろりと唇を舐め回した。

年明け、東京に戻った際に、志賀と会い、今後のことを話し合ってきたのだという。

「先生は、地理学者なんでね、おれを鳥島にかかわらせておきたいんだよ。アホウドリの捕獲には眼をつむって、南洋開拓のための調査を進めるためだ」

榎本大臣との対面を果たせなかったのは残念だったが、それでも鳥島に期待をしているのは、志賀の言葉からもわかったと、半右衛門はいった。

「この届け出も、志賀先生が知恵を授けてくれたのさ。つまり、先生は学問のため、そして榎本大臣は南洋進出のため、おれはアホウドリで儲けるため。各々の目的が果たせる島が鳥島なんだよ」

「なんのための届け出なのですか？」

「正式に鳥島拝借願いを出すんだよ」

半右衛門は飯を口に放り込み、にっと笑った。

聞けば、島を借りる願いが一通と、報告書を一通用意しているのだという。志賀の梃入《てこい》れもあって、置き去りにされたひと月、島を巡り、土地の開墾《かいこん》や牧畜、漁がどれだけ出来るか、そして植民が可能かということを書き綴ったというのだ。

留吉は眼をしばたたく。なんてことだ。

あの地を耕す？　家畜を飼う？　漁をする？　とんでもない。小さな火山島にいたのは無数のアホウドリだけではないか。半右衛門はただただ、アホウドリの撲殺を続け、その羽毛を採取していただけだ。

これは、東京府に対しての大法螺《おおぼら》だ。実態が発覚したら、罪に問われるのではないか。そもそも、鳥島上陸のための開拓調査のときも、草が茂っているから牧畜が出来ると書いて、許可を得た。これで二度目だぞ。

留吉の背にじわりと汗が滲む。

「おいおい、そんな顔してんじゃねえよ。安心しなよ。おれには、志賀先生と榎本大臣がついているんだぜ。だいたい、おれの書き綴ったことを調べに、あの島に渡るような役人がいるかよ、あははは」

「しかし」

「山師《やまし》みたいなものだよな。だけど、おれには、勝算がある。ただのいかさま師とは違う。銭になるアホウドリがいるのを知っているからな」

そうですが、と留吉はもうすぐ春にもかかわらず薄ら寒さを感じていた。

「それにな、羽毛商いが軌道《きどう》に乗ったら、八丈島の奴らを鳥島に渡らせるつもりでいる。本気で考えているんだよ。島の奴らを住まわせるんだ。それがおれの願いでもある」

え？　と、留吉は耳を疑った。

「それは無謀ですよ、半右衛門さん」

たまらず声を張る。半右衛門が不機嫌そうに耳の穴を指でくじった。

「急に大声上げるなよ。似合わねえぞ。おれは、黄八丈の販売で、廻船業もやってるから、島にもよく戻っているんだ。お前みてえに、島をすっかり捨てた人間とは違うんだよ」

「す、捨てたわけでは」と、留吉はいいよどむ。

「黄八丈の販売で島も多少なりとも潤っているのでないのですか？　私はむしろ島の殖産を促進するほうに利があると思いますし、島民だって安定した暮らしを望んでいるはずだと」

ギロリと、半右衛門が留吉を見据える。

陽に焼けた顔に白目だけが浮いて見える。留吉はその視線に射すくめられた。

「確かに、黄八丈は売れているよ。ただな、前より島民が増えているんだよ。だが、島の大きさは変わらない。開墾地だって限界がある。八丈島が幾度、飢饉に襲われたか、知らないわけじゃねえだろう？　だからって、東京や横浜に移り住むことは難しいんだ。皆、金がないからだよ。留、おめえは島は壁に囲まれているようなものだと、ガキん頃いってたろう。むろん、一生出ねえ奴もいる。けどな、海を越えて島を出たいという望みがある奴には、おれは手を貸す。それには金がいる。だからおれは稼ぐ」

　半右衛門の胸底には常に八丈島がある。それは同郷の留吉にとって誇らしい。だからといって、あのような草木もろくろく生えない土地に移住をさせるのは、無茶だ。食物はなんとかなっても、水が確保出来なければ人は生きてはいけない。苦労をさせるだけではないのか。そんな不安をよそに半右衛門は続ける。

「おれたちの置き去り事件のおかげで、幸い南洋の開拓だの植民だのに世間の眼が向いている。それが背中を押してくれているからな。考えてみりゃあ、この日本って国自体が島なんだ。海へ、もっと外へ出たいと思うのは当たり前のことなのさ」

「おれはな、留吉」と、半右衛門が身を乗り出してきた。

「こんなものじゃあない、もっともっと儲けて、それを元手にまた海を渡る。鳥島はほんの手始めさ。ははは。それには飯だ、腹ごしらえをしなきゃ、戦は出来ないぞ」

　力がみなぎっている。老年にさしかかりながら、なお海を渡る気だし、夢のようなことをいっている。

　その熱情が留吉にも伝わってきた。

「羽毛は、私が必ず売ります」

「頼むぜ、留。ああ、お前が、おれのそばにいてくれたらなぁ」

　半右衛門が白い歯を覗かせた。

　それは、と口籠もる留吉に、

「いいんだよ。いいんだ。お前を早く誘いに来なかった、おれが悪いんだ」

手を伸ばしてきた半右衛門が、肩を軽く叩いた。


羽毛の取引は順調に進んだ。留吉は、半右衛門にいわれた通り、買い手に対して「春には仕入れが可能」だと告げ、大量の契約を結んだ。

多少、不安があったものの半右衛門を信じるしかなかったが、宿で話をしてから、半月後、東京府は半右衛門の届け出を受理し、結果、東京府を通じ内務省から向こう十年間、無償での借地契約をこの三月に取り付けたのである。

もともと、明治政府は西欧諸国を手本に近代化を進めてきた。榎本武揚の南進への強い思いは、英吉利国、西班牙国などが行ってきた植民政策の影響もあっただろうが、孤島の置き去り事件は、奇《く》しくも人々の南洋進出への興味を思った以上に掻き立てたといっていい。志賀や榎本という後ろ盾があることをちらつかせつつ、置き去りにされた被害者を強調し、世論も味方につかせている。それらを半右衛門は巧みに利用して自らの追い風としたのだ。

「おれは、ただの一庶民だ。そいつが、この日本のために未開の地を開拓するっていってんだぜ。政府の金を使わねんだから、あっちだって得をしているんだ」

半右衛門はそううそぶいた。

「未着手の資源を回収し、殖産に努め、異国との航路を拓き、漂着民の救済を含め、鳥島を皇国の南洋門とするべく――云々《うんぬん》」

と、鳥島拝借願いに大袈裟に書き綴ったのだと半右衛門は破顔した。

そのうちのひとつでも叶えるつもりがあるのかどうかは、留吉にはわからないし、東京府も内務省も、どこまで信用していたものか。いずれにせよ半右衛門の、最大の目的はアホウドリの羽毛の採取だ。

だが、島嶼《とうしょ》への移住が進めば、人口増加、食料不足の問題がある程度、解消出来る。さらに、日本近海の島嶼回収を目指す政府の後押しともなる。拝借願いが、いかさまだらけであろうと、たしかに玉置半右衛門個人が私財を投入し、開拓事業を興し、邁進するのは勝手だ。破産しようとも自己責任。国も府も知ったことではない。だが、成功すれば、互いに利がある。

はからずも、本人が口にしていたが、まさに山師だ。

そう感じながらも、留吉は半右衛門の八丈島を思う気持ちには偽りがないと信じていた。むろん、半右衛門自身の外海への憧れは否定できない。が、思い返せば、横浜で大工をしていた頃から、己の夢を語り、八丈島のことを口にしていたではないか。

ああ、そうだ。半右衛門は八丈島で手習い師匠をしていた流人の近藤富蔵からもらった一本のわらしべを守り袋に入れていると話してくれたことがあった。

あのわらしべは、どうしただろう。首からは下げていなかったように思えたが。大体、もう二十数年前の話じゃないか。わらしべなど、粉々《こなごな》になってしまったに違いない。

そういえば、あのとき、半右衛門は富蔵からいわれたことを語っていた。どんなことをいっていたか。思い出せそうで、思い出せない。ただ、藁一本で長者になれるはずはない、と富蔵がいったというのは覚えている。けれど、その続きもあったはずだが――。

半右衛門は、政府の許可を得て、堂々と鳥島に船を送り、三月の末には、大量の羽毛を運んできた。

鳥島に渡ってから、五ヶ月。残った者たちは、黙々と日々アホウドリの撲殺を続け、叺に羽毛を詰めていたのだ。

半年近くは暮らせるだけの物資はあったが、拝借願いが聞き届けられたのは正直ギリギリのところだった。が、半右衛門はそんな心配などお構いなしに、「届け出が通らなければ、通るまで出したさ」と笑っていた。


四月の初旬、留吉はウィリアムの自宅に招かれた。

ウィリアムの妻が、商館の雇い人を集めて卵料理や肉料理、パンなどを振る舞ってくれるのだ。留吉だけが先に呼ばれ、他の者は昼すぎに来ることになっているという。

「本当かい？　半右衛門さんがまた鳥島に？」

ウィリアムがフォークを持つ手を止めて、留吉に青い眼を向けてくる。

「ええ、おそらく今月中には新たに雇った者を連れて、再び鳥島へ渡るといっていました。鳥島では残った者たちが羽毛の採取を継続していますから。それを回収するにもちょうどいい。それにそろそろ、アホウドリは別の土地に移ってしまいますからね。渡る前に獲れるだけ獲ってしまおうという考えもあるでしょう」

留吉はパンをちぎって口に入れる。

おおよそではあるが、残りひと月も含めると、十万羽に近いアホウドリの羽毛の採取になるだろうと、半右衛門は満足そうにいった。

ウィリアムがなるほどと首肯する。

「我が商館が銀行に取られずに済んだのも、半右衛門さんのおかげだ。危険を顧みずに島へ渡るとは本当に頭が下がる思いがする。まさに、冒険者といって良いかもしれないな。我が国にも、かつて大型の帆船で海を渡る強者《つわもの》どもがいた。新たな航路を拓き、世界を巡った。見知らぬ大陸を発見し、地図を作った」

ええ、と留吉は頷いた。

「大航海時代とでもいうのかね。見果てぬ夢を抱き続け、挑戦し続けた者たちが大勢いた。それは、人種を問わずだと、僕は思うよ。ずっと国を閉ざしてきた日本は、これからますます外に向かっていくのだろうね」

ウィリアムはグラスを傾け、ワインを口にした。

留吉もグラスを手に取る。

思えば、このウィリアムも英吉利国から、開港まもない日本にやって来たのだ。見知らぬ地にどんな夢を抱いていたのか。その勇気は半右衛門の気持ちと通じるところがあるのだろう。

「半右衛門さんの羽毛は上質で人気が高い。そういえば、ウィンケル社との商談はどうなった？」

留吉はにこりと笑う。

「うまく行きましたよ。百斤（約六十キログラム）、十二円で。需要が高まれば、今後はそれよりも高く取引できることになるでしょう」

「うちで一手に扱うことが出来れば、もっと大きな利益となる。それはとてもありがたいんだが」

とウィリアムが不安そうに眉をひそめた。

「羽毛の需要はますます増えている。半右衛門さん以前にも羽毛を扱っていた日本人がいたが、それらの者たちと争奪戦となるのではないかな。競合して、市場に出回る量が多くなれば、値崩れを起こすことにもなりかねないからね」

留吉はウィリアムを安心させるようにきっぱりいった。

「これまでアホウドリの羽毛は父島、母島、青ヶ島で採取された物でした。数だけでいえば、鳥島はおそらくどの島よりも多い。島から戻ってきたときにもお話ししましたが、島全体がアホウドリで埋め尽くされているといっても過言ではありません。今のところ半右衛門さん以外に鳥島に行こうと思っている者はありません。遠方であるし、金もかかります。なにより十年の拝借許可が出ているのですから」

「つまり、当面は、島ひとつが半右衛門さんの物になったということだね？」

「その通りです」

東京府から正式に島を借り受けた半右衛門の許可なく別の採取者が島には渡れない。半右衛門は羽毛を確実に入手出来るのだ。

留吉は強く頷いた。半右衛門によれば、八丈島から希望する者と連れ立って行くという。アホウドリが再び、飛来する時期までに、本格的な移住のための住居を造り、いずれは村落が出来るよう、女、あるいは夫婦者を移住させるつもりだという。

さらに——半右衛門からいわれたことがあった。

楽しそうに、蒸し野菜を口に運んだウィリアムには、告げられない。留吉は小さく息を吐く。

ウィリアムの妻が声を掛けてきた。

「どうしたの？　あまり食が進んでいないみたいよ」

「そんなことはありません」

やはり今は相談すべきではない、と思った。商館も持ち直し、今は羽毛の販売でかなりの利益を得ている。上り調子のこのときに、自分が抜けていいはずがない。十年、ともにやってきたウィリアムの信頼を裏切れない。

すると、

「実はね、とみい。君には東京に行ってもらいたいんだがね」

ウィリアムが突然いった。留吉は眼を見開く。

「半右衛門さんからの申し出でもあるんだ。うちの東京店というには大袈裟だが、どうだろうかね？　半右衛門さんは、今後、東京と鳥島を行き来することになるといっていた。島にいる間、東京に任せられる者がいたらいいのだが、とね。それはやはりとみい、君だと」

留吉は黙っていた。

「とみいには羽毛を任せたいと半右衛門さんはいっている。私もそう思う。横浜と東京と往復になるかな。まあ、蒸気車で一時間もかからない。それほど大変ではないと思うよ」

「いつふたりで、そのような話をしたんですか？　半右衛門さんがこちらに？」

少しばかり不快を表すと、ウィリアムが慌てた。

「ノーノー。そんなに怒るな、とみい。内緒にしていたわけではないよ。羽毛販売が上向きになり始めたとき、半右衛門さんが家を訪ねてきたんだよ。ひと月ほど前だ」

留吉は訝った。ウィリアムは流暢というほどではないが、日本語を話す。だが、半右衛門と会うときには、必ず通詞として自分が間に入っていたというのに。

「悪かったよ。そんな顔をしないでくれ。とみいは、根が真面目だから、断れずに悩むことになるだろうと、半右衛門さんがいうのさ。私が納得していれば、とみいも安心してくれるはずだとね」

いつの間にか、ふたりきりで会っていたということか。構わないが、ふたりともに黙っていたことが気に入らない。半右衛門はすでにウィリアムに根回しをしておいたのだ。まったく、豪胆で大雑把に思えるが、その実、緻密で計算高い半右衛門の性質が窺《うかが》える。常に半歩先、一歩先を睨《にら》んでいるのだ。

「じゃあ、そういうことでいいね、とみい。こちらのことは心配しなくてもいいよ。とみいは羽毛の売買に専念してくれればいいからね」

「承知しました」

留吉は唇を曲げて頭を下げる。ウィリアムはその様子を見て、苦笑した。

「不快な気持ちになるのはわかるよ。ただねえ、私と半右衛門さんは似ているんだよ」

はあ、と留吉は渋々頷く。

「それは、彼もそう感じていたようだ。なりふり構わず、自分の欲望のまま海を渡る山師のようなところがね。けれど、金儲けだけではなく、自分を試したいという思いもある」

妻が中座して台所へ立ったとき、ふとウィリアムが身を乗り出して、わずかに声を落とした。その表情が少し曇っている。

「ただね、ひとつ心配もある。先ほどのウィンケル社はまだいいが、実は、ジャーディン・マセソン商会とウォルシュ・ホール商会が半右衛門さんの羽毛に興味を持っているという噂が回ってきたんだ。やはり、と思ったがね」

留吉は眼を見開く。

ジャーディン・マセソン商会は、香港に本店をおく英吉利人の商社だ。かたやウォルシュ・ホール商会は、亜米利加人兄弟が営む商社。どちらも、開港すぐに日本にやってきた老舗《しにせ》ということになろう。それぞれ、英一番館、米一番館という呼称で知られている。正直、ウィリアムの商館とは比べ物にならないほどの大店だ。

その噂がもしもまことならば、潤沢な資金、販路の豊かさを持つ有力な英米ふたつの商館との取引はかなり魅力的だ。ここを通せば、羽毛の需要はますます高まる。

「この商館は強力だ。うちのような小さな商社と取引するより、数倍は利が出るかもしれない。半右衛門さんが、うちから手を引くといい出さないとも限らない」

そうか。半右衛門からの頼み事を受けたのも、この噂のせいか。

「もちろん、半右衛門さんは、うちとの繋がりは断たないといってくれてはいるが、あのふたつが金を積んで口説いたら、わからないからね。我が商館が仲立ちするといえば、どのような妨害が入るか。それこそ、本気で潰しにかかってくるかもしれない。さすがにこのことは妻にはいえなくてね」

「わかりました。やはり羽毛のことは私に一任してください。ジャーディン・マセソン商会とウォルシュ・ホール商会との交渉も、私が取り仕切ります。もっとも、半右衛門さんが鳥島にいたら、私が出るしかないのですがね」

「それもそうだね」

ウィリアムが微笑んだ。

だが、相手は大店だ。ジャーディン・マセソン商会は、現総理大臣の伊藤博文《いとうひろぶみ》らが徳川政権下の当時、英吉利国への密航を手助けしたともいわれており、維新後すぐに長崎《ながさき》の炭鉱事業にも投資をしたと聞く。ウォルシュ・ホール商会も、横浜の新田埋め立てに協力し、製茶工場も所有している。野沢屋にいた当時、多少世話になったことはあるが、私で通用するかどうか。だが、臆《おく》してはいられない。良い方策はないものかと、留吉は頭を巡らせる。ふと、ある考えが浮かんできた。しかし、このようなことをしてもよいものか。

「とみい？」

ウィリアムが心配そうにこちらの顔を窺ってきた。

はっとした。半右衛門が話した富蔵の言葉が急に甦ってきた。

知恵にはな、悪知恵というものがある。姑息だと謗《そし》られても、悪知恵も知恵だ。誰も文句はいえぬ——。

「ウィリアムさん。半右衛門さんに出資しましょう」

「どういうことかね？」

「共同経営までは行かずとも、鳥島の羽毛採取に協力するのです。そして、私は、半右衛門さんの正式な代理人になります」

「だが、まだそこまで金は出せないよ。ようやく借金が返せたという状況なのはわかっているだろう？」

「その辺は大風呂敷を広げて、ごまかせばよいのです」

「オオブロシキ？」

ウィリアムが首を傾げた。

「つまり大袈裟にいい立てるのです。船を出したとか、滞在時の食物を送っているなど。そして、半右衛門さんの代理人となれば、他の商館は必ず私を通さねばなりませんし」

「では、とみいはうちを離れるということかい？」

「両商社の手前、形だけは、そういたしましょう。対等に商いをするためです。私は、かつて野沢屋を退き、ウィリアムさんの興した商館に移りました」

「うん、そうだったね」

「私は、そこで野沢屋の品を優先的に取り扱いました。つまり、私が代理人になるというのはそういうことです」

ウィリアムは、立ち上がり手を伸ばしてきた。

留吉も腰を上げて、その手を握る。

「お任せください」

互いに深く頷き合った。

「あらあら、どうしたの？　商談でも成立したのかしら？」

妻女は大皿に、湯気の立つ肉の塊を盛って戻ってきた。

「さあ、お仕事のお話はおしまいにして、食事を楽しみましょう。そろそろ、皆もお腹を空かして来るでしょうし」

そういって嬉しそうに、ふたりの顔を眺めた。

これは、悪知恵でなく商売だ。


五月になり、留吉は東京府京橋区にある半右衛門の自宅に向かった。むろん、半右衛門は不在だ。だが、半右衛門が鳥島に渡る前に、留吉は、代理人として羽毛取引を任された。

「うちに来てくれるのは、ありがたい。こうなることはなんとなくだが、わかっていたよ。なあ、兄弟、よろしく頼むぜ。ちゃあんと住まいも要りようなものも用意しておくから安心してくれ」

留吉の肩をパンと叩いて、なにやら意味ありげに、にたぁと歯を見せた。

玄関で、訪《おとな》いを入れると迎えに出てきたのは、半右衛門の妻女だ。須美《すみ》という名だということは聞いていたが、会ったのはこれが初めてだ。

筋肉質で痩せ形の半右衛門とは違って、福々しい豊かな肉付きの女性だった。

「あなたが留さんね。うちの亭主がお世話になっております。もう無茶なことばっかりしているから困るでしょう？　届いた荷物はもう裏の家に届けてあるから、番頭に案内させるわね」

留吉が挨拶する間も与えず、須美は捲《まく》し立てると、大声で番頭を呼んだ。

住まいは半右衛門の屋敷のすぐ裏手の平屋の一軒家だ。小さいが庭もある。半右衛門の奉公人が庭に手を入れてくれたのか、雑草一本生えていない。畳替えもしたのか、足を下ろすたび、い草の香りが立ち上る。

「三間もあるじゃないですか。私ひとりですから、長屋住まいで十分でしたのに。贅沢すぎますよ」

留吉がそういいながら家を見回すと、初老の番頭がきょとんとした。

「あれ？　嫁さんがあると、主人から伺っておりましたがね。もう一足先にこちらにおいでになっておりますよ」

「は？　私は独り者だよ」

と、裏の勝手口あたりで人の気配がした。

まさか。嫁さんを探してやるといっていたが。

現れたのは、二十を少し過ぎたばかりの小柄な女だった。

留吉の姿を見るなり、慌ててかしこまり、手をついた。

「春《はる》と申します。末長くよろしくお願いいたします」

ちょ、ちょっと待ったぁ。留吉はそう叫びたいのを懸命に堪えて、

「あの、春さん。私はその、あなたと」

「はい。旦那さまより伺っています。横浜の商館番頭で、この度は羽毛商いの代理人を務める方だと」

「すまない。ちょっと休ませてくれるかな。思いの外、汽車に揺られて疲れたようだ」

その場に腰を下ろすと、番頭も春も、あたふたと動き始めた。

「いいよ、布団だの、医者も呼ばなくていい。ただ、落ち着きたいんだ」

留吉は声を張ると、盛大にため息を吐いた。

半右衛門のあの笑顔は、このことだったのかとようやく知れた。

まったく、無茶なことをしてくれたものだ。

春のことは、早急すぎると丁重に断った。須美は自分の遠縁の娘だし、気立てはいい、器量だって悪くないのに、と不満顔をした。初日から、須美の機嫌を損ねては困ると、留吉は提案をした。

春にはまず通いで、飯炊きと掃除をしてほしいと告げた。

この先、祝言をあげるという前提だというと、渋々了承してくれた。

春の立場を慮《おもんぱか》ってやれなかったのは心苦しいが、初めて会った男と、いきなり夫婦になるのは厳しかろうと説得する。

いまだに、女は自分の意思でなく夫を決められてしまうのか、と暗澹《あんたん》たる思いがした。

「春さんも、通いで来てくださる間、私が気に入らなければ、すべて反故《ほご》にしていただいて構いません」

須美を前にそういうと、春は面食らったような顔をしつつも、こくりと小さく頷いた。

「私は物を売買する商売人です。ですから、春さんもその眼で私をしっかりと品定めしてくださいね」

戯《たわ》けていうと、春が大きな眼をさらに見開いていった。

「では、留吉さまも私を品定めなさるということですね」

「そんなつもりはありませんよ」

あたふたする留吉の姿を見て、春が笑う。控え目で大人しい女子に見えたが、その実は違うのかもしれない。留吉は、春をもっと知りたいと思った。

留吉は翌日から、横浜から持参した帳簿を見直し始めた。横浜の商館との交渉は、すべて任せると半右衛門はいった。これまで様々な商談をしてきた。日本人と侮《あなど》られることも多々あった。だが、培ってきたものを全て出し切ろうと思った。

自分を信じて、鳥島に行った半右衛門の期待にも応えたい。

心が躍った。

鳥島とは当然、連絡がつかないが、半右衛門が文を残していた。

事務所の立ち上げを頼むということだった。

高輪《たかなわ》の車町《くるまちょう》の新富川《しんとみかわ》の川岸に土地を得ているので、すぐに建築にかかってほしいとあった。

留吉は、急ぎ処の大工を頼み、絵図面を引かせる。

夏が過ぎ、鎧戸《よろいど》を設けた洋館風の二階建ての事務所に看板が掲げられた。

『南洋物産業玉置商会』

留吉はその看板を仰ぎ見る。青い空がその先に広がっていた。

二

「やったぞ」

呟いた留吉は、背もたれに身を預けると眉間を軽くつまんだ。机上には文が広げて置かれている。ウィンケル社が、羽毛の買取り値を百斤二十円にすることを了解したという返書だ。鳥島から送られてくる半右衛門の羽毛は上質で、英吉利国でも評判になっているという話はウィリアムから聞いていた。装飾品としての需要は変わらずあるが、今や羽毛は羽根布団に多く用いられるようになっていた。

留吉はここを逃すものかと、ウィリアムを通じて、ウィンケル社とジャーディン・マセソン商会に十七円から二十円に値上げをしたいと申し入れた。

羽毛の販売を始めた五年ほど前は、百斤がわずか五円だった。それが、あれよあれよという間に十二円、すぐ十七円に上がり、此度は三円の値上げを提示した。それを飲んで、とうとう百斤二十円になった。

しかも、ウィンケル社は、向こう三十年間の契約を結びたいといってきている。

三十年とは、ずいぶん長い。それだけ羽毛需要は増加し、利益が見込めるとウィンケル社が考えているからだろう。

しかし、契約期間に関しては、ウィリアムとも話をするつもりだった。ウィンケル社が二十円を飲んだと告げれば、ジャーディン・マセソン商会はそれ以上の値を提示してくるかもしれない。三十円になるのもさほど遠くはないだろう。

息を吐いた瞬間、うっかり笑みがこぼれた。

「伯父さん、どうかしましたか？」

部屋内の拭き掃除をしていた徳太《とくた》が手を止めて、訝しげな顔を向けた。

徳太は甥っ子で十六。つい先日まで義弟が番頭を務める野沢屋にいたが、「販路の決まっている生糸商売はつまらない」と言い放って店を飛び出した。

妹から玉置商会で働かせてほしいと頼まれたのだ。玉置商会にはすでに五人、そして黄八丈の商いも引き続き行っているため、古参の奉公人たちも働いている。正直人手は足りていた。が、「若い者を育てるのも必要だし、横浜に明るい者がいたほうがいい」と、半右衛門の女房の須美が助言してくれた。

「学校になんかやらずにすぐ奉公に出せばよかった。家計も助かったのに」

と、妹は嘆いたが、これからは学問が必要だ、と留吉は横浜に徳太を迎えに行った際、そういってなだめた。

横浜に官立の小学校が出来たのはいつだったか。ただし、通っていたのは商家などの裕福な家の子で、徳太が入学した頃の就学率は三割に満たなかった。明治も二十五年を越えて、ようやく五割になったと聞いた。そのせいか、十に満たぬうち奉公に出る、職人の弟子《でし》になるというのも以前より少なくなったという。

かつてのように親元を離れ、お店に住み込み、休みもほとんどなく、働きながら読み書き算盤を習い、商売を学んでいく奉公という形も減っていくのだろう。学校を出た者が希望する仕事先を見つけるようになる。もうすでに徳太は給金をもらい、留吉の家に寄宿している。少し前なら、番頭になってようやく通いになり、所帯が持てるようになる頃には三十を軽く超えてしまうというふうだった。働き方も変わっていくのだ。

高輪の車町に建てた玉置商会は羽毛の販売で年々利益を上げ続けている。

鎧戸のある窓、ベルのついた玄関扉、横浜の商館を模した石張りの白い二階建ての洋風の建物は、かなり目立ち、たちまち玉置商会の名があたりに知れ渡った。はじめの頃は、粗末な机と椅子が置かれただけだったが、今は、客を迎える応接部屋と事務所には、立派な革張りの椅子やテーブルが置かれている。

窓を開けると、陸蒸気《おか》が見える。陸蒸気は、芝口から品川まで、東海道に沿って海の上に造られた堤を走っている。けれど二階の窓を開け放ったままにしていたら、煙が部屋中に満ちてしまい、しばらく油臭さが消えなかった。それ以降、陸蒸気の走らない早朝か夜しか開けないようにしている。

「伯父さん、ウィンケル社はなんていってきたんですか？　いい話だったんでしょう？」

留吉はそれには答えなかった。まだまだ、徳太は、昔風で言うなら見習いの小僧だ。そんな立場の者に話すことではない。

「まあ、そのうちな。それより黄八丈はどうした？　もう島からついてもいい頃だ」

「大番頭の七五郎《しちごろう》さんが昼には、港へ赴くそうです」

「新富町の倉庫へ、お前も手伝いに行ってくれ。そういえば、おっ母さんから八丈島の話を聞いたことはあるか？」

徳太は首を振って、

「僕は生まれも育ちも横浜です。おっ母さんの郷里《きょうり》には興味ないなぁ。しかも孤島じゃないですか。今時、陸蒸気で日本中行けるんですよ。わざわざ大変な思いをして船旅などしたくないです」

そうか、と留吉は頷いた。

「海の果てに何があるか考えたことはないのか?」

眼を丸くした徳太が、いきなり笑い始めた。

「伯父さん、地球は丸いんですよ。果てなどないのはとうにわかっているでしょう。ぐるりと回れば、また日本に戻ってくるんです」

「その通りだが。夢も憧れもないんだな。私が島で暮らしていた頃は――」

「結構です。大方、海亀の背に乗って海を渡りたいとか、そんなことでしょう?」

「もういい。伝票の整理を続けろ」

留吉はぶっきらぼうにいって、紙巻きたばこを手にした。しかし、マッチが見当たらない。

「あはは、図星だったんだ。伯父さんも可愛い盛りがあったんですね」

「ともかく、黄八丈は商会で扱っている品なんだ。どこでどう作られているか客に訊ねられて答えられないのは困る。そのうち、須美さまから話を聞くといい。それから、幾度もいっているだろう? 事務所では支配人だぞ」

徳太は首をすくめて、「すいません、支配人」と、頭を軽く下げ、ペロリと舌を出した。

「もう港へ行ってこい」

「照れているんですか?」

「うるさい。さっさと行け。雑巾は洗って干しておけよ」

徳太は、頭を掻きながら、バケツを手にして部屋を出て行った。

返書をたたんで封筒に入れ、手文庫に収めた。確かに、どうにも生意気だ。妹がいった意味がわかったような気がする。今時の若者は、とつい口をつきそうになる。

いかんいかん、と留吉は自重する。

徳太は、武士も丁髷《ちょんまげ》も将軍も知らない、明治の子だ。それこそ、八丈島がかつては流刑地であったことも。いや、知っているからこそ、母親の郷里だと認めたくないのかもしれない。

しかし、百斤二十円か。この値上げは大きい。

早く半右衛門に伝えたいが、今は鳥島にいる。アホウドリの捕獲のため、飛来する秋から春にかけて島に行っている。そろそろ夏なので、戻って来る頃だ。東京と鳥島を半年毎に行き来していた。

商会の会頭《かいとう》である半右衛門は、東京にいるべきだと幾度も諭したが、いっかな聞き入れようとしなかった。年齢もあと数年で還暦《かんれき》だというのに。いくら家を建て、暮らしを整えようと、島での生活は過酷だ。昨年秋、鳥島に行く直前に留吉は何がなんでも引き留めようとした。患ったらどうするのだ、船に万一のことがあったら、どうするのか、せっかく興した事業を誰が引き継ぐのだ、と怒りを込めていい放ったが、当の半右衛門はけろりとして、

「そんときは、留が引き継いでくれりゃいい。おれが机を前にちんまり座っていられるような男じゃねえのは、女房よりも、おめえのほうがよくわかっているじゃねえか」

そういうと陽に焼けた顔をくしゃりとさせ、ガハガハ笑った。それに、島へ行く鳥島丸の小《こ》島《じま》船長は遭難なんぞしねえぞ、と急に真顔になる。

「だいたいな、おめえがいるから、おれは心置きなく海を渡れる。商売のことは留に任せてい

るから安心なんだ」

「半右衛門さん、会頭という立場を理解してください。任されても、私から相談したいことがあるんですよ。商館との取引を進めてもいいものかどうか、上げ値は適正かどうか」

「んなことは横浜のウィリアムさんを頼ればいい。何のためにお前を、あそこから引き抜いたと思っているんだ？　羽毛の値は、お前に任せた。好きにやればいいんだ。黄八丈もな、須美が骨折ってくれたから儲かった。おれは物を確実に運んでくる。売るのは、留や須美なのさ。頼りにしてるんだぜ。わかれよ、それくらい」

「え？——羽毛の量も増えておりますし、鳥島丸だけでは」

「おお、それならよ、ウィリアムさんが、横浜の廻船業者を紹介してくれたぜ。後は、おめえが細かいことを相手と決めてくれ。二隻《せき》あればいいだろう」

またか。

語気を強めながらも、冗談めかしていった。

「半右衛門さん、いつウィリアムさんと会ったのですか？」

思い立ったことだけは、勝手に進めるくせに、こちらのいうことは聞きもしない。

すると、半右衛門は首にかかった紐をスルスルと引き上げ、守り袋を出した。

留吉は眼を瞠った。布が擦り切れたあの袋だ。八丈島の流人で、島民に読み書きを教え、島の歴史を生涯書き綴った近藤富蔵の——。

「見覚えていたかよ。近藤さまからいただいたわらしべが入ってる。もう粉々になっちまったがよ。おれにとっちゃこれは戒めなんだ。お伽話じゃあるまいし、わらしべ一本で長者になれるほど世の中甘くねえ。だから、おれはこのわらしべ、いや、近藤さまに誓ったんだ。おれは立ち止まらねえってな。五十も半ば過ぎだが、歳なんざ気にしていられるか」

留吉は説得を諦めて渋々承知した。

それに満足したのか、ふと半右衛門が思い出したようにいった。

「まあ、でもな、確かに病は怖えからなぁ。今は歳若い奴らを鳥島に連れて行っているから、病なんぞ気にもかけなかったが。鳥島に行ってくれるような医者はいないもんかな。なあ、留」

留吉は「あたってみましょう」といったものの、絶海の孤島にわざわざ出向くような医者はなかなか見つからなかった。

現在、鳥島には百五十人ほどの人間が暮らしている。

半右衛門が、拝借願いの許可を得るや、すぐさま八丈島の者たちを六十人ほど引き連れ、鳥島に渡ったのだ。若い頃から島の者たちの移住を考えていたが、ついにその思いを果たすための行動に移った。船に資材を積み、島の西にわずかに広がる平地に家を建て、アホウドリの捕獲を中心にした暮らしをさせている。鳥島は円形の島だ。その西側に移住者の家屋が並んでいるが、そのあたりは、玉置里と呼ばれているらしい。昨年秋には男女合わせて九十人が入植した。

賃金は出来高払い。

漁のための舟、家、日用品、耕作地などはすべて半右衛門が無償で貸し与えている。アホウドリの肉や卵を食料にする場合には、賃金から差し引くが、それ以外、鳥島の者たちは銭を使わずに済む。それゆえに、不満の声はまったく上がらない。アホウドリを撲殺し、その羽を毟り取れば取るほど、銭になる。島には居酒屋もなければ、飯屋もない。使う場所がないから銭は貯まる一方だ。文句など出ようはずがない。

島を覆い尽くすアホウドリは金のかからぬ資源だ。鳥たちは勝手に繁殖していく。経費といえば、約百五十人の暮らしに必要な物と賃金だけ。家屋の資材、漁船などの初期投資は必要だったが、以降は売れた分だけ、懐に入る。

鳥島丸と横浜の廻船業者から船を二隻借り、鳥島と東京を往復している。

羽毛を詰めた叺を山ほど積んで入港し、新富町の倉庫へと運び入れる。

すでに十万羽以上を捕らえている、おおよそ三万から四万斤になる。百斤二十円であれば、三万斤で六千円、四万斤で八千円。それがほぼ商会の収益になる。留吉は、まだ羽毛の値は上がると睨んでいる。

需要は確実に増えている。しかし、東京府から鳥島を借り受けている半右衛門以上に羽毛を採取できる者がいないからだ。父島などでアホウドリを捕獲している業者はいても、玉置商会の量には全く敵わない。その上、半右衛門は羽毛の扱いも丁寧だ。横浜では半右衛門の羽毛は評判になっているとウィリアムから聞いていた。

上物が百円となったら、利益はどれくらいになるのか。横浜で、初めて羽毛布団に触れたときの手触りが思い出された。綿より軽く、そして暖かい。空に浮かぶ雲のようだと思ったものだ。あれから三十数年の年月を経て、羽毛が大きな商いとなることをあの頃の留吉には一片たりとも想像ができなかった。

扉が開き、

「支配人、横浜のウィリアムさんからです」

番頭並の多恵吉《たえきち》が電報を持って入って来た。多恵吉は黄八丈を扱っている半右衛門の店の奉公人だったが、今はこの商会のほうで羽毛の管理や事務をしている。半右衛門が特に眼をかけている。留吉より少し歳下だ。

留吉はすぐさま、電報を開く。はっと、眼を見開いた。

「ウォルシュ・ホール商会が、取引を増やしたいと望んでいるそうでね」

多恵吉があんぐりと口を開けた。

「ずっと、支配人が交渉していた、米一番館じゃないですか！　やりましたね！」

「ああ。英一番館、米一番館の商会との大型取引は横浜中に広がる。きっと、他の商館もこぞって、注文してくるに違いない。ウィンケル社は三十年の契約をいってきた」

「すぐに契約をまとめましょう。横浜のウィリアムさんに電報を打ちます」

多恵吉が色めき立った。

「いや、それは半右衛門さんが戻ってからだ」

「ですが、他の羽毛業者を出し抜かないと。これは好機ですよ」

留吉は首を横に振る。

「鳥島の拝借願いは十年だ。あと五年を切っている。延長できればいいが、確約ではない。ここは慎重に二年毎更新のような形を取るほうが無難だな」

多恵吉は残念そうな顔をしたが、

「そうか。契約の途中で何かあったら賠償しなければならなくなりますね。異国の商館だとすぐに訴えを起こすかもしれませんし」

得心したように頷く。

多恵吉は飲み込みが早い。が、留吉はアホウドリの数も心配していた。父島は乱獲により数が激減した。鳥島でも同じようなことが起きるかもしれないのだ。

「そういうことだよ。焦ることはない。三十年の契約を望むのは、それだけ羽毛の需要が衰えない証でもある。羽毛はもっと値上がりするよ。ここ数年が勝負だ」

留吉は多恵吉に笑いかけた。


夕暮れの空に数羽の鳥が列をなして飛んでいくのが見えた。隣の家の樹木にいるのか、蟬《せみ》がうるさいくらいに鳴いている。

「春、戻ったよ」

玄関に入るや、小さな足音がして、「父さま、お帰りなさい」と、娘が廊下を走って来て、留吉にかじりついてきた。

春とは四年前に祝言を挙げ、ほどなくして、娘を授かった。

須美も半右衛門も「結局なるようになった」と皮肉をいいながらも喜んでくれた。

「須美の遠縁の娘だから、おれとお前は、これでまことの義兄弟だ」

祝言の席で浴びるように酒を呑まされた。

子が出来たことで、留吉も仕事に一層力が入るような気がしていた。これまでも仕事に手を抜くようなことはなかったが、月並みではあるが、独りで過ごしていた頃とは違う。

妻や娘だけではない。玉置商会にも部下がいる。その者たちの暮らしも支えている。その責任のようなものをひしひしと感じ始めていた。

「あ、徳兄だ」

娘の声に振り返ると、徳太が門を潜って来るところだった。手拭いで首筋を押さえながら、三和土《たたき》に入って来る。

「七五郎さんは人使いが荒い。すぐ怒鳴る。鍋太郎と鎌三郎《かまさぶろう》のヤツらは指図ばかりで動きやしねえ。おれとたいして歳も変わらないのに、威張りくさって」

「ヤツらとはなんだ。鍋太郎も鎌三郎も半右衛門さんの息子だぞ」

鍋太郎は半右衛門の長子で十八。次男は鎌三郎で十五、三男の傳《でん》は十二。末っ子で長女の美《み》知《ち》は十一だ。鎌三郎も仕事を手伝うようになっていたが、あまり評判はよくない。生意気にふたりとも煙草をくゆらし、奉公人たちが働くさまを眺めていると聞いた。黄八丈や羽毛を収めているのだ。火を出したら大変なことになる。大番頭の七五郎が幾度たしなめても聞く耳を持たないらしい。

今は京橋の屋敷にいて、倉庫の整理をするよう半右衛門にいわれ、従っている。歳がいってから出来た子だからと、半右衛門は四人を溺愛《できあい》している。わからなくはないが、いずれは玉置商会を継がせるのだ。特に長男の鍋太郎には自覚を持たさねばと思う。

「大番頭さんは、もうふたりに舐められているからさ。今日だって、倉庫の裏口に吸い殻があったから大騒ぎでしたよ。鍋も鎌も、自分たちじゃないとシラを切ったんだ」

そいつはまずいな、上着を衣紋《えもん》掛《か》けにかけながら眉をひそめた。留吉は、春のところへ行くよう、娘を促す。

「ねえ、伯父さんは、旦那さんとは義兄弟だよね。意見したほうがいいよ。親父が島に行ったっきりだから、誰も叱れないんだと思う」

徳太が、仰向けに寝転がり、着替えをする留吉を見上げた。

「おれも、伯父さんのような洋装がしたいなぁ。小袖の尻はしょりじゃ、野沢屋の小僧ん頃とちっとも変わらねえ。明治も二十五年以上過ぎたっていうのに」

「他も皆、小袖に半纏だろう？　七五郎さんや多恵吉の側で、まず商売を覚えてからだ」

不満だけは一人前だ。鍋太郎兄弟と大差ないぞ、と苦笑する。

「ってもう商会の掃除や港と倉庫の往復とか、つまんないですよ。おれ、伯父さんに付いて、異人と商いがしたい」

「それなら、英語を学べ」

留吉は、呆れた顔をしていった。

「伯父さんみたいに、今は商館番頭には日本人が多いのでしょう？　英語が話せなくてもなんとかなるんじゃないんですか？　旦那さんも英語は出来ない」

「半右衛門さんとお前じゃ立場が違うだろうが」

留吉がたしなめると、徳太は拗《す》ねたように唇を曲げた。


夏の終わりに、半右衛門が大量の叺とともに戻って来た。東京にまだ港はない。沖に船を碇《と》め、小舟で往復するしかない。羽毛の検品と横浜への搬送とまた忙しくなる。

大番頭の七五郎とともに、品川へ迎えに行く。

「おお、留、元気かぁ。七五郎も留守中、すまなかったな」

さらに陽に焼けた半右衛門の顔は赤銅色をして、五十代半ば過ぎとは思えないほどに筋骨もたくましい。

両肩を摑まれたときには、その力強さに思わず息が詰まったほどだ。

「お帰りなさい。ご無事でなによりです」

「ったく相変わらず堅い挨拶だなあ。まあ、いいさ。また十一月には海の上だ。二ヶ月ほどしかこっちにはいないが、どうだい変わったことはなかったかい？」

「すべて順調です。新たな契約も入っています」

「そいつは重畳《ちょうじょう》、重畳」

半右衛門は機嫌よく笑う。

「俥夫《しゃふ》を待たせてあります。商会に参りますか？　それとも京橋のお屋敷にお戻りに？　お屋敷でしたら陸蒸気にいたしましょうか？」

七五郎がいうと、

「いや。車でいい」

半右衛門は船旅の疲れも見せず、人力車に向かってすたすたと歩き出した。が、ふと足を止めて振り返ると、

「留、志賀先生に戻ったことを伝えてくれ。近々飯でも食おうと」

「承知しました」

それだけいって、俥夫に声を掛けた。

その夜は、京橋の屋敷で酒宴《さかもり》になった。商会の主だった者たちが集まり、賑やかな宴《うたげ》になる。鳥島丸の船長、小島岩松《いわまつ》や、此度の船で久しぶりに戻った五助も顔を揃えた。総勢五十名ほどになったろうか。続き間のふすまを取り払い、ずらりと仕出しの料理が並んだ。

鍋太郎と鎌三郎は、上座の半右衛門を挟んで両隣に腰を下ろし、殊勝な顔つきをしている。

留吉は、ふたりを窺い見る。

この兄弟の不行跡は、大番頭の七五郎からいろいろと聞いていた。

鍋太郎は、酒と煙草と女遊びが過ぎて、黄八丈を数枚勝手に持ち出し、売って銭にしたり、

酌婦《しゃくふ》に贈ったりしているという話だ。鎌三郎は幼い小僧たちに辛く当たっているらしく、二年後、三年後が恐ろしいと不安を吐露《とろ》した。

母親の須美は三男、長女、そして奉公人たちの世話で忙しく、眼が届かない。というより、長男次男はすっかり大人だ。自分で十分律することが出来るはずだ。

隣の七五郎を横目で見ると、大きなため息を吐いていた。

皆の盃が酒で満たされ、鎌三郎が乾杯の発声をする。

続けて、鍋太郎が、倉庫の黄八丈の枚数や羽毛の検品がどのように行われているかを、報告、というより鼻高々で披露した。七五郎が苦々しく顔を歪めている。

鍋太郎の報告に半右衛門は眼を細め、

「やはり跡継ぎだなぁ、しっかりしているぜ。なあ、留もそう思うだろう?」

はあ、と留吉は曖昧に頷いた。

「留吉さんは、倉庫に顔を出さないから、おれたちの仕事ぶりも見ちゃいないんだ」

鍋太郎がいうと、

「兄ちゃんのいう通りだよ。ずっと車町の事務所にいるだけだ。この頃は、徳太とかいうヤツの世話焼きで忙しいみたいだしな。でも横浜にはよく行っているようだけど、異人とどんな話をしているのか、誰にもいわないようだよ」

鎌三郎が調子づく。

「それは違いますよ。支配人は、横浜でも老舗の大店の商館との交渉をしているのですから。

羽毛の販売は日本ではなく異国が相手なのですよ。あちらは海千山千の商人です。少しでも、羽毛に汚れがあったり、質が落ちればすぐに値切ってくる」

多恵吉が口を開く。

「それは黄八丈だって一緒だ。異国異国と鼻にかけるな。留吉さんは異人の商館にいたんだろう？　異人贔屓だよな」

鍋太郎が皮肉を投げつけてくる。

なにを、と多恵吉が身を乗り出すのを、留吉が制した。

「鍋太郎さん。私は確かに横浜の商館におりました、だからこそ、異人の商売人と交渉が出来ると見越して半右衛門さんが私を誘ってくれたのです」

私が、ここにいるのは必然だった。

「私は私の仕事に力を尽くすだけですからね」

兄弟ふたりがむすっとした顔を向ける。

「いい加減にしねえか。せっかく島から帰ったというのによ、酒が不味くなる」

「申し訳ございません」

「いいんだよ、留。倅たちがうるせえことといって済まなかったな。でな、いうのはちょっと先にしようと思っていたんだが、二ヶ月後の十一月におれはまた鳥島に戻るが——」

半右衛門が声を張った。

「次は一家総出で移り住むことに決めた」

水を打ったように座敷内が静まりかえった。

鍋太郎と鎌三郎も眼を見開いて、父親の顔を凝視している。

「あ、あの、旦那さま、いや会頭」

口火を切ったのは、大番頭の七五郎だった。

「それは、鳥島にということでしょうか？」

「当たり前だよ。鳥島以外にどこに行こうってんだ。おれたちはアホウドリで金を儲けて、こうして宴会だってさせてもらえるんだぜ。アホウドリ大明神だ。その家族がアホウドリを知らなくてどうするよ」

おめえたちにもいい修業になるぜ、と鍋太郎と鎌三郎を交互に見て微笑んだ。

兄弟ふたりは言葉もなく、半右衛門を見つめていたが、あ、と鍋太郎が声を洩らした。

「いきなりいわれても。学校が――」

「黙れ。家長のおれが決めたことに文句をつけるな。まあ、おめえも馴染みの女にしばらく会えねえと水盃でも交わしてこい。ははは」

半右衛門は、息子たちの行状を知っていたのだろうか。兄弟は顔を見合わせ、肩を落とした。

溜飲が下がったのか、七五郎がぐいと酒をあおり、微笑んだ。

「やあやあ、遅くなりました」

帽子を脱ぎながら入って来たのは、志賀重昂だ。

「ああ、先生。ご無沙汰しております。ほれ、先生に席を空けろ」

鎌三郎がはっとしたように、席を立ち、兄の鍋太郎の横に移った。

「誰か、先生の膳をお持ちしろ。それから酒だ」

「はいはい。用意してございますよ」

志賀が腰をおろして、間も無く須美が膳を手にして来た。

「鳥島から植物と魚介を持って参りましたよ。先生のお役に立てばと思いましてね。岩場の苔も此度はお持ちしました。それから、小島船長、海図は？」

小島が「ございます」と、腰を上げた。

「それはありがたいことだ」

「少しでも学問のためになればと思いましてね。さ、まずは一献」

半右衛門と志賀は互いに眼を合わせて、盃を干した。


宴は夜中まで続き、帰った者もいたがその場で眠り込んでしまう者もいた。

留吉は、五助に島の様子を聞いていた。家屋も立ち並び、人によっては漁にも出ているという。

「初めて上陸したときとは雲泥の差だ。水不足は否めないが、冬も暖かいし、潮位の変化の激しさとアホウドリの糞が臭いのには困ったものだ。とはいえ、入植した奴らともうまくやっているよ」

顔を赤くして話していた五助もすっかり夢の中だ。

「留」

須美とともに膳の片付けをしていた留吉に半右衛門が声をかけて来た。

「片付けは、朝でいい。須美ももう休め」

「じゃあ、そうしますね。お酒は？　留吉さんとまだ呑むのでしょう？」

「あ、いえ、私は十分です」

「何を遠慮しているんだ。須美、酒は残り物を呑んじまうから、もういいよ」

半右衛門はいくつもの銚子を振って、中身を確かめると、縁側《えんがわ》に出た。庭にはすっかり闇が落ちて、何も見えないが、虫の音が聞こえてくる。

留吉は半右衛門の隣に腰を下ろした。

「七五郎から聞いたよ。ずいぶん羽毛が売れているってな。苦労をかけているな」

「追い風が吹いています。値はもっと上がりましょうし。玉置商会はもっと大きくなります」

留吉は自分の盃に酒を注ぐ。もうだいぶ酔いが回っていたが、半右衛門には付き合わねば。

「ですが、まことに鳥島に一家で渡るのですか？」

半右衛門がふっと笑みを浮かべた。

「息子たちにも教えておきたいんだよ。おれの商売を引き継ぐのが誰かはわからないが、あいつらは島を知らない。どんな暮らしをしているのかもわからないんだ。採れた羽毛だけを見て、売れた金だけを見て、儲かる商売だと思われたらたまらねえ。入植者たちと同じ苦労をさせるつもりだ」

こっちに戻る度に、鍋太郎がこそこそしているのも知っていたからな。ガキのくせに女遊びを覚えやがって。島には酌婦も、春をひさぐ女もいない。性根を叩き直すには、言葉じゃねえ、それがおれのやり方だ、と続けた。

「でも、驚きました。須美さんも美知ちゃんも連れて行くのですか？　しかし、移り住むのは困りますよ」

「当たり前だ。二年の間の行き来になる。とりあえず家族は一緒が一番だと思ったのさ」

留吉は苦笑する。半年ごとに家を留守にしている半右衛門なりの思いやりか。

「でな、留吉。知っての通り、拝借願いはあと四年半。明治三十一年までだ。おれは何がなんでも延長させる。そのために志賀の先生さまを味方につけておきたい」

だが——と、半右衛門がわずかにいい淀んだ。

「おれはなぁ、留吉。八丈島の民の移住は鳥島だけじゃ足りねえことがわかった。やっぱりあすこは、人が住むには平地が狭すぎる。アホウドリの捕獲は続けながら、おれは」

留吉の脳裏にぼろぼろの守り袋が浮かんできた。

「——別の島を探す」

留吉は突然のことに盃の縁に口をつけたまま、止まった。

「小笠原じゃない。小島船長からいろいろな話を聞いたんだよ。琉球を狙ってる」

「琉球——？」

留吉は酒が溢《こぼ》れたことにも気づかなかった。頭の芯がくらりとした。

「また海に出るんだ。アホウドリで儲けた金を注ぎ込んで、新しい島を見つける」

「この事業はまだこれからですよ。儲けた金を注ぎ込むといいますが、金は商会のものであって、半右衛門さん個人の金じゃない」

　やっとの思いで留吉は口を開いた。これは酔夢《すいむ》か。

「アホウドリの事業を展開させると考えれば、文句はないだろう？　おれは、南の島に国を作るんだ。かつて、榎本武揚侯が北海道を独立国にしようとしたようにな。八丈島の奴らを移住させて、皆で暮らす島にするんだよ」

　どうだい、すげえだろう？　と半右衛門は留吉の顔を覗き込んできた。半右衛門の眼がギラギラとしていた。同じ眼だ。鳥島に行くと決めたときと。酔って、夢を見ているのか。違う違う。これは現《うつつ》だ。

「もう当たりをつけている。それには、もう少し金が欲しい。もう一隻、船も造りたいしな。頼むぜ、兄弟！」

　あはは、と半右衛門は笑った。

第四章　新天地

一

羽毛の上物、胸毛がとうとう百斤（約六百グラム）百円まで上がった。

まもなく半右衛門の手船である回洋丸《かいようまる》が、鳥島から、山積みの羽毛、アホウドリの卵、干し肉を運んでくる。商会は、新たに数名を雇い入れた。いずれも、かつて商家で奉公していた者だ。若者がひとり、中年がふたりだ。徳太も成長し、多恵吉について、横浜と東京を忙しく行き来している。留吉も忙しい日々を過ごしていた。

明治二十九年（一八九六）十二月末。

多恵吉が息を切らせて、高輪車町の商会に駆け込んで来たときには何事かと思った。

「だ、だ、だ、旦那さんの名が」

声を上ずらせ、机の上に乱暴に広げたのは、『持丸長者番付《もちまるちょうじゃばんづけ》』だった。

江戸の昔からの豪商である、近江出身の三井《みつい》や、大阪の住友《すみとも》、鴻池《こうのいけ》、土佐の下級武士から事業を立ち上げた岩崎《いわさき》など、いまや大富豪の、そうそうたる面々の名が並ぶ、その中に小さいながらも玉置半右衛門と記されていた。玉置商会にとっての大事件だ。

ペンも算盤も放り出して皆が頭を寄せ、半右衛門の名を幾度も確認しては、歓声を上げた。

「夢か、これは夢か。おれの頬をつねってくれよ」

「いいですか、いきますよ」

「痛え、本気でやるな」

怒鳴り、笑い、皆がともかく大騒ぎだ。互いに抱き合う。

「ほら騒ぐな、仕事をしろよ」

留吉が窘《たしな》めたとき、のそりと半右衛門が事務部屋に入って来た。

「半右衛門さん、とうとう持丸長者です」

多恵吉が番付を半右衛門の眼前にかざした。半右衛門が顔を寄せ、眼をすがめる。

「ほらあ、旦那さん、ここですよ、ここ」と、多恵吉が痺《しび》れを切らして指し示した。

「おおお、小せえなぁ。でもこりゃあ、びっくりだ。本当におれの名だ」

「そうですよ。東京だけじゃない、これは日本中の長者の名が連なっているんです！　その中に旦那さんの名があります」

徳太が身を乗り出していうと、半右衛門は、留吉に眼を向け、にやりと笑った。

留吉は当然の結果だと思っていた。羽毛の年商はすでに十万円を超えている。経費を差し引いても、半右衛門の懐には、その半分以上の金が転がり込んでいる。

下世話なことだが、総理大臣の俸禄《ほうろく》がおよそ一万円と聞くとなれば、その何倍にもなるのだ。再び番付に見入る半右衛門を留吉は見つめた。

不意に八丈島の風景が半右衛門の背後に浮かび上がった。青い空、遥かに続く深い紺色の海。岩で砕ける波が白くしぶきをあげ、子どもらは、岩場で銛を突き、魚を獲り、潮溜まりで貝を採っている。

八丈島生まれの大工が日本でも有数の長者になるなど、誰が予想しただろう。半右衛門に一本のわらしべを渡した近藤富蔵でさえ想像もつかなかったに違いない。

明治の世であるから、成し遂《と》げられたことだ。才覚と度胸があれば、誰もが半右衛門のように成り上がれる。その機会は誰の頭上にもある。

急に、喉の奥が熱くなる。留吉は歯を食いしばった。途端に目頭まで熱くなってきた。嬉しいのに。おかしなものだ。俯《うつむ》いて、まぶたをきつく押さえた。

「おお、支配人が泣いてる」

顔を覗き込む多恵吉を上目に睨めつける。

おそらく、自分は、この日のために生きてきたのだと思った。異国語を学んだこと、異人の商館で働いたこと。それが羽毛の販路に繋がった。海千山千の異人の商人たちを相手に算盤を弾いて弾いて、ここまで来たのだ。半右衛門が声をかけてくれたから、おれを信じてくれたから。万感胸に迫るものがあった。

半右衛門が留吉に近寄ってくるや、いきなり肩を強い力で引き寄せた。

「ここまで来られたのも、お前のおかげだ」

皆が囃《はや》し立てるような声を上げる。

「うるさい」と、留吉が言い放つと、いいじゃねえか、と半右衛門が留吉の耳元に口を寄せた。

「わらしべ長者ならぬ羽毛長者だ。けどな、留。おれはここに留まるつもりはない。これはただの通り道だ」

え？　留吉は、くつくつ笑う半右衛門を横目で見る。肝が冷えた。

「皆、聞いてくれ。春には海へ出るぞ。榎本大臣が後ろ盾になってくれた。次は、琉球を目指す」

突然の言葉に、驚愕と戸惑いで、事務所中に動揺が走る。

眼前に別の光景が広がっている半右衛門には、周りの驚きなど、どこ吹く風だ。

半右衛門はほくそ笑み、

「よしっ、今日の仕事は仕舞いだ。皆で銀座に繰り出すぞ」

と、声を張り上げた。

事務所が割れそうなほどの歓声が上がり、半右衛門は、その輪の中へと入って行く。

「ああ、そうだ。留。青ヶ島の名主さんから借金の申し入れがあった。明日までに七千円を用意してくれ。いまから、銀行屋に頼みに行ってくれるか」

「承知しました」

「島の暮らしをよくしたいのだとよ。船も造るらしい。青ヶ島は八丈島に近い兄弟島みたいなもんだ。銭でなんとかなるなら、助けてやらないとな」

七千円とは、また大金だが、いまの半右衛門にとってはさほどの金高ではないのだろう。

少し前には、明治丸で出会った男に、硫黄島へ再探検に出ると聞かされ、惜しげもなく支援している。

榎本武揚との繫がりはさらに強くなっていた。榎本が立ち上げた殖産事業普及のための『殖民協会』の設立委員にも名を連ねた。ほとんどの委員が政治家や著名人だ。その中に半右衛門はいる。

会費や寄付に金がかかることで、当初は躊躇していたが、留吉は入会を強く勧めた。それが半右衛門の自由度を高めると考えてのことだったが。まさか次は琉球とは。

「旦那さんは、伯父さんをねぎらうことを知らないんですかね。金の引き落としくらい、会計に行かせればいいことなのに」

鉄道馬車が土埃《つちぼこり》を巻き上げながら通りすぎる銀座の煉瓦街を銀行へ向かいながら、徳太が不服を洩らす。

「この金は、商会とは別だ。半右衛門さんの手持ち金だ。それは会計にはやらせない」

「それだけ、伯父さんを信用しているといいたいんですかね。まったく、人たらしだな」

「そういういい方はよくないぞ。私にも、お前にも主人なのだからな」

「ああ、もう皆、うまいもん食べているのかな。早く合流しましょうよ。風が冷たいから、酒でも呑んであったまらないと」

急《せ》かす徳太に腕を引かれ、留吉は足を速めた。

冬の風の冷たさなど、留吉はまるで身に堪《こた》えなかった。もちろん、アホウドリの羽毛が面白いように売れているのは、帳簿の数字を見れば一目瞭然だ。けれど、我が主人が長者番付に載るというのは、まことに儲かっているのだという対外的な宣伝になり、その半右衛門の下で働いていることを商会の皆も誇りに思うだろう。

用事を済ませ、銀座の料亭に到着すると、すでに皆大騒ぎだった。芸者を揚げて、夜通し呑み食いした。

冬の真っ只中だったが、心持ちはすでに春だった。

翌日――。

留吉は半右衛門の自宅に呼ばれ、朝餉をともにした。昨夜の礼と、あらためて祝いの言葉を述べた。が、半右衛門の口から出たのは、そのすべてをひっくり返すような言葉だった。

急転直下とはこのことだ。

留吉は言葉を失った。事務所へ向かいながら、何をすべきか懸命に頭を巡らせた。

昨日の今日だぞ。そんなことがあってたまるか、と恨み言をいっても始まらない。悲観したところで、好転は望めない。正直、幾年かかることかと、留吉は自分を嘲笑した。

まだ、この眼で確かめるまでは、と思ったが、鳥島で暮らしていた半右衛門の言葉に嘘はない。だからこその――琉球か。

留吉が扉を開けると、皆が机に突っ伏している。一夜明けても酒息が消えず、事務所内にいると胸が悪くなりそうだと、青い顔をしていた。

「もう、朝から、皆、この調子なんですよ」

徳太が顔をしかめ、窓を全開にした。その途端、激しい車輪の音とともに蒸気車の吐く黒い煙が入ってくる。前が見えない。留吉は両腕をふりまわし、必死になって煙を散らした。


横浜のウィリアム商会は年明けから活気に満ちていた。電信を打つ音だの、怒鳴り声だのが、隣室の事務室から聞こえてくる。

「あの日は陽が高いうちから商会の皆と騒ぎまくりでした。半右衛門さんは、お開きのとき、ひとりひとりの手を取って礼をいい、これからも頼むと頭を下げました」

「半右衛門さんらしいね。偉ぶるところがなく、気配りを怠らない。それなのに、やることは大胆で、子どものようにわがままな強引さもある。その落差が不思議でならないよ。とみいはどんな気分だった？」

革張りのソファに深く腰掛けたウィリアムは青色の瞳で留吉を探るように見る。

昨年のクリスマスには来ることが叶わずにいると、ウィリアムのほうから、呼び出しの電信が届いた。留吉は、遅い年始の挨拶とともに、久しぶりに横浜を訪れた。ウィリアム商会との契約の件もあった。

「いい気分でしたよ。ですが、驕《おご》ってはいられませんので」

ウィリアムは目元を柔らかく緩め、肩を竦《すく》めた。

「相変わらず真面目だな。けれど、半右衛門さんの名はこれで東京、横浜中に広まった。ますます注文が殺到するだろう。同業者の嫉妬も激しくなるだろうがね。うちには上物を優先的に回してくれているし、仲介役としても潤っている。これもとみいのおかげだ」

しかし、と留吉はウィリアムを窺う。

「上物は、百円の値をつけていますが、本国ではもっと高値で取引されているのでしょう?」

「そうだね。私はまだ良心的だよ。ウィンケル社は、母国である亜米利加で、おそらく倍の値をつけている」

「二百円ですか。それはまた乱暴だ。さすがに私には出来ませんね」

「それでも、本国で羽毛は売れるのだよ」

ウィリアムははっきりといった。

数年前の日清戦争時にも羽毛の売り上げに影響はなかった。大国、清を相手に日本は勝利し、国中が沸いた。東亜《とうあ》に日本あり。その存在を世界に知らしめたのだ。

武器を扱う商館はこぞって大儲けしたが、その一方で、本国には羽毛を運んでいた。東洋の火種が飛び火することはなかったのだろうが、商売人はしたたかなものだと、あらためて思う。

「半右衛門さんの屋敷の普請は進んでいるのかい?」

「赤煉瓦造りの二階建ての屋敷は、一際目立つでしょう。四月には引っ越しの予定です。鳥島と半年毎に行き来をしていましたが、先の戦争で取り止めにしました。ようやく腰を落ち着けてくれそうです。鳥島には、時折、様子を見に行くだけにすると約束してくれました」

半右衛門の屋敷は、帝国ホテルの前に建てられる。周辺の者たちは、すでに『信天翁御殿』と呼んでいる。わざわざ見物に訪れる人々もいた。

が、そんな御殿にひびが入るかもしれない事態が起きようとしていた。

先日鳥島から届いた叺の数だ。これまでに比べて若干、減っていた。

あの日、長者番付に半右衛門の名が載った翌朝、聞かされたのはこのことだ。信じたくなかったが、やはりまことのことだった。

「わざと捕獲数を減らしているんだ。父島がそうだった。アホウドリの群生地があったが、乱獲であっという間に減った。その二の舞にならないようにだ。それにな、渡ってくる奴らがあきらかに少なくなっているのが見えた」

「アホウドリが減れば、玉置商会には大打撃です」

半右衛門は、だよなぁと笑った。

「取引先の商館にはどういうのですか？　三十年の契約を求められているんですよ」

「だから留、知恵を絞って、適当にごまかしてくれよ。それに三十年後じゃ、さすがのおれもこの世にいない。十年後だってわからないな。ははは。それに、おれは琉球のことで頭がいっぱいなんだ」

――。

馬鹿をいわんでください、と呆れながら声を張ると、半右衛門がぽんと留吉の肩を叩いた

これをウィリアムにも告げなければならないのだ。つい、ため息を洩らした。

「どうしたね？　嬉しいことがあった割には、顔色が優れないようだが、何か心配事でも？」

ウィリアムが眉をひそめた。しまった。気のおけない間柄ゆえの、うっかりだ。と留吉はカップを手にして、別の話を始めた。

「ああ、半右衛門さんの馬鹿息子たちが予想以上でしたので」

と、苦笑いした。

半右衛門の息子、鍋太郎と鎌三郎だ。初めて一家で鳥島に渡り、半年後に戻ってきたとき、留吉は眼を疑った。頰は削げ、眼の下には黒々したクマが浮いていた。だが、締まりのなかった身体つきが、引き締まって見えた。心身ともに苦労があったとしても、それはふたりにとって良いことだろうと、留吉はくすりと笑った。

留吉も鳥島では過酷な暮らしを強いられた。十日ほどの滞在予定が、ひと月間置き去りにされた。あのときは、雨水をすすり、アホウドリの肉や卵を食って命を繋いだ。しかし、それもすべては半右衛門の思惑通り。半年は食っていけるだけの準備をしていたというのを後から聞かされたが、今思い出すだけでも、呆れる。

当時は、そんな無人の島だったが、いまは違う。雨風を凌ぐ家も建てられ、漁に出るための舟もある。家禽、家畜も増えて、わずかな平地を拓き畑作も行われている。水には変わらず苦労しているが、温暖な地でもあり、移住した者も百五十名になった。すでに村がきちんと出来ているのだ。

それでも、京橋の家に戻ったときの長男の鍋太郎の第一声は、

「二度と行くものか！」

だったと、大番頭の七五郎が苦虫を嚙み潰したような顔をしていった。

「実は、半右衛門さんは鳥島開拓の記事を書かせるために新聞記者を島に渡らせたのです」

ウィリアムが訝りつつも口を開いた。

「それは、開拓がうまく進んでいるということを喧伝させるためかね？」

「そうです。鳥島を借りているわけですから、開拓の成果を伝えるためでもありますが」

この新聞記者によれば――。

鍋太郎も次男の鎌三郎も、上陸した当初は、物珍しさもあり「こいつら本当に阿呆だ」と、アホウドリを撲殺して回っていたらしい。

だが、島には東京のような娯楽はない。十日もするとたちまち飽きて、ろくに仕事もせず、こっそりアホウドリの貴重な卵を割り、雛鳥を捕らえて食うなど、島民たちの怒りを買っていたという。が、半右衛門の息子たちを叱り飛ばす者はいなかったという。

半右衛門も息子たちの行状に気づいていながらも、ほったらかしだったと、記者は呆れ口調だった。

「もちろん、息子たちのことについては、記者に口止めしましたけどね」

「アホウドリの撲殺についてはどうなんだ？」

「捕獲の方法が撲殺であることは隠しませんが、乱獲はしていない、と」

留吉がため息を吐くと、ウィリアムが「余計な金が出て行ったんじゃないかい」と、からかってきた。

「それも必要な掛かりとして経理に回しましたよ。半右衛門さんに意見もしましたが、心配すんなと聞く耳を持たなかったので。息子可愛さにしても、度が過ぎると」

だが、息子たちがごねようが、春から夏を東京で過ごすと、再び鳥島へ渡った。約二年の間、半右衛門一家は、渡りのアホウドリと同じ暮らしをしていた。

しかし、その行き来もようやく終える。息子たちも、ほっとしているが、なにより妻女の須美は、まだ幼い娘と三男がいるので、安堵しているらしい。

物心ついたときから苦労知らずの息子ふたりには、自ら物事を切り拓いていこうとする気概がないと、留吉は感じている。どこに生まれ落ちるかで、人の運命はある程度決められてしまうのかもしれない。裕福な暮らしの中では、何がなんでも、という渇望した思いが芽生えないのもわからなくはない。が、翻って、どこに生まれ落ちようが、湧き立つ思いがあれば、運命は変えられるのではないかと思うのだ。

成功しようが、野垂《のた》れ死にしようが、自分の責任と腹を括《くく》る覚悟があればの話だ――。鍋太郎も鎌三郎も、すぐ傍に、それを実践している人間がいることにすら気付いていないのがあまりにも口惜しい。

「とみいが苦々しく思うのもわかる。もう時代が違うといってはそれまでだけれどね。開港したばかりの日本にやって来た者は、大金持ちの商人だけじゃない」

「ええ」

「大方が本国にいてはうだつが上がらないと、逃げるように飛び出した口だからね。私も含め。世界がつながり始めた頃だったからね。外へ外へという熱に浮かされていたのかもしれない。今は世の中が変わった。欲張らずに生きるなら、仕事もそこそこある。今は海を渡るのも、命懸けではなくなった」

ウィリアムが口髭を撫でながら、含むように笑う。

「しかし、いつ半右衛門さんが一線を退き、兄弟のうちどちらが商会を引き継ぐのか、私にはわからないが、羽毛がどこで、どうやって採取されているのか、知らないのは困る」

もちろんです、と、留吉は頷いた。

「ウィンケル社との契約もありますので、跡継ぎ問題もあまりのんびりしていられません」

ウィリアムが、ああ、と首肯した。

「半右衛門さんも還暦です。とはいえ、嘘のように壮健ではありますが、やがては身を引かねばならない。ウィンケル社は三十年の契約を望んでいましたが、一年毎の契約にしたのはご存じでしょうか」

年明けすぐ、ウィンケル社の商館番頭が、高輪の事務所にやって来たのだ。

「あれは賢明な判断だったよ。それで、うちとの更新は、何年にすべきかね」

ウィリアムが真顔になり、腰を浮かせて、椅子に座り直す。

「君は、玉置商会の支配人で、かつてはうちの商館番頭だった。私の利益を第一に考えてくれていると思っているが、どうだろう」

留吉は、背筋を伸ばして、ウィリアムを真っ直ぐに見ると、一年毎にするべきだと答えた。ウィリアムは、それではウィンケル社と同じだと、不服を洩らした。

「その席の折に――」

商館番頭は三十年を譲らずにいたが、留吉は拒否した。納得しない商館番頭に、亜米利加のゴールドラッシュの終焉が金の暴落だったことを引き合いに出した。しかも、人々を狂わせた金の採掘は、十年にも満たなかったではないかと付け加えた。

「今は、ゴールドラッシュならぬ、バードラッシュです。羽毛が金を生むと誰もが気づいてしまった」

一攫千金。羽毛は金になる。銭になる。

半右衛門の成功は他の者を刺激した。榎本武揚や横尾東作らが唱える政府の南洋植民構想など、ただのお題目だ。

伊勢《いせ》出身の水谷新六《みずたにしんろく》は南鳥島で、福岡《ふくおか》出身の古賀辰四郎《こがたつしろう》は、尖閣諸島の魚釣島《うおつりしま》でアホウドリの羽毛採取を始めた。また、日本の製品を南洋の島で売り捌《さば》き巨利を得た者もいる。南へ行けば、金になる。アホウドリの群生地は宝の山だ。

長屋暮らしでも商才のある者であれば、商社を立ち上げることは可能だ。きっかけと野心さえあれば、誰もが分限者になれるのだ。日清戦争後の条約で、台湾が日本領になったことも、船を出す者たちを刺激した。

日本の領土が海を越えて行くことで、活動の範囲も拡大するのは当然だった。

「鳥島以外の南方の島へ、人々が移動しています。目的はもちろん、アホウドリです。ただ、羽毛が市場に大量に出回れば、価値が下がることは赤子でもわかります。が、その心配よりも、商館番頭に、一番効いた言葉は、我が日本国のこの三十年を顧みろ、でした」

「なるほど。維新を知っている者だったら震え上がるだろうな」

ウィリアムが、ソファの背もたれに身を預けた。

徳川幕府の落日を経験している者であれば、これまでの価値観など容易に崩れ去り、政治経済が目まぐるしく変わることを痛感している。

確かな未来などないと思っていなくてはならない。

「とはいえ、いくら後続がいたところで、半右衛門さんは盤石だろう？　それとも鳥島拝借願いが此度は通らないというのかね？　狩猟法《しゅりょう》が変わったと聞いたが、それが支障となる恐れがあるのかな」

「法に触れることはありません」

留吉はきっぱりと口にした。

狩猟法では、鉄砲を扱うものは免許が必要であるとされているが、アホウドリの捕獲には鉄砲を用いない。なにより禁鳥の中にアホウドリが入っていないのは幸いだった。

「では、捕獲を続けることは可能なんだな」

ウィリアムがほうと安堵の息を洩らした。

「半右衛門さんは志賀先生を通じ、農商務省の役人の接待にも励んでおりますしね。そもそも、農商務省の大臣は榎本子爵《ししゃく》ですから。その縁があるのは強みです。此度は、鳥島の視察がありますが、拝借願いは、問題なく通るでしょう。そのために村もしっかり作り、牧畜にも励んでいます。志賀先生の研究にも協力しています」

鳥島は引き続き半右衛門に任されることになる、と留吉は続ける。

「半右衛門さんの成功を見て、鳥島の拝借願いを出すものが他に五人ほどいるようです。しかし、半右衛門さんに敵うはずはありません。村ができてから拝借願いとは、図々しいにもほどがありますがね」

留吉は吐き捨てた。

「それならば、なぜ一年毎の契約にするんだい？　何を心配しているんだ？」

ウィリアムが探るような表情をした。

留吉は、息を吐く。

「法には触れませんが、それでも、鳥獣《ちょうじゅう》保護の意識が大衆の間で高まっていることもあり、乱獲は控えるよう釘を刺されているのです」

「なんと、本当かね」

ウィリアムが眼をしばたたく。

「ですので、当面は量を減らすことになると。それで一年毎の更新をお願いしています」

留吉はあえて真実を告げるのを避けた。

ウィリアムは信頼できる人物だ。半右衛門の性質も心得ている。しかし、今はあくまでも取引先のひとつだ。それを考えれば、アホウドリの減少を見据えての処置とはいえない。

当たり前のことだが、アホウドリは有限の資源だ。

十年近く獲り続け、その数は五百万羽に届こうとしている。それでも、まだ鳥島にアホウドリは渡ってくる。しかし、繁殖期に一羽が産む卵はひとつ。その卵さえも今は採収されている。それを続ければ、当然、アホウドリは減る。遅かれ早かれ、減少する。

それは数年先か、数十年先かはわからないが、鳥島一島だけでは、今のような利益は出せなくなる。

ウィリアムの眉間にくっきりと縦皺ができる。

「しかし、半右衛門さんは、新たに島を探すつもりですから」

「なるほど。新たな島が見つかれば、今と同じ量を維持できる、か」

留吉はウィリアムを見据える。

「見つからない可能性もあります。というより、先を越されることがある」

アホウドリで長者になるには、棒切れと船さえあればいい。富を求め、欲望を剥き出しにした男たちは、海洋地図を手にし、海に出る。

ただし、地図が正しいか、誰も知らない。描かれている島が幻かもしれない。だが、それでも南洋の島にはアホウドリが群生しているという噂だけを頼りに進んでいる。

半右衛門の鳥島発見は、運が味方した、それだけのことだ。だから、次の宝島があるかは、本当にあやふやなのだ。

「まさに、バードラッシュか。誰もが、玉置半右衛門になりたがっているんだね」

「島は見つけた者の物。早い者勝ちですからね。ウィリアム商会が、羽毛販売をこのまま続けるのであれば、玉置商会だけでなく、他の業者との取引もするべきだと思います」

ウィリアムが腕を組み唸った。

「玉置商会の支配人を務める私がいうのです。一年毎の契約であれば、万が一のときにもすぐに対応が出来ましょう。ウィンケル社やウォルシュ・ホール商会のように、鉄鋼や銅、武器まで扱うような巨大な商館と、失礼ながらここは規模が違う」

「そうはっきりいわれてもね。まあ、それが真実ではあるが」

ウィリアムはさして気を悪くしたそぶりは見せなかった。

「杞憂かもしれませんが」

「キユウ?」

「取り越し苦労かもしれないということですよ。こちらでずっとお世話になってきた私には、恩義があります。だからこそ、申し上げているのです」

「わかった。その通りにしよう。早速、契約書を取り交わしたい」

そういって、ウィリアムが立ち上がりかけたとき、留吉は冷え切った紅茶を飲み干してから、口を開いた。

「もうひとつ、お願いがあります。ここに雇っていただきたい者がおります」

眼を見開いたウィリアムが、再び腰を下ろした。

「誰だい？」

「徳太という私の甥です。私は、横浜の商いから離れるつもりです」

留吉がいうや、ウィリアムが弾かれたように身を起こした。

「馬鹿をいうな！　とみいの代わりに雇えだと？　どれだけ仕事ができるというのだ？」

「番頭について、ようやく外回りができるようになったばかりです。ただ、徳太は横浜生まれの横浜育ちです。語学もろくに出来ませんが、玉置商会との繋ぎ役として置いていただきたいのです」

ああ、とウィリアムは盛大なため息を吐いた。

「私はね、かつては、この商館の名をウィリアム・トミーと変えようとまで考えていた」

留吉は絶句した。そこまで考えてくれていたとは。恩義があるといったそばから、自分がひどい恩知らずで無責任な人間に思えた。

「申し訳ございません」

留吉は目蓋を閉じ、頭を深々と下げた。しかし、決めたのだ。

「なぜだい？　まったくわからない。顔を上げろ。わけを話せ。私が納得するようにだ」

温厚なウィリアムが声を荒らげる。

留吉は、顔を上げ、

「半右衛門さんと新たな島を開拓するため、沖縄へ行きます。アホウドリを追って」

振り絞るようにいって、再び顔を伏せた。

二

海は凪《な》いでいた。

こうして、船に乗るのは幾年ぶりだろうか。

半右衛門が所有している二隻の船のうち、回洋丸《かいようまる》で沖縄を目指している。船体は静かな海を裂くように進んでいる。時折、海面がきらきらと光るのは、魚群だろう。

陽は南に行くにつれ、輝きを増す。春だというのに、もうすでに夏の陽射しだ。

信天翁御殿に引っ越して、半年もせぬうちに、半右衛門は沖縄へ行くための支度を始めた。

いまだ、琉球のほうが馴染み深く、つい口にしてしまうが、かつての琉球王国は、明治に琉球藩となり、名称も変更され、現在は沖縄県となっている。

沖縄本島までの航路は、商船によって明治の早い時期に開かれていた。

明治三十二年四月。

東京を出て、大阪、鹿児島《かごしま》に寄港し、さらに奄美《あまみ》諸島を目指し、島々を辿りながら、ようやく沖縄本島に至る。

すでに、半月は過ぎていようか。

しかし、半右衛門が目指しているのは、さらにその先の島だ。

昨年、鳥島の拝借願いも無事に受理された。やはり五名が届け出をしたらしいが、半右衛門がすでに築き上げた実績には到底敵うはずもなく、再び、十年が許可された。

「鳥島の開拓は半分方済んでいる。向後、どう暮らしていくかは、移住した奴らにかかっている。羽毛の採取は続ければ、銭にはなるが、役人からは乱獲をするなとまたいわれた。あまりに鳥を殺すと世論がうるさいとな。新聞で書き立てられれば、こっちが悪者になる。それは避けたかった」

半右衛門は不敵に笑う。島に連れて行った記者のことだ。

「留吉、あまり銭を使われても困るんだがな」

「必要な金は使いますよ」留吉が応えると、半右衛門が含み笑いを洩らした。

息子たちの行状はむろん、アホウドリの乱獲の話題は控えさせた。それよりも、資源調査の他、鳥糞の採取、漁業、軽便《けいべん》鉄道を敷き、アホウドリや物資運搬の効率を図り、学校などが設けられていると開拓の成果を並べた記事を書かせた。

「ともかく、役人たちはアホウドリで儲けたのが気に食わないんだろうなぁ。アホウドリも資源だといってやったが」

と、うそぶいた。

半右衛門が、沖縄の南の無人の島に眼をつけたのは、船長の小島からすでに聞かされていた。幻の島ラサ島の話だ。その島は沖縄のさらに西の方角にあり、海図でも正確な位置が把握されていない島だった。当時、海に出る者たちは、その幻の島を求めて奔走していた。冒険者、開拓者というよりも、無人の島で稼ぐ者と揶揄されることもあった。

「今回は、開拓団に省三《しょうぞう》も加えるつもりだ」

「え？　依岡《よりおか》さんですか？　あの人はいつもどこの海にいるかわかりませんが」

その揶揄される冒険者の一人が、依岡省三だ。留吉が笑う。本当に変わった男で、いつも海に出ている。

「ああ、ラサ島か尖閣か、わからんな。沖縄県知事からも推されたんだよ。どうやって知り合ったものだか。海にばかりいるくせに、陸でも顔が広い」

半右衛門は半ば感心したようにいった。

依岡との出会いは、十年以上前に遡る。硫黄島探索のために出航した明治丸に乗船していたのだ。途中の鳥島で半右衛門は下船した。あの置き去り事件が起きたときの航海だ。

依岡は高知の生まれで、先祖は長宗我部元親の家臣だったらしい。榎本武揚や学者の志賀重昂とも親しい。肩幅が広く、胸板も厚く、凄みのある顔貌。留吉も明治丸の甲板で挨拶を交わしたときには、圧倒されたものだ。

鳥島開拓を始めてから、半右衛門は志賀を介した宴席で、依岡と再会したらしい。

半右衛門が、島の大きさをどう導き出せばいいかと、その席でいうと、依岡が、

「孤島というのは、丸い形が多い。なのでおおよその直径がわかれば、簡単だ。複雑な形の島は知らんが」

ガハハ、と笑ったという。その遠慮のなさが半右衛門はすっかり気に入ったらしい。その後

も、何かと依岡の航海に出資している。

此度の南大東島《みなみだいとうじま》の視察は、鳥島拝借願い以外に、遠洋漁業奨励事業の奨励金の申請が認められたことも幸運だった。国からの補助金が出たのだ。半右衛門はそれを利用して、台湾近海まで手船の回洋丸を出し、その帰路、沖縄から遠く離れた先に島影を見たのだという。

新たな南の島で、アホウドリの捕獲を続けよう、そう思い立ったのだ。

島に近づいたものの、そのときは高波に阻まれ、上陸は叶わなかったらしい。

だが、その島こそが、鳥島に代わる開拓地であると確信したという。

潮風が留吉の身を包む。

「よう、留。船酔いしてないだろうな」

「していませんよ」

半右衛門が、酒瓶と湯飲み茶碗を手に甲板に出てきた。

「まだまだ、先は長いからなぁ。どうだい、船酔いじゃなく、酔っぱらっちまおうか」

留吉は笑いながら、湯飲みを受け取る。

船には鳥島にいた五助も乗っている。いい歳になったが、赤銅色の肌は艶々して、壮健だ。

甲板に座って、船の揺れを感じながら、酒を呑む。

「つまみは、アホウドリの干し肉だ」

半右衛門が、懐から取り出した。留吉は苦笑した。

さほどうまいものではない。極限の状態であれば、人は少しのことでも満たされるが、日常では不満が出る。勝手なものだ。

ぐいと肉を歯で引きちぎる。

うっすらと塩味がある。

まあ、酒のつまみにはいいか、と硬い肉からわずかに滲み出る肉汁を味わう。

留吉自身、なぜ半右衛門と船に乗る気になったのか、わからない。

「なあ、留。おれは金持ちになった。だから、これから本当の開拓を始めるんだ。八丈島の奴らが暮らせる島を見つけてやるのだ。鳥島はその足掛かりに過ぎなかったからな」

留吉は鳥島の未来があまり明るくないことを半右衛門から聞かされている。

本当なら、鳥島、そして新たな島の二島でアホウドリの事業を拡大していくつもりだったのだろうが、鳥島の行く末が見えてしまった半右衛門は何がなんでも沖縄へ行くと決めたのだ。

留吉は、薄く笑った。もう山下町の御殿で、家族一緒に暮らすものだとばかり思っていたが、やはり半右衛門は違っていた。

分限者になり、実業家として、お歴々と名を連ね、革張りのソファにふんぞりかえってなどいられないのだ。

ギラギラとした陽射しに肌を焼かれ、海を渡ることをまだ選ぶのだ。

そこには、島民が移住出来る島を拓くため――半右衛門の思いはまったく変わっていなかった。

留吉は、白髪の増えた頭を掻き毟った。

やはり、半右衛門の傍で見届けたい。その思いは強くなる。父島へ行こうと、迎えにきてくれたときには叶わなかった。が、鳥島を拓き、今またこうしてともに海を見ている。女房も娘も東京に置いて、こうして沖縄へ、半右衛門が目指す次の島へと向かっている。

「半右衛門さんは兄も同然。その人について行きたいのなら、そうなさいませ。ただ、幾年かかるのかしら。それでもお約束です。無事で戻ってくださいませね」

船出の前日、春が気丈にそういった。「父さま、お土産買って来てね」と、娘は父がはるか遠くの島に行くことは知らずに愛らしい顔を向けた。

留吉はたまらなくなって、

「土産か、何がいいだろうなぁ」

と、娘を抱き上げた。これから向かうのは人の手が入っていない、そもそも人が住んでいない無人の島だといえるはずもないが。

此度の航海は視察だ。島に上陸するわけではなかった。だが、その島が沖縄からどのくらい離れ、どのような島であるのか、まったく見当がつかない。

しかし、アホウドリを追わなければ、別の者が別の島を発見することになる。ともかく、この広い海原で、小さな島を探し出すのは、至難の業だ。

豪雨に二度ほど見舞われたが、概ね航海は順調だった。

「ぐーっと呑めよ。この船な、もう沖縄本島を通り過ぎているんだよ」

「どうして？　気づかなかった」

「その前にな、お楽しみがある。おめえにどうしても見せてやりたいんだ」

半右衛門がいたずらっぽく笑い、湯飲みになみなみ注いだ酒を水のように流し込んだ。

「実はな、いってなかったことがある。黄八丈を扱う前に、おれは、北鳥島に移住を考えていた」

「え？　姉島《あねしま》の近くの小さな島ですよね」

「そうだよ。東京に出たが、下駄《げた》の商いが失敗してな、ちょいと自棄になっていたんだな。銭もないし、アホウドリのこともすっかり忘れていた。じゃあ、夫婦ふたり、小さい島で畑をやろうって知り合いから借金して向かったんだが」

くくく、と半右衛門は肩を揺らし始めた。

「大嵐だ。小せえ船でさ、くるくる回って、今にもひっくり返るところだった。女房は泣き喚くし、おれは懸命に船を操《あやつ》ったが、風でいうことを聞かない。人様から銭を借りて揃えた農具を捨てて、なんとか乗り切った。何もかも海に沈んじまったんだよ。命だけは助かったが、無一文どころか、借金抱えて途方にくれたよ」

ただ、死にかけたから、腹を括ったということもある、と半右衛門はいった。

「いや、死にかけたからというより、死んでたまるかって思いかもしれないな。おれは、まだ何にも為してないと。死ぬ気になればなんだって出来るじゃないか。死にたくねえから、なんでもやるって思えたんだよ」

その後、妻女から、黄八丈を商ってはどうかといわれたらしい。東京生まれであるから、余計に黄八丈の風合いと色、質の高さに気づいたのだろうという。

そもそも幕府の献上品にもなったほどの織物だ。東京で飛ぶように売れ、かなりの財を成した。

「金に余裕ができたせいかもな。急にアホウドリを思い出した。鳥島に渡ることも女房には反対された。なにせ、海ですべてを失って呆然としたんだからな。また、なにもかも無くすのかと泣いて、詰《なじ》られた」

ふう、と半右衛門が息を吐く。須美ならいいそうだと、留吉は苦笑する。

「確かに海は怖い。容赦無く牙を剝いてくる。船なんか波に呑まれればひとたまりもない。まあ、おれたち人はさ、大地や海から恵を受けているだろう？　この大海原が抱えている小さな島にもきっと恵があるとおれは信じている。この世に無駄なものはないんだ。ちっちゃな人間が必死に海原を渡るから、海が褒美《ほうび》をくれると思っているんだよ」

半右衛門は目尻に皺を寄せた。

「おおい、島が見えて来たぞ」

小島船長が大声を上げた。

留吉は弾かれたように立ち上がり、甲板にいた他の者たちも船首に向けて駆け出した。

どこだ、どこだ。

留吉は水平線を見渡した。

「あれだ、ほら、うすく見えるだろう。お楽しみだぞ」

隣に立った半右衛門が、遠くを指し示した。

見えた。海の上にぽかりと浮かんでいるようだ。

留吉の胸が高鳴る。微かに見える新たな島。ここにアホウドリは飛来するのか。

島が次第にはっきりとした輪郭を現してきた。島に近づくにつれて、留吉の顎がだんだん上に向いていく。

「留、こいつが南大東島《みなみだいとうじま》だ」

半右衛門が声を張る。

留吉は愕然として、南大東島を見上げた。人が来ることを拒むような絶壁が切り立っていた。

三

四月の視察を経て、その半年後の十一月に再び南大東島を目指すことになった。

一回目の南大東島開拓だ。

半右衛門の手船である回洋丸船長の小島岩松は、半右衛門の信頼を最も得ている人物で、東京、八丈、鳥島間を幾度となく進み、布哇《ハワイ》、比律賓《フィリピン》、台湾などへも航海している熟練の船乗りだ。

玉置商会からは、留吉と、鳥島にいる多恵吉が向かうことになった。開拓団長を務めるのは、依岡省三だ。

「支配人、よろしくお願いします」

「久しぶりだね。相変わらずいい身体つきだ」と、留吉が肩を叩くと、依岡はがっしりした身体を揺すった。

「航海続きでちょっとは痩せたんですがね」

と、陽に焼けた顔をくしゃりとさせて笑った。昨年は、ミッドウェー諸島まで、アホウドリと鱶《ふか》を追っていたのだ。

「半右衛門の旦那に四万円出資してもらいましたが、結局、船がボロボロになっただけで。申し訳なく」

「そうだったなぁ。確か九ヶ月の航海だったか。壊れた船の修繕に三万かかったよ。それも半右衛門さんが出している」

　留吉が苦笑する。

「そうでしたねぇ」

　依岡は悪びれた様子も見せず、ははは、と笑う。この男、と調子の良さに留吉は呆れた。

「なのでね、此度の開拓は必ず成功させますよ」

　鼻息を荒くした。未知の場所に胸を躍らせ、海を渡る側の男。依岡からは、無謀さと豪胆さを併せ持った半右衛門と同じ匂いがする。それは、ウィリアムにも感じた。

　妬心《としん》とまではいかないが、引け目を感じることがある。自分はほとんど事務所にこもって金勘定しているか、商売を考えているかだ。海に突き進むような真似はしない、いや出来ない。

一度、そんな話を半右衛門にこぼしたことがある。すると、

「人には合う合わないがある。おれがお前を誘うのは、後先考えず海に出て行っちまうおれに対して、留吉には、陸できっちり仕事をしてほしいからだよ。もちろん、現地の視察は行ってほしいが、島を探しに行くのは、省三みたいなやつが適任なんだ」

そう事もなげにいった。

が、留吉は今回、半右衛門に頼み込んで、開拓団に加わった。机上では感じることの出来ない苦労を感じてみたいと思ったのだ。

東京の霊岸島《れいがんじま》を出港する際、半右衛門が桟橋に立って、いつまでも手を振っていたのが、甲板から見えた。おそらく船影が水平線のかなたに消えゆくまで、半右衛門は無事を祈っていたに違いない。

まず八丈島と鳥島に寄港し、開拓者を募った。

「えー、目指す南大東島は、周りが崖で、陸地はうっそうとした密林が広がる島です。なにもありません」

と、依岡が島民に伝えたせいで、臆した者が出る始末だったが、

「真実をいっておかないと、後から文句をいわれても困るでしょう」

へっちゃらな顔をしていた。

その後は、鹿児島に向かい、那覇《なは》に入港し、南大東島に至る予定だ。

依岡の余計なひと言があったが、八丈島からは十四名、鳥島から四名、そして開拓民募集の

新聞広告で集まった東京から五名の計二十三名が船に乗り込んだ。

まず、鹿児島付近で危難に見舞われた。

折からの季節風に前途を阻まれ、強雨と強風に船体は揺らぎ、高波が甲板を濡らした。船室に海水が流れ込み、

「水を汲み出せ、早く、水を出せ、沈んじまうぞ」

留吉らは互いに声を出しながら、バケツや桶、服を袋のように使って海水を排出した。荒れ狂う海に、人間の知恵と勇気を試されているようだった。

嵐は一昼夜続き、空腹を満たすため鰹節をかじった。

羅針盤《らしんばん》も壊れた。船長の小島は、少しも慌てず、むしろ、皆を鼓舞し、「こんな南風は小さいほうだ」と、うそぶいたくらいだった。

嵐を無事乗り切って、沖縄本島に到着した。荷役作業で日にちを費やし、船内で新年と開拓の前途を祝し、泡盛《あわもり》で乾杯。年明け二日に、いよいよ南大東島へ向けて出航したが、またも季節風によって、高波となり帰港。天候が回復して、南大東島まで二十海里（約三十七キロ）の地点までようやく来たと思ったら、突然の風浪で、またまた帰港する羽目となった。

「はかったように風が吹く。おれは、台湾西南の島にも、ミッドウェー島にも、そしてこの沖縄周辺も巡ったが、こんなにも人を寄せつけん島は初めてだ」

様々な海を渡ってきた依岡がぼやいた。

半右衛門はなかなか一報のない、回洋丸一行を案じ、船長の小島に「再挙をはかれ」と打電

したが、小島は航海を強行した。

無事に上陸を果たして数日経ってから、あのときは死ぬと思ったと、吐露した。

「おれは船乗りだからな。海で死ぬのは本望。ここで死に花を咲かせてやろうと思ったくらいの嵐だった。が、おれを信頼してこの航海を任せてくれた半右衛門さんを思うと死んでも諦めるなんて気持ちはまったく湧《わ》かなかったけどな」

と、小島が笑いながらいったときに、留吉の身が粟立った。さすがに本音であったろうし、大海で大嵐に遭えば船は木の葉のように翻弄される。小島にすら死を覚悟させたほどの嵐だったのだ。しかし、小島は、不安を一切、乗船者に感じさせなかったが、必ず嵐を越えるという強い意志をもって挑《いど》んでいたのだろう。

ただ、航海中に、多恵吉と依岡の間で諍いがあった。仲間割れは、この先に影響を及ぼす。それに開拓団長は依岡だ。多恵吉は沖縄で下船することになった。

三度目の挑戦で、ようやく順調に海上を進み、島影が目視できたときには、皆で歓声を上げ、抱き合った。明治三十三年（一九〇〇）一月二十三日払暁。八丈島を発ってから数えて、六十一日目だった。

仰ぎ見た島の切り立った断崖はやはり衝撃だった。なにゆえ、半右衛門はこの島の開拓を思い立ったのかが、さっぱりわからなかった。まず無理だ。この島が人を受け入れるはずがないと思った。

だが、昨年の四月に遠望したその姿は、美しいものだった。蒼く澄んだ空と紺碧《こんぺき》の海に、静かに横たわっていた。

周囲は断崖ではあるが、山などの丘陵がないため島は、平らだ。まるで、海原に一文字、墨を掃いたように見える。不思議な光景だった。

さらに近づくと、その島は三層に分かれた色をしている。下は黒々とした岩礁、中間には草や低木の緑、その上部は高木の濃い緑をしていた。

甲板から皆で、島を崇めるふうに見つめた。各々の胸中は計り知れないが、挑むというより、祈りに近いものであったろうと留吉は感じている。

南大東島は、沖縄本島から、東におよそ二百十六海里（約四百キロ）、船で丸一日。北、沖の二島を含めて大東諸島と呼ばれている、珊瑚環礁《かんしょう》が隆起《りゅうき》して出来た島で、いびつな円形をしていた。島を囲む海の水深は深く、島の周囲には針のような尖った岩が突っ立っているために、船を寄せることが出来ない。皆で小舟に乗り、切り立つ崖に梯子《はしご》を掛け、登った。登りながら、風に煽《あお》られ、波飛沫が身を打った。生きた心地がしなかった。まさに命懸けだった。

南大東島が三島の中で一番面積があり、約三十平方キロ。八丈島の半分ほどの大きさだ。南北両島は、明治十八年（一八八五）に日本の領土として公表され、沖縄県に編入された。当時、西洋諸国艦船の往来が激しくなったために、それらとの悶着を防ぐための政府の施策でもあった。

沖縄県は、同年八月、内務卿《ないむきょう》山県有朋《やまがたありとも》から大東諸島調査の命を受け、調査団を派遣し、国標を建てた。おそらくこれが、日本として最初の南大東島上陸だったのではないかといわれている。

留吉は、四月に視察で訪れた日のことを思い出した。那覇での滞在中、県の役人との宴の席だ。

ともかく、半右衛門に対する沖縄県の歓待は並々ならぬものがあり、郷土の料理や酒でのもてなしを連日受けた。

大東島開拓を大いに期待していると、県知事が出張って、半右衛門の手を握ったくらいだ。

「南大東島は、沖縄の言葉で、ウフアガリシマと呼ばれておりました。ウフは大きい、アガリは東のことでして、東の大きな島という意味です。ずいぶん、古い時代からあった呼び名です。ですからそれをそのまま当てはめれば、まさに、大東島です」

滞在中、幾度もの宴席で、すっかり顔見知りになった県の役人が、泡盛を流し込むように呑み、留吉に訊ねてきた。その日、半右衛門は那覇のお偉方との会食に呼ばれていた。会頭が不在だからこその問いかけだったのだろう、

「玉置商会は、本当に島の開拓をするつもりですか？」

役人が留吉の顔を覗き込んできた。

「どういうお訊ねでしょうか」

留吉は初めて口にした強い酒と、琉球の独特な音曲に頭を痺れさせながら、訝しむ。

「深い意味はありません。大東島は昔っから、人を寄せ付けない島といわれています。本当に大東島があるのか疑っているくらいです」

留吉は、なるほど、と頷く。

「南大東島は確かに存在します。私はこの眼で見ておりますから」

沖縄もまた島だ。とはいえ、この日本国もよくよく考えれば、島であるのだ。皆が、外海へ出る訳ではない。この役人もそうなのだろう。

「玉置商会には、私たちも期待しています、物資など不足があればなんでもいってください。ああ、そうだ。東京専門学校の教授先生と懇意《こんい》になさっているそうで」

地理学者の志賀重昂のことだ。

先行調査で持ち帰った土や植物から、大東島の風土に合う作物の助言を受けていた。

「土壌は非常に肥沃《ひよく》であり、年間を通じ温暖な気候に適した作物であれば、かなりの収穫が見込めると伺いました。鳥島のような食糧の心配はないと思われます」

役人は感心しながらも、どこか懐疑《かいぎ》的な表情だ。

「なにか、私どもに屈託を抱えておられるようなお顔ですね」

「とんでもないことです。ただ――」

はるか以前、南大東島に、難破した外国人の救出に上陸を果たしたものの、とてもじゃないが、生活出来る島ではないという報告が残されているという。それに加え、これまで六名への貸下げがあったが、いずれも失敗している。

「上陸すらしていないのですからね」

留吉は眉間に皺を寄せた。なるほど、この役人はそれがいいたかったのであろう。

さらに聞けば、八年前に、あの古賀辰四郎も開拓を断念しているというのだ。

鹿児島生まれの古賀は、商売のため那覇に移住した人物だ。半右衛門と同じように冒険心に富み、南洋へ憧れ、事業拡大のため、沖縄周辺の無人島や、尖閣諸島を探検し、巨万の利を得た者のひとりだった。そんな古賀が南大東島開拓に挙手したが、時化《しけ》に上陸を阻まれ、諦めたという。

留吉は安堵した。古賀に上陸されれば、半右衛門の出番はなかった。しかし、古賀が断念したということは、やはり難攻不落《なんこうふらく》の島なのだ。

「古賀さんは、魚釣島や久場島《くばしま》で利を得ている。冒険家としてはもちろん実業家としても名を成した方ですよ。その古賀さんが上陸を諦めた南大東島ですからねぇ。それに会頭の玉置さまはもう結構なお歳だと聞いておりますし」

「確かに還暦を超えておりますが、会頭は会頭です。古賀さんとは違います」

「比べるわけではありませんが」

留吉は言い訳がましい役人を睨めつけ、

「日本の無人島探検は、好奇心と冒険心を触発された大馬鹿者たちが、一攫千金を求め、船を出したことで始まりました。ただ、玉置が望むのは個人の利益や国益だけじゃない。別の目的がある。その玉置に我々はついて行くのです」

語気を強めた。

半右衛門には八丈島の者たちが移住できる地を探す大いなる目的がある。夢がある。ただ、利を得ることだけに執着しているのではない。それがわかっているからこそ、共に居たいと思っているのだ。

「幾度、嵐に見舞われようと断念するはずはない。幾年もかけ、あの鳥島を人が住める島にした玉置半右衛門ですよ。むしろ、困難であればあるほど、玉置は挑むはずです。玉置商会を甘く見ないでいただきたい」

ああ、と役人は毒気を抜かれたような顔で留吉を見つめていた。

と、あの折には大見得を切ったが——。

やはり、南大東島は手強いどころではなかった。

ごつごつした岩がそそり立つ崖。寄せる波は高く、白い波頭が砕ける。まさに、絶海に浮かぶ無人島だった。

「さあ、行くぞ」

依岡の声が飛んだ。

上陸するため、島の周囲を巡り、西の海岸から、梯子を使って上がることになった。

崖の高さは、五間。留吉は梯子段を確実に、一段一段、踏み締めて上がる。風が身を揺らす。下を見れば、舌舐めずりしているような波飛沫が上がっている。足を滑らせれば、その餌食《えじき》になる。

なにゆえ、この島であったのか。この島でなければならない理由はあったのか。

それは、孤島であるからだ。誰の手にも落ちていない島は、自分の好きに出来る。

皆で、ともかく崖を登り、荷を吊り上げた。

腰が痛む。空と水平線の境があやふやになってきていた。留吉が懐中時計を取り出すと、四時を指している。

本当に開拓ができるのか、そもそも移住者が来るのか。途方に暮れた。

まず、うっそうとした密林を拓いて、野営地《やえいち》を決めなければならなかった。

数え切れないほどのビロウがそびえ立っている。おそらく七、八間の高さがありそうだ。ビロウは不思議な樹木だ。幹の途中に枝も葉もなく、上部だけに掌 状《しょうじょう》の葉が茂っている。南の島ではよく見られ、八丈島にも生えていた。が、それは徳川時代に誰か偉い人が植えた物だと聞いていた。南大東島のこれは自生であろう。上空に風があるのか、しゃらしゃらと音を立てている。

ビロウの葉の懐かしい音だ。

しばしの感傷も、すぐにあたりの樹木を伐り倒す音、皆の声に霧散《むさん》した。

伐採だけで、一日目は終わった。

水は二日で飲み干し、窪地に溜まった濁り水や、雨水で喉の渇きをしのぐ。

鳥島もそうだった。孤島では、飲料水の確保が困難だ。だが、逆に、飲み水さえあれば、暮らしていく算段がつく。鳥島から乗船した年長者の権蔵《ごんぞう》という者が、島の中央部近くまで入り込んで、池を発見した。

皆、半信半疑で、依岡など、「密林で視界が悪い。きっと葉の隙間から見えたのは海だろう」

と、取り合わなかった。

が、翌日、権蔵がいうあたりのビロウの木によじ登った者が、

「海じゃない。確かに池だ。それに、点々と小さな池もあるようだ」

と、大声でいった。それだけで、たちまち皆のやる気が変わった。

あたりの木を伐採し、宿舎の建設に入る。鋸で木を伐り、鎌で葉を刈《か》り、大工仕事ができる者は棟上げをし、葉で屋根を葺《ふ》いた。間口五間、奥行き三間の宿舎は、わずか三日で完成した。

「これで、雨に濡れることもないな」

留吉は、荷を中に運び入れ、ようやく息を吐く。すでに、島の西側の開墾が始まっていた。これまで人の手が一切入っていなかった、島で育ち放題だったビロウが倒されていく。

依岡と留吉は、上陸から十四日後、再び船上の人となった。土産は伐採したビロウだ。

留吉は、残島する者たちの手を取り、ただ頭を下げた。

これからが、本当の開拓だ。

「半右衛門の旦那に伝えてくださいよ。旦那が来るときには、人が暮らせる島になっているとね」

権蔵が笑った。鳥島を作ってきた男だ。半右衛門の期待も大きいだろう。

留吉は、皆が、島が小さく消えていくまで、じっと眺めていた。

「さて、春になってアホウドリが飛来するか、ですね」

隣に立った依岡がいった。

「わかりませんが。期待はしています」

ただ、留吉が島を巡ったところ、鳥の糞などは見当たらなかった。群生するアホウドリは、糞も広範囲に広がる。南大東島には、それがなかった。鳥島から来た権蔵らも、それを指摘していた。

島を出る前夜、酒を酌《く》み交わしながら、権蔵に訊ねられた。

「ここに、アホウドリが来ないとわかったらどうするつもりだい？」

「どう判断するのか、それは玉置商会として考えねばならないな。会頭ひとりの判断ではないよ。かなりの費用もかかっているのだからな」

「どのみちおれたちは、ここを拓くつもりだ」

持ってきた荷の中には、野菜、芋類、穀類、サトウキビ、バナナなどの種子があった。

「まずは、木を伐採して試作場を作る。早く育てないと。おれたちが飢え死にしちまうから」

皆が笑った。


その後、二次、三次と、物資と移住者が南大東島に向かった。

明治三十四年の一月には、半右衛門の次男、鎌三郎が、半右衛門に尻を叩かれ、海を渡った。

一回目の開拓者たちが、上陸を果たし、すでに二年が経った。

作物の育ちはよく、最初に建てられた宿舎は、商会の事務所となり、そこを起点として樹木を伐採し、畑地が作られていった。

アホウドリの飛来は秋から春。しかし、この二年、南大東島でその姿を見ることはとうとう叶わなかった。

つまり、この島での羽毛採取は絶望的となったということだ。それは、商会にとっても、半右衛門にとってても大きな誤算だった。

南大東島から知らせを受けた半右衛門は、珍しく感情をあらわにした。

「なんのために、奨励金を得たと思っているんだ。無駄に出来ない金であるのに」

遠洋で漁を希望する者には奨励金を出すという、榎本武揚が制度化した『遠洋漁業奨励事業』の奨励金のことだ。厚かましいことに、アホウドリを追って新たな島を発見するため、多くの者たちが、この奨励金制度に飛びついた。半右衛門もそのひとりだった。政府からでた金を使い南大東島に到達したのだ。

さらに、鳥島からは、アホウドリの減少が伝えられてきていた。今まで、なんとか保ってきたが販売量も激減し、商会の儲けにも跳ね返った。

懸念されていた狩猟法は大きな妨げにはならなかったが、鳥島にいる多恵吉からは、島民たちが、アホウドリの撲殺に嫌気が差しているようだと伝えられていた。

「寝ぼけたことを。村の奴らはそれで飯を食っている」

半右衛門は、商会の長椅子に身を預け、ため息を吐いた。疲労の色が浮いている。額の皺がさらに深くなったように見えた。この頃、島の様子が伝わる都度、一喜一憂し、自らも南大東島へ渡るための準備で、連日、奔走していた。長者番付に名を連ねてから、付き合いが広がり、宴席も増えている。

疲れが出るのは当然だろう。

「アホウドリが産む卵はひとつだ。親鳥を殺し続ければ、減るのはわかっていたことだ。が、読みが甘かった」

留吉は半右衛門と相向かいに座り、鳥島からの書簡に視線を落とす。

大きな身体を支え、ヨタヨタとなんの警戒心もなく近づいてくるアホウドリを棒で殴り殺す。その捕獲方法が残酷であると、鳥獣保護の声が次第に高くなっていた。むろん、ごくわずかな学者たちではあったが。

「そうした記事が出れば、世論からの反発もあるでしょうね」

「まさか馬鹿鳥に同情するとはなぁ。ならば、牛馬にも同情すればいい」

「腹を満たすためと、飾り立てるためでは異なるでしょう」

「ただの戯言《ざれごと》だ。まともに受けるな。ったく、幾つになっても真面目な奴だ」

半右衛門は天井を見上げる。

「このまま獲り続ければ、鳥島からアホウドリが本当にいなくなると、志賀先生からも聞かされていた。それは、島の有様を変えてしまうことになるともな。そうした付けは必ず人に返ってくる。学者先生はそうした考えをする。おれとしては、十年の拝借期限が切れるまでは保つと思ったが、少し獲りすぎたか。もっとも、アホウドリがまったくいなくなったら、島の名も変えねばならんな」

くく、と半右衛門が自嘲《じちょう》気味に笑う。

「日本は羽毛と、年々剝製《はくせい》の需要も増えていますが、亜米利加では、鳥たちの糞（グアノ）採取のために動き始めた。比律賓《フィリピン》諸島、瓜姆《グアム》をすでに獲得し、中部太平洋のミッドウェー諸島なども領有しています。いずれは、両国が太平洋で衝突するかもしれませんね。アメリカはアホウドリがいなければ糞が手に入らないんですから。日本人が羽毛採取のために殺し続けていると知れば、争いになるやもしれません」

「そうだな。だが、鳥を求めて南洋へまだまだ船は出ている。それが市場に大量に出回れば、いつかは暴落する。そろそろ潮時か。十五年、島で従事した者には、土地をくれてやると口約束を交わした。が、肝心な羽毛が採れないなら、引き揚げさせるしかないか」

留吉は、啞然とした。

「なぜ、そんな嘘を」

「嘘だと？」と、半右衛門が声を張った。

「鳥島は東京府、いや日本国の物です。半右衛門さんの島ではありません。借りているだけです」

ああ？　半右衛門が留吉をぎろりと睨めつけた。

「借地料を払っているんだ、知ってるさ。けれど、そうでもいわなきゃ、なにもない島に誰が移住するんだ？　鳥しかいないんだぞ」

「騙したんですか？　八丈島の人間を」

半右衛門は大きく息をついて、長椅子に座り直した。留吉は、テーブルに両手をついた。

「土地をくれてやる？　いい加減な話をして、鳥島に押し込めたんですか？　自分の稼ぎのために。結局は、金のためじゃないですか」

半右衛門はまたも息を吐く。

「それのどこが悪い。稼がなきゃ、次のことが出来ないだろうが。それにな、譲渡の約束などするはずはない」

この期に及んで何をいっているのか。

「自分で耕した畑は子々孫々まで使える。その土地に住むことが出来る。そういう意味だ。いいか」

半右衛門が留吉を見据えた。

八丈島で百姓をしたところで、畑地は皆、長男のものだ。それならば次男、三男はどう生きるか、どうだ新天地を目指さないか。新たな土地を耕せば十五年後にはそこは自分のものになる、とそういって募ったという。

「所有出来るというふうに聞こえるではないですか！」

「ああ？　おれは、所有出来るとも、譲渡するとも一切いっていない。むろん、書面も交わしていない」

留吉は愕然とした。

「では、信じ込ませたんですね。そうして労働力を募り、島を開拓させた」

「だから、それが悪いのか？　あとは商会のためにアホウドリを獲ってくれればそれでいいとおれはいった。おれは、鳥島に、簡易だが、港も作った。羽毛を運ぶためのトロッコ鉄道も敷いた。住むための家の資材も、漁のための小舟もすべて、おれが揃えた。島民からは一文だって徴収していない。むしろ、暮らしを与え、羽毛を採り、干し肉を作り、卵を集めたら、銭を与えていたんだ」

そのおれが、騙しただの、押し込めただの、と半右衛門は、留吉を見て、せせら笑った。

「鳥島での商売が軌道に乗らなきゃ、ウィリアムさんの店だって、潰れていたんだぞ」

留吉は、くっと唇を噛む。

「お前とおれは義兄弟だ。居留地の異人屋敷の普請から、お前は横浜に残って頑張ってきたよな。お袋さんは島で死んだが、妹を横浜に呼び寄せて、『野沢屋』の奉公人と祝言をあげさせ、甥っ子の徳太はウィリアムさんに預けたそうじゃないか」

半右衛門は、笑った。

「大体な、異国語を学びたいといって、たかが九つのガキが、横浜でも屈指の生糸問屋にすんなり奉公出来ると思っているのか？」

「それは、番頭さんが半右衛門さんと呑み友達だったからじゃ――」

「ああ、そうだよ。お前が異国語を学び、商売も学べるよう、お膳立てしたのはおれだ。必ず、お前は役に立つと踏んでいた。万次郎さんの話を聞いて、確信したよ。若ければ、なんでも頭に入る。留が異国語を学んだのは正しかった」

留吉は言葉を失った。

「座れよ、留。落ち着け。富蔵先生からもらった一本のわらしべで、長者になれるものかと思った。でも、おれには留がいた。思った通りに育ってくれた。信じていたよ。おれの誘いにも乗ってくれた」

つまり、私が――。

「長者になれたのは、留のおかげだ。八丈島の者たちを移住させたところで、羽毛が山ほど手に入ったところで、売り捌くことができなければ、損するだけだ。でも、おめえがいた。販路を拓いてくれた。けど、今、うちは危なくなってる。移住した奴らも暮らしに困るんだ。いい知恵を出してくれないか？　なあ？」

半右衛門がすがるような眼を向ける。私は、うまく踊らされていただけなのか。いや、待て。あり得ないだろう。半右衛門に声を掛けられ、横浜に出たのは、九つだ。私が、商館番頭になるまで、二十年近くも半右衛門は待ち続けていたというのか。つまり、私が、わらしべだというのか――馬鹿馬鹿しい。

そんな未来など見えるはずがないじゃないか。

半右衛門の戯言だ。真に受けてどうする――留吉は、苛立ちながら再び腰掛けた。大きく、息を吐き、沈思してから口を開いた。

「島民を守るには、ふたつ方法があります。ひとつは、当面の間、グアノ採取も加えましょう。グアノについてはまだ未知数ではありますが。羽毛は一定量の商いでよいかと思います。鳥島での暮らしはすでに成り立っておりますので、このまま牧畜や畑作、漁に力を入れてもらうようにする。なにより卵は、採取しないよう念押ししましょう」

「さすが、留だ。島民の暮らしは守ってやらねばな」

半右衛門が身を乗り出し、留吉の肩に触れた。

その一方で、皆、引き揚げさせたほうがいいという思いも、留吉の中にはあった。アホウドリではなく、これから肥料として注目されそうなグアノ採取に力を入れても、鳥島一島で商会を潤すほどの収益にはならない。資源が枯渇《こかつ》すれば、捨てるのはしかたのないことだ。

「そして、もうひとつは、島民の意思を確認するべきだと考えます。先ほどの土地の問題も含めて。結果的に所有者になれないのであれば、島に残らないと思う人もいるかもしれません。それは、正直に伝えるべきでしょう」

「わかったよ。けどな、おれは嘘をついたわけじゃないぞ。自分の耕した畑や牧場は、ずっと使えるということなんだ、おれは取り上げようと思っていない」

駄々子《だだっこ》のような物言いに、いささかげんなりしながら、留吉はいった。

「言葉で丸め込んだことには変わりありません」

半右衛門が、小さく舌打ちした。

「ですから、島民が引き揚げを望むこともあり得ます。東京と鳥島の定期船は、認められませんでしたが、八丈島と鳥島を繋ぐ航路でしたら、まだ希望があるのではありませんか。アホウドリが飛来する時期だけの季節労働として島に派遣するような形を取れば、まだ羽毛の事業は続けられるかもしれません」

ここで思いついたのは、このふたつです、と留吉は半右衛門を見た。

半右衛門は、長椅子に深く腰掛けて、天井を見上げ、ぼそりといった。

「しょうがないだろうなぁ」

「では、商会の皆の意見も聞きつつ、どちらかで動きます」

鳥島の幕引きか。だが、南大東島は、幕が開いてすらいない。留吉が立ち上がりかけると、

「そこにあるもので、賄うから先が見えてしまうんだな」

半右衛門が口を開いた。

「南大東島に、アホウドリは飛来しない」

「そうです。それは、島からも報告が来ています」

訝る留吉に半右衛門は言葉を継いだ。

「だったら、南大東島では、アホウドリの代わりを見つければいい」

ちょ、ちょっと待ってください、と留吉は再び腰を下ろした。

「今だから申し上げますが、南大東島ではそもそも先が見えません。アホウドリも来ないから当然グアノもない。周囲は断崖絶壁。那覇の役所の人間も、あの島を拓くのは無理だと諦めているような口振りでした。それでは私も悔しいですよ。開拓団と島で過ごしたのは十数日でし

たが」

半右衛門が顎を引き、留吉を見据えた。

「留、おめえは、その役人の言葉をまともに受けたのか？　その通りだと納得したのか？」

留吉は、言葉に詰まった。むろん、甘く見るなと言い放ったが、内心、虚勢を張っていると感じていたのも否めない。

「おめえも、あの島を見て臆したか」

「臆して当然でしょう。ただ商会を甘く見るなと啖呵《たんか》を切ってしまった手前――」

「へへえ、穏やかな留が。啖呵を切ったって、そりゃあいい」

半右衛門が大声で笑う。

「からかわないでください。なので、すごすごと逃げ出すように手を引くのは悔しくはあります。玉置商会が初めて開拓のために上陸を果たしたのですからね」

「だったら、考えてくれよ。あの南大東島をどう利用するか」

「考えました。しかし、密林を伐採し、畑地にしたところで、飯は食えるようになるかもしれませんが、商会にどんな利があるというのですか。何千本と伐り出されているビロウが何かに利用出来ないか、いろいろ聞いて回ったのですがね、さっぱりです」

つい留吉の声が低くなる。

と、半右衛門が破顔した。

「そうがっかりするな。すぐに利益など出せなくても仕方がない。おめえは、銭の心配しかしていないのか？」

留吉は、むっと唇を歪めた。

「当たり前でしょう。商会の雇い人が幾人いると思いますか？　月給が払えなくなったらどうするんです。鳥島の村民たちもある意味、この玉置商会の一員です。アホウドリがいなくなった、じゃあ出て行って勝手に暮らせと見捨てるんですか？　まずは金がなければ、皆の暮らしを守れないではないですか」

「おれがいいたいのはそこじゃあない。何もないから、生み出せばいいとは思わないかってことだ。時はかかるかもしれないが」

半右衛門が眼を輝かせた。

ああ、またこの眼だ。この輝きはまったく失せることがない。

留吉は心の内でため息を洩らした。だが、あの密林の島で何を生み出すというのだ。

「おれはアホウドリを利用し尽くした。それで思いがけぬ大金を手にして、羽毛長者といわれた。おれの無人島探索に憧れて、どうすれば金が稼げるかを訊きに訪ねて来る者もいる。おれのように、アホウドリを求めて、新たな島を発見した奴も長者になった」

確か水谷《みずたに》とかいったか。鳥島からかなり離れた南東の島を発見、すぐに日本の領有とし、南鳥島と命名された。

ただ、それはアホウドリという資源があったからこそ出来たことだ、と半右衛門はいった。

「つまり、南大東島にはなにもないから開拓をすると？」

「そうだよ、留。それが、開拓ってことだろう？」

留吉は返答に詰まった。未開だからこそ切り拓く。その通りだ。そんな当たり前のことなのに、驚かされる。

「ここでは、金などあてにならないのかもしれないと思ったんだ。清との戦で日本は勝った。戦勝景気に沸いたところでそいつは一時的なものだ。そりゃあ武器だの鉄だのは、お国のテコ入れで、未だに景気がいいが、食い物が不足すれば、あっという間に物価は高騰《こうとう》する。昨日まで一円で買えた物が、今日は五円になるってこともある。価値はどんどん変わっちまう。札を刷《す》れば刷るほどだぶついて、下手をすれば、一円札があっという間に紙切れ同然になっちまう。

幸い羽毛の取引に大きな変動はなかったのが、うちの強みだった」

「運が良かったともいえます。経済はその時々で変わりますから」

だからだよ、と半右衛門は声を張った。

「南大東島は、なにもないから、作り出す。資源はいつか枯れるが、ずっと続けていけることを探すんだ。島生まれのおめえでも、南大東がどれだけの孤島かわかるだろう？　船など滅多に通らない、上陸するにも阻まれる。だったら、そこで暮らしを完結させる、そういうものを目指すんだ」

留吉は呆気に取られた。

「理想郷だ」

四

「おれは、父島を思い出したんだ。開拓の一回目に入れたものを覚えているか？」

「荷の中にですか？」

「ああ、沖縄で買ったはずだ」

半右衛門が懐中から時計を取り出した。

おっと、と慌てて立ち上がる。

「これから、志賀先生とお弟子と新橋《しんばし》で飯を食うんだ。鳥島の話と、南大東島のことを聞きたいといっていてな。いい機会だ。留も来るか？」

「私は遠慮します。開拓団長は依岡さんですから、話をするなら、私より適任です」

「そうだな。省三にするか。今、事務所にいるだろう」

半右衛門が立ち上がる。

「志賀先生にお知恵を拝借だ」

「ところで、父島がどうしたっていうんですか？　荷の中に入れた物はなんですか？」

留吉が慌てて腰を上げたが、半右衛門は扉を開けながら、大声で依岡を呼んだ。

明治三十五年（一九〇二）五月、製糖機《せいとうき》を積み、機械組み立てのための技術者を沖縄で募り、留吉は半右衛門とともに南大東島へと向かった。

志賀重昴からの助言を得て、半右衛門はすぐさま動き出した。

新橋での会食の翌朝だった。

「先生のお墨付きを頂いた。サトウキビを島中に植える」

事務所の全員が、唖然とした。

サトウキビは沖縄で古《いにしえ》から栽培されている砂糖の原料となる植物だ。昨日は誤魔化したが、半右衛門は、すでにサトウキビを南大東島に植えさせていた。父島で栽培されていたのを思い出したのだという。そのため、学者の志賀の後押しと助言がほしかったのだ。

「南大東島をサトウキビの島にする。砂糖を精製《せいせい》して、それを売るんだ。おい、省三」

「開拓団が持ち帰った土や自生植物、気温、雨量などこの二年に亘る我らの報告書などを志賀先生にご確認いただいたところ、春と夏と、あの気候であれば、収穫が二度可能だとお答えになられました」

依岡が、書類を手に話をする。

「つまり、サトウキビを植え、砂糖で儲けを出すということですか？　商会の商品として取引を行うと」

多恵吉が少しふてくされたように訊ねた。依岡はそれに答えず、半右衛門を見る。まだふたりはギクシャクしているようだ。原因は、沖縄での荷役の賃金を依岡が値切ったことらしい。それは多恵吉に非はない。依岡は団長として出費を抑えたかったというが、なにゆえ相談して

くれなかったのかと、留吉はいささか気分が良くなかった。なんとか仲裁したが、

「多恵吉、儲けなど今は考えなくてもいい」と、半右衛門が口を開いた。

「どういうことですか？」

「まずは島民と商会が繋がることを考えてくれ。島民がサトウキビを栽培し、砂糖を精製する。商会はそれを買い上げ、販売を一手に引き受けて、売れた分は島に還元する。たとえば、暮らしに必要な物資を買い付け、島民に分け与える」

「つまり、島全体を玉置商会にすると？」

留吉が声を上げた。

ざわり、と皆の中に戸惑いが広がる。

「平たく言えば、そういうことだ。鳥島の村民たちも商会の一員であるように、これから南大東島に入植する者たちも商会の一員になる。ただ、一口にサトウキビといっても種類がある。すぐにでも移植を行う。何が一番、土地に適した種類かを見つけないとならない」

「おれがやります」

多恵吉が手を挙げた。

南大東島すべてが玉置商会になる。途方もない考えだ。留吉の身体が熱くなる。

「これがうまく回れば、玉置商会は安泰《あんたい》だ。父島でもサトウキビはよく育っていた。皆、きばれよ」

半右衛門がいうと、皆が大きく頷いた。

「次の船にはおれも乗る。八丈島で南大東島への移住をおれが募る。必ず安住できる島にするとな。これからだ、留。頼むぞ」

半右衛門は、留吉の脇を通りつつ、呟くようにいった。

それから、四ヶ月後、製糖機と半右衛門を乗せた回洋丸が南大東島を目指した。

製糖機の陸揚げは、想像以上に難航した。

南大東島には、港などというものはない。それどころか、周囲は断崖で、わずかに陸地と繋がる場所は尖った岩がそそり立っている。港にする場所がないのだ。上陸は幾分岩礁の少ない西側海岸で、荷揚げをするには、崖のギリギリまで船を寄せて、停泊し、崖の上に柱を立て、かぐらさんと呼ばれる、大木や石などの重量物を運搬する木製の機械を利用して、荷を吊り上げる。

縄を巻きつける心棒を回すのは、人力であり、最低でも八人を必要とした。物によっては、さらに人数を要することから、荷揚げがあるときには、常に島民が集まった。

ようやく、荷揚げが終わると歓声が上がったが、玉置商会の会頭である半右衛門の上陸は、開拓民たちの心を熱くした。

相変わらずの島だと、留吉は呆然とした。周囲は断崖絶壁。本当に吊り上げられて、二年振りに島の土を踏んだ。道路が出来、開墾地は思った以上に広がっていた。ビロウをはじめとした多様な植物は変わらず島を覆っている。この豊かな緑は、火山島であった鳥島の岩だらけの光景とはかなり異なる。

この土が、サトウキビを育てたのか。枯れる資源より、持続出来る人の手による資源を作る。澄んだ青空の下、留吉の眼前に、サワサワと葉を揺らす一面のサトウキビ畑が見えた。

島には、半右衛門の屋敷がすでに建てられており、その向かいには商会の事務所が置かれていた。製糖の工場はその近くに設けられ、すでに沖縄から迎えた技術者が朝早くから、夕刻まで製糖機を組み立てていた。

半右衛門は、鎌三郎を連れて、組み立てを見に赴いていた。

留吉は、事務所で島の地図を確認する。鳥島もそうだったが、孤島で困るのは、飲み水だ。

初めての上陸のときは、樽ひとつ分の水しかなく、それもすぐに飲み干し、水溜まりの濁り水を布で濾《こ》して、渇きを癒した。が、数日後、島の中心部、蔓草《つるくさ》や樹木を切り開きながら進んだ先に、池が点在していた。見つけたのは、権蔵だ。

手書きの地図を広げると、池にはいつの間にか権蔵池と名がついていた。留吉は、うっかり笑ってしまった。しかも、今眼の前で茶を啜っている男だ。

「久方ぶりだな、商会の支配人さんよ」

「池に名前がついているじゃないですか」

「あはは、そんなことか。なあ、支配人さん、煙草、持ってるかい？　もう残り少なくてよ」

「私は、もう嗜みませんが、今回の荷の中にあったはずですよ」

「おう、そいつは嬉しいいね。この島はさ、船便もまだないし、さっと買いに行ける店もないからね。そこが困るっていえば困る」

権蔵は、煙草を咥《くわ》え、火をつけた。紫煙がゆらゆら上がる。

「なにか、必要な物はありますか？　困っていることでもいいのですが」

留吉は絵図を広げたまま、訊ねる。

「なにもない島だから、なんでも必要だがね。そうだ、いっちゃ悪いが、半右衛門さんのふたりの息子は困ったもんかもしれないなぁ。この島に来たはいいが、働きもせず、ぶらぶらして、勝手ばかりしているからな。皆、それぞれに大将《たいしょう》をつけて呼んでるのだよ。ふたりは、喜んでいるけどな」

権蔵はくすくすと笑う。

昨年、次男に引き続き長男の鍋太郎も島に入った。向かう際も散々文句を垂れていたのを思い出す。鳥島のときもそうだったが、島民たちに歓迎されていないのだ。大将の呼び名も揶揄されていることに気づかないのかと、留吉は情けなく思えた。

「学があることを鼻にかけてよ、おれたちが、ナタを振るうにも、草を刈るにもビロウを倒すにも、何かと偉そうにいってくる。ならやって見せてくれと誰かがいったんだが、自分たちは指導と監督のために来たとうそぶいてね」

半右衛門は、自分が読み書きしか出来ないから、息子たちにはきちんと教育を受けさせたいと、三田にある大学校に入れたのだ。だが、それを鼻にかけ、間違った使い途をしては、どうにもならない。

「そういえば、友太郎《ゆうたろう》ってのが、騙されてさ」

「騙された？　どういう意味ですか」

「どういう意味かだって？　そういう意味に決まってんだろう？　それ以外に何がある」

「わかりませんよ」

留吉はぶっきらぼうに話す権蔵に、ムッと唇を曲げて応えた。

「支配人さんは、英吉利人の商館にいたそうじゃねえか。おれはさ、半右衛門さんと鳥島で開拓をしたんでさ、あんたのことをよく聞かされたよ。あんたを半右衛門さんはものすごく買っていた。義兄弟なのだと自慢していたよ。まあ、でもここじゃ得意の英語もいらねえけどな。外国人の遭難者が上陸したら役に立つかな」

権蔵は、ふうと白い煙を吐いた。

「私のことなどいいですから、話を進めてくださいよ」

「ああ、悪かったな。友太郎は、まだ十八でな、はしっこい奴なんで、鎌大将に気に入られて、使い走りにされていたんだよ。ちょっとでもドジを踏んで、頭が悪いと貶《けな》されても、半右衛門さんの息子と一緒にいれば、いい思いも出来るだろうと、あいつも色気を出していたんだと思うぜ。実際、船便で届いた酒だの、肉だのを一緒に飲み食いしていたらしいしな」

まったく、あの息子は変わっていないのだと呆れた。

「半右衛門さんの一家が鳥島に住んでいたときに、あの兄弟の面倒を見ていたからな。アホウドリをいたぶったり、あっちでもやりたい放題だったよ。血達磨《ちだるま》になっちまって、売り物にはならなかった。かわいそうなことをした」

留吉は怒りが湧き上がる。ここでは、友太郎がいたぶる対象になっていたのか。

「友太郎がさ、開拓民に銭が出ていないと、鎌大将にいったんだよ。そうしたら、家畜に銭をやる馬鹿はいない、餌だけで十分だろうと嘲笑ったってさ。おれもそれにはかっとしたがね」

開拓民は、牛や馬と同じだというのか、と留吉は憤る。

「そうそう。その上、煙草だよ」

「煙草？」

権蔵は、不意に指を返して、赤く灯《とも》る煙草の先端に眼を落とした。

「昨年の十月の末だ。鎌大将と友太郎がカモ撃ちに出かけたんだが、そのあたりで枯れ草が燃えて、火事になった」

「本当か？　報告がなかったが」

留吉は身を乗り出した。

「いえないいさ。皆、口をつぐんでいたからな。島の真ん中あたりだったから、死人も怪我人もいなかったし、畑も無事だった。それでも七日七晩燃え続けたよ。大火事だった。野焼きをしたことにして、皆、得心したんだが」

「なぜ、報告しなかったんだ」

留吉は声を荒らげた。

「だから、野焼きってことにしたんだよ。だってよ、商会のお目付役の鎌大将が起こしたことを誰が報告するってんだい？」

なんてことだ。半右衛門が知ったら、激怒するだろう。

「鎌大将と一緒にいた友太郎は、開拓民に白い眼で見られて、怖くなったんだ。本島に渡るって。けど、金がないから逃げられないんで、火事を出したことを半右衛門の旦那に話すと鎌大将を脅したんだ。馬鹿な野郎だよ」

権蔵は水が張られたバケツに、吸い殻を落とした。

納得する振りをした鎌三郎に、島から出ろといわれ用意されていた小舟に乗ったら、穴が開けられていたらしい。くだらぬ真似を、と留吉は呆れた。

「ちょうど帰港した小島船長に助けられた友太郎がおれにだけ話してくれたのさ。なあ、おれがどうしてこの話を支配人さんにしたかわかるかい？」

「ああ、友太郎を島から出せということだろう？　鎌三郎の不始末には蓋をして」

「その通りだ。やっぱり物わかりがいいね」

権蔵が眼を細めた。

「鎌大将に睨まれれば、この島にはいられない。ようやく、サトウキビや他の作物の収穫も出来るようになった。まだまだ、島民が一緒に働かなければならねえんだ。和を乱されれば、途端に崩れる。開拓は気持ちがひとつにならねえと出来ない。おれは鳥島で学んだ」

「早いうちに友太郎を島から出しましょう。次の船便でなんとかします」

「悪いね。とはいえ、次の船便は三月後か、半年後か。その間が心配でね」

話し終えた権蔵は、休み過ぎちまったと、事務所を出て行った。

権蔵の日焼けした腕と引き締まった背中を見送った留吉も、じきに事務所を出た。

一面のサトウキビ畑はやはり壮観だった。わずか二年で、人が暮らせる島になった。

砂糖が島の特産物になれば、よりよい暮らしが営める。八丈島に黄八丈があるように、小さな島だからこそ、島民の生業にもなる特産品があることは安心感にもつながる。

手拭いを頭に被り、収穫したサトウキビを背負子《しょいこ》で担いだ若い女房が歩いて来る。

隣には、腹掛け一枚の男童。

「ご苦労さまです。ほら、ご挨拶なさい」

女房が空いたほうの手で、子の頭を押さえる。留吉のシャツ姿を見て商会の者と思ったのだろう。

「ああ、構わんよ。精が出るな。八丈島からかね？」

「はい。一家で海を渡って参りました」

「そうか。大変だったろう。こちらの暮らしはどうだ？」

前垂れを摑んで陰に隠れる子に視線を落としながら、

「うちは、三男坊でしたので、こちらで、大きな畑がいただけて、農具や馬や、家も皆面倒を見てくださるので、夫婦ともども本当にありがたく思っております。半右衛門さまは、八丈島の者にとって誉《ほま》れでございます」

若い女房が微笑んだ。

「そうか。よかった。足を止めて悪かったな」

留吉がいうと、女房は会釈してすれ違って行く。男童が振り向いて、手を振った。

再び歩き出した留吉は、八丈島の誉れか、と呟いた。半右衛門はその言葉をどう受け止めるだろう。シャツの胸ポケットから、時計を出す。もう昼を過ぎている。

「支配人、いたいた」

東へ続く道を走ってきたのは、多恵吉だった。

「何をしていたんです？　会頭が呼んでいますよ。製糖工場に来てほしいと」

「わかった、今すぐ行く」

さて、友太郎のことはどう収めるか。まずは、鎌三郎に近づけないようにしなければ、と、早々な厄介事に息を吐きつつ、留吉は時計を胸に収めた。


数日は晴れたが、雨が降り続いていた。

雨続きで島の視察すらままならず、製糖工場と半右衛門の屋敷との往復ばかりだった。

多恵吉とひと家を与えられた。少し前に鳥島から南大東島に入った多恵吉から鳥島の様子などを聞き、夜は泡盛などを呑んで、床に転がって眠った。

「ビロウってのは、便利な木ですね。幹が硬いので、建材にもなりますし、葉では屋根が葺ける。鳥島は、火山島で、樹木らしい樹木がありませんでしたからねぇ、家を建てるにも、八丈から建材を積んで運んでいましたよ」

「そうだったのか」

暑さで服を着ているのがうっとうしく、浴衣《ゆかた》も前をはだけて過ごした。

「そうだ。アダンって低い木は見ましたかい？」

「ああ、岩場にもビッシリ生えている、葉の先の尖ったやつだろう」

「本島にホーリー（パイナップル）って水菓子があるの知ってますか？　ゴツゴツした皮で果肉は黄色いんですがね、アダンに似たような実がなるんですよ。僕は、本島で食べたホーリーが忘れられなくて、アダンの実も同じような物だろうと思ったら、とんでもない。筋ばかりで食えたもんじゃなかった」

「よしなさいよ。やたらに口にするもんじゃないよ。いい歳して」

「ひどいですね。でもね、女房子どもを東京に置いて、島から島への渡り鳥。ときには馬鹿もしたくなりますよ」

多恵吉は祝言を挙げて、まだ二年。子はまだ一歳だ。それで、鳥島、南大東島へと派遣させられている。海を渡るのは命懸けだ。妻子も気が気でないだろう。それは、自分も同じではあるが。

雨はますますひどくなって、ビロウの葉を叩いている。

と、戸を叩くような音が雨音に混じって聞こえる。

「誰か来たのか？」

「この激しい雨に、真夜中ですよ。蝙蝠《こうもり》だって飛びやしない」

声まで聞こえる。留吉は、玄関とは名ばかりの流しがついた土間に向かった。

半右衛門の声だ。留吉は心張り棒をはずし、慌てて戸を引いた。

ビロウの葉で作った蓑《みの》のようなものを被っていた。こんな姿で夜道を歩かれたら、妖《あやかし》だ。

「留。心張り棒なんか支《か》うんじゃねえよ。この島には盗人《ぬすっと》もいないんだ。だいたい盗む物もないがな、うはは」

と、機嫌よく笑う。

座敷にいた多恵吉は驚いて、かしこまった。

「いいよ、楽にしな。あのな、次の船便はいつになるかわからないが、製糖機が組み上がったら、次は鉄道を敷く。そのための試算をふたりにしてもらいたいんだがな」

「そんな無茶な。ここじゃ、線路を作るのにいくら掛かるかわかりませんよ」

多恵吉は酔いが醒めたのか、はっきりと口にした。

「お前、鳥島の鉄道の試算をしているだろうが。大丈夫だ。おれが、あんときの書類は皆、ここに持ってきている。それを元に金高を出してくれ」

鉄道を通すために、伐採も進めなければならないな、と留吉は腕を組む。

「半右衛門さん、鉄道は早急に敷きましょう。島民は背負子のようなもので収穫したサトウキビを運んでいました。製糖工場まで鉄道を敷けば、運搬が俄然《がぜん》楽になるでしょう」

半右衛門が頷くと、多恵吉も顔を引き締めた。

「わかりました。すぐに取り掛かりましょう」

「あとな、留吉、鍋太郎と鎌三郎のことで、何か耳にしていないか？　屋敷じゃふたりがいるからな、お前を呼びつけて質すわけにもいかないからな」

「何もありませんよ」

留吉はあっさり答えた。

友太郎はその後、権蔵一家とともに暮らし、サトウキビ畑で汗を流している。幸い、鎌三郎は製糖機についている。そもそも興味のない畑の視察に出ることはない。

「ならいいが。鎌三郎がどうも落ち着かないんでな」

留吉は火事のことを告げるつもりはなかった。誰が半右衛門に知らせたかと、島民同士が疑心暗鬼《ぎしんあんき》になるのは避けたい。

「でしたら、ご自身で訊ねるのがいいのじゃありませんか？　親子なんだし」

「留、なんだよその言い方」

ただ、留吉が懸念しているのは、半右衛門がこの島にいつまで留まるかということだ。島を離れれば、またぞろ鎌三郎の振る舞いがひどくなることも考えられる。鍋太郎もどうだろうか。いずれにせよ、これが跡継ぎかと思うと気が滅入る。

「まあ、でも見事なサトウキビ畑ですね。一回目の開拓から、二年。まさか、これほど見事に育つとは思いませんでした。島民は百名に満たないが、畑地がさらに広がれば、移住を望む者も多くなるでしょう」

お前らのおかげだよ、と半右衛門が眼を細めた。

「南大東島でも十五年従事した者には、土地を使わせることにしようと思う」

「またですか。それは、やめていただきたい。両島とも半右衛門さんの持ち物ではないといったでしょう。そうした口約束は後々騒ぎになります」

「堅いことというなよ、留吉。鳥島もここも、ずっとおれが貸してもらえればいいだけのことだ。おれ以外に、島を拓いた奴がいるか？　鳥島だって、おれ以外の奴が願いを出しても通っていないんだ。南大東島など、もっとだ。留、那覇の役人から聞いたのだろう？　他にも貸下げをしたが皆、断念していると」

今や尖閣諸島で大きな利を得ている古賀もそのひとりだった。

半右衛門は、泡盛を注いで、ぐっと呑み干した。

「何人目だと思う？」

半右衛門は悪戯っぽい眼をした。

「踏査隊は上陸を果たしていますが、それを数に入れないとして――三人目ですかね」

多恵吉がいった。

「違う違う。七人目だ」

多恵吉が眼をしばたたいた。

「どうだい。おれの前六人は開拓に失敗している。失敗ともいえねえ。上陸すらしていないんだからな。荒波で寄れなかったんだよ。それが怖くて、二年、三年とほったらかしだった」

多恵吉が興奮気味に鼻息を荒くした。

「じゃあ、玉置商会が初めてということですか？　そいつはすごい。すでに、サトウキビは風に揺れて、他の作物の収穫も十分見込める。道もあり、工場が出来、鉄道も通る。支配人、すごいことですよ。おれたちが、初めて、この島を拓いたんだ。ああ、すごい。玉置商会、万歳だ。そうでしょう。玉置商会、万歳！　万歳！」

多恵吉は両腕を振り上げ何度も叫んだ。雨音も消えるほどの大声だ。

「酔ってるのか？　気が早いよ。砂糖が出来てから、もう一度、やってくれ」

「わかりました。で、先ほどの土地の話ですが」

と、多恵吉が考え込むような顔していった。

「鳥島開拓が始まったのは、確か、明治の二十年でしたよね。ということは、最初の移住者はもうすぐ自分の土地になると思っていますよね」

「ああ、だろうな。懸命に働いた証だからな。南大東島でも同じ約束をしようと思う」

留吉は茶碗を乱暴に置いた。

「虚偽になります。万が一、沖縄県が知れば、貸与が取り消されるかもしれません。これから、製糖事業を行うんです。そうしたことは、軽々しく口にしないようにしてください」

ふと、数日前に会った女房のいったことが思い出された。あの物言いは、自分の土地になるという感じもあった。

「まさか、八丈島で移民を募ったとき、鳥島と同じようなことをいいませんでしたよね」

「いってない、と思うが」

半右衛門は、とぼけたように白い口髭を撫ぜる。

「本当に、しらばっくれないでください。いいですか、半右衛門さんは島の誉れだという者もいるのです」

「へえ、ありがたいことだな」

「そうした人々を裏切らないでください」

留吉が淡々というと、半右衛門が一瞬、眼を逸らした。

「まあまあ、そんな怖い物言いはしないでくださいよ」

多恵吉は明るい声を出し、さあ、無礼講だ、と声を張った。

「それは、おれの台詞《せりふ》だ」

「あ、すみません」

多恵吉が肩を窄《すぼ》めると、半右衛門が大笑いしながら、

「堅物だな」

ぼそりといって、留吉を見ると茶碗の酒をあおった。


難航していた製糖機の組み立てが夏真っ盛りの八月半ばにようやく終えた。

半右衛門はこれでもっと楽に砂糖が作れると、歓喜の声を上げた。

これまでは人力か牛を使って、サトウキビを圧搾《あっさく》していたが、半右衛門は、蒸気力を利用した製糖機を導入したのだ。

機械での圧搾は速く、量産につながる。

手搾りの、数倍、数十倍の効率だ。

島民を屋敷に招いて宴を催すと、半右衛門は留吉を揺さぶるほどの勢いでいった。

さすがに百人を超えた島民すべては屋敷に入りきらないので、主だった男や夫婦者を客間に集め、酒肴を振る舞った。獲れた海産物のほか、収穫された粟をついた餅、年間を通じて収穫できる甘薯を蒸したもの、茹でたとうきびが皿に載った。

他の者たちは、開拓時に建てられた小屋に集まり、酒宴を開いた。

「え〜そりゃ、向かいのお山に、え〜そりゃ光るもの、月か星かぁ〜」

と、権蔵が歌い出すと、それに合わせて手拍子が打たれ、車座の中に、我も我もと飛び出して、踊り出す。

「こりゃあ、懐かしい。八丈を思い出す。権蔵、もっと歌ってくれ、皆の衆、踊ってくれ」

半右衛門は、満面に笑みをたたえ、合いの手を入れる。

誰かが、太鼓《たいこ》の代わりに器《うつわ》の縁《ふち》を箸で叩いて、拍子を取る。

権蔵夫婦が、輪の中で踊る。おかしな手振りに、笑いが起きる。

留吉は早くに八丈島を出ていたが、なんとなく幼い頃に聴いた歌が脳裏によみがえってきた。

潮溜まりや青い海。石垣の連なる道、母の機織りの音が耳の奥で響く。

と、

「親父！　親父！　事務所に電文が入った」

鍋太郎が血相を変えて、座敷にまろぶように入ってきた。半右衛門がそれを咎《とが》める。

「なんだよ、騒々しいな」

「親父、しっかり聞けよ。鳥島が、鳥島の山が噴火した。島民百二十五人、全員、死んだ」

な、と声を洩らした半右衛門は言葉を詰まらせた。

その場にいた全員が凍りついた。

第五章　楽園の風

一

留吉は、いらいらと事務所の中を歩き回っていた。

事務所といってもビロウの葉で屋根を葺いた小屋のようなものだ。上陸した際、最初に開拓民たちが住居として使用していた。各々の家が建てられ、そちらに移り住んでからは、板敷きの床に、机や椅子などを置き、事務仕事ぐらいは出来るようになっていた。

「まだ、何もわからないのか？　後報はないのか？」

机で書類を書いていた多恵吉が顔を上げた。

「無理ですよ。南大東島ではまだ直に繋がる手段がないんですから。あの一報だってたまたま船を経由して受け取ったもので」

「そんなことは承知している。だが、一昨日だって船が着いたろう。なぜ、鳥島のことが知らされないんだ。もう半月経つんだぞ」

留吉は思わず声を荒らげた。

「噴火したんだ。政府だって調査に動いているはずだ。まったくほったらかしということはないだろうが」

「ですが、今は待つしかないのでは」

妙に落ち着いた物言いをする多恵吉に留吉は苛立つ。今も、多恵吉は机の上に島の地図を広げ、刈り取ったサトウキビを運搬する鉄道敷設のための場所を探している。

「お前は、よく冷静でいられるな。鳥島にいたくせに」

苛立ちを含み、吐き捨てた。

どんっ。

多恵吉が、拳でいきなり机を叩いた。

「馬鹿をいわんでください。支配人より、よほどおれのほうが鳥島のことを知りたいんだ。みんなの顔が今も浮かぶ。鳥島で生まれた子どもたちもいるんだ。まだ赤子もいた」

それが皆、火に呑まれた、と多恵吉は顔を歪ませた。

「今は耐えるしかないと思っているんです」

留吉は首を横に振った。

「すまなかった。だからこそ、ひとりでも助かった者はいないのか、知りたいのだ。島がどうなっているのか」

「すまない？　どうですかね」

多恵吉が顎をあげた。

「支配人の頭の中には、玉置商会のことしかないでしょう？　今のところ儲けはほぼ羽毛だ。それがなくなったから焦っているんじゃありませんか」

銭金が心配なんでしょう、おれにはそうとしか思えない、と多恵吉は吐き捨てた。

「ああ、それはもちろんだ。ウィンケル社らとの契約を考えれば、こっちが違約金を求められる可能性は十分ある。たとえ、不測の事態だとしても、異人がどこまで理解してくれるかわからんからな」

「やっぱり、そうだ」

呆れる多恵吉から眼を逸らし、留吉は、ウィリアムはどうしているかと思った。

鳥島のことはきっと伝わっている。

留吉を快く送り出し、甥の徳太も引き取ってくれた。今すぐにでもウィリアムの元に行きたいくらいだ。けれど、ここから出ることは不可能だ。留吉は、かつての八丈島を思った。

海に囲まれた島には見えない壁がある。

しかし、南大東島はそれ以上だ――といっても、童子の頃の心の持ちようではない。周囲が断崖絶壁の南大東島は、船を出すことさえ難しいのだ。遠いのだ。

アホウドリの減少を考えて契約期間を一年毎にしたのは正しかった。グアノ採取はまださほどの収益を生んでいない。やはり羽毛が主力だけに、一時的に経営は厳しくなるだろう。

「支配人」

多恵吉の声が尖っていた。

「おれとの話なんぞどうでもよいのでしょう。島民のことだってこれっぽっちも思っちゃいない。アホウドリはすでに北へ旅立った後だ。また秋になれば渡って来るか、それだけが気がかりなんだ。島民の安否でなく、アホウドリが戻るかが心配なのさ。もう少し情のある人だと思っていたが、見損なった。同じ八丈島の人たちなんだぞ。冷たいもんだ」

おい、と留吉は多恵吉を睨めつけた。

「見損なってもらっても結構だ。冷たい、可哀想だけじゃどうにもならんこともある。銭がなければ、ここの開拓も進められなくなるのだ。製糖機も入れて、鉄道も敷いて、これからだってときに、この知らせだ！　情だけでは、やっていけない」

「そんな物言いをすることはないでしょう？　島民は、玉置商会の仲間も同然ではなかったのですかね。鳥島からこっちに移った人間の中には、親兄弟を鳥島に残して来た奴もいる。権蔵さんや五助さんもそうだ。心配で胸が潰れるくらいなのに、サトウキビの刈り取りをしている。その気持ちも考えてくれ。皆、商会のため、会頭のためと汗を流して来たんだ。今もそうなんですよ」

「そんなことはわかっている」

多恵吉がガタリと椅子から立ち上がった。

「わかっちゃいませんよ。おれはここ数日、支配人が算盤を弾いていたのを見た。大方、今年、採れたアホウドリの羽毛がどのくらいの金高になるか勘定していたんでしょう？　それとも、砂糖の値がどれほどになるかですかね？　大勢死んだってのに、立派なことだ」

「知ったふうなことを吐《ぬ》かすな。馬鹿馬鹿しい」

怒鳴った留吉は身を翻し、表へと出た。

「血も涙もねえ」

多恵吉の大声が聞こえた。

売り言葉に買い言葉とはいえ、つまらぬ言い争いをした。

なんだというのだ。おれだって、まともでいられるはずがない。己の故郷である八丈島の者たちが拓いた島が全滅したなどにわかに信じられるものか。

くそっ、と留吉は地面を蹴った。

まさか、このような悲劇に見舞われるとは考えもしなかった。

いっぺんに百人以上失った。皆、どれだけの恐怖であっただろう。きっと少し前から、地震などの兆候《ちょうこう》はあったかもしれない。しかし、山が火を噴く前兆だと誰が気づくだろうか。もはや、その兆候も前兆も訊ねることは叶わない。

アホウドリの生息地が死の島になるなど、誰が予想できただろう。

南大東島が島の物産として大いなる期待をかけている製糖事業が始まる直前に飛び込んで来た、残酷で如何《いかん》ともしがたい事実。しかし、商会のことを考えれば、羽毛の採取がこの先続けられるのか、考えなくてはならないのも確かだ。冷たいようだが、今、南大東島にいる者たちの暮らしも守らねばならないのだ。それには製糖事業が軌道に乗るまで羽毛が必要なのだ。

今すぐにでも、鳥島に行きたい。島の有様を見るだけでも叶わぬものか。

ただ、焦れるだけなのが、口惜しい。

まもなく九月だというのに、島の陽射しは衰えることがない。高く並び立つビロウの葉がいくばくかの日陰を作り出すが、風に揺れる度に、地に光の輪が動く。

首元の汗を拭いながら、留吉は、事務所と通りを挟んで立つ半右衛門の屋敷を眺めた。

半右衛門は、あの日から屋敷の自室に籠もったままだった。息子の鍋太郎、鎌三郎でさえも寄せ付けずにいる。

鍋太郎から「親父と話をしてくれ」と懇願《こんがん》され訪れたが、半右衛門はついぞ姿を見せることはなかった。

部屋の前に飯を置いておくと空になっているので、食事はしているようだが、風呂にも入らずにいるようだった。

時々、うなされるような声が座敷の中から聞こえてくるという。

「放っておくわけにはいかない」

さすがに鎌三郎も父親の身を案じて、島に渡ってきたたったひとりの医師を遣わしたが、それも拒んだ。

半右衛門だけでなく、南大東島全体が喪《も》に服していた。当然だ、鳥島で亡くなったのは、八丈島から移住した者たちなのだ。皆が親戚のようなものだ。多恵吉がいう通り、鳥島から、南大東島に移って来た者もいる。残して来た者たちのことを思えば、どれほど無念であるか。いてもたってもいられないだろう。

悼《いた》む思いが、南大東島を覆っている。皆は朝夕となく、はるか海の向こうに手を合わせた。島中が泣いていた。

だが、どこかで誤報であってほしいとも思っている。

「アホウドリの祟《たた》りだ」

留吉はその声に振り返る。鳥島から来た権蔵だ。

「半右衛門の旦那が座敷に引きこもっているのは、アホウドリに取り憑かれているからだ」

「権蔵さん、くだらぬことを」

「半右衛門の旦那は幾羽アホウドリを殺した？　その命でどれだけ銭を稼いだ？」

留吉は眉をひそめた。

鳥島で捕獲を開始してから、十五年ほどになる。ざっと、六百万羽ほどであろうか。

権蔵は、首を横に振った。

「けど、旦那は直接手を下したわけじゃねえ。それはおれらがやったからな。アホウドリを叩き殺して、羽を毟って、肉を削ぎ、卵を拾い集めたのはおれたちだ。けど、それで旦那は長者になった。殺せば殺すほど、おれたちも銭になった。その銭で女房も子も飯が食えた」

「それなら後悔はないでしょう。人はそもそも他の生き物の命を食らって生きているのですから」

留吉がいうと、権蔵はあからさまに侮《あざけ》るような笑みを向けた。

「奴らを殺してないから、そんな能書き垂れられるんだよ、支配人さん。何年も何年も殺し続けるとな、何も感じなくなる。ガアガア騒いで、ヨタヨタ歩いている奴らに棒を振り下ろすだけですんじまうからな。けど、あるとき、ふと思ったのさ。人ってのは、なんて罪深く、欲深いものかとなぁ。正直、銭にはなるし、村も出来上がって暮らしやすくなっていった。けど、皆嫌気が差し始めてきてた。おれも潮時だって感じた。だから、こっちに移った。今、女房は寝込んでいる。自分の妹一家が残っていたからな」

そうか、と留吉は呟き、言葉を失う。

「あすこは殺生島だよ」

権蔵は煙草を取り出したが、火をつけず、指に挟んだままでいた。

「だから、自分で物を作るこの島のほうがいい。そのうち煙草の葉も植えるかなぁ」

そう言って軽く笑うと、留吉を一瞥して歩き始めた。

「なあ、支配人さんよ。半右衛門の旦那が屋敷から出てこねえのは、祟りのせいだと皆が噂している。おれだけじゃねえんだぜ。それにな、ここだって火を噴くんじゃねえかと言ってる奴もいる」

「それはないと思うが」

はっはは、と権蔵が肩を揺らして、振り返った。

「誰か、鳥島の噴火を予想したかよ」

留吉は眉根を寄せて、押し黙る。

「鳥島の奴らも逃げる暇なんざなかったろうなぁ。可哀想によ」

権蔵は、あたりを軽く見回してから声を落とした。

「悪いことは言わねえ、早く旦那を屋敷から引きずり出すことだな。でないと、他の奴らが屋敷に押し込むぜ。鍋大将と鎌大将は変わらず、狩りなんぞに出て遊んでいやがる。それも島民は気に食わねえんだ。あいつらも祟られてるに違いないってな」

留吉は言葉につまりながら、やっとのことでいった。

「噴火は会頭のせいじゃない」

「そんなの知るか。おれはサトウキビ畑ん中で、屋敷に乗り込むと幾人かが話しているのを聞いちまっただけだ。支配人さんは、友太郎を助けてくれたからよ。念のため伝えとく」

権蔵が、歯を見せた。友太郎は、先日、沖縄本島へと出た。

すまんな、と留吉は、ぎこちなく頷き、足早に事務所へ戻った。

半右衛門が島民に襲われる。そんなことになったら島がめちゃくちゃになる。息子ふたりでは制御できない。

まだむすっとしている多恵吉の腕を乱暴に取った。不満そうな顔を向けた多恵吉にいい放つ。

「半右衛門さんの屋敷に行く」

訪《おとな》いを入れると、鍋太郎が出てきたが、それを押しのけ、半右衛門の居室へと続く廊下を歩いた。

「多恵吉、島民たちの結束が乱れれば、開拓は進めることが出来ない。サトウキビから砂糖を作り、この島の産物にすることは急務だ。それが滞れば、移住して来た意味がなくなってしまう。鳥島の噴火で立ち止まっているわけにはいかないんだ。玉置商会の人間が諍いをしているわけにもいかない」

多恵吉は黙っていたが、強く首を縦にふった。

「おい、親父を引きずり出すつもりなのか？」

鍋太郎が慌てて後を追って来る。

「ともかく、半右衛門さんには皆の前に出てもらう。島民たちの不安を拭ってもらわないとならない」

「親父は、座敷を開けるなといっているんだよ、留吉」

「鍋太郎さんも鳥島で暮らしたのだろう？　なんとも思っていないのですか？」

「それとこれとは違うだろうが」

「いや、鳥島で共に暮らしたことがあるなら、尚更憎まれましょう」

留吉は半右衛門の居室の前で止まった。裏庭には、幹が三つに分かれたビロウがそびえている。三叉《みつまた》ビロウと呼んで、半右衛門の気に入りだった。

「島民にしてみれば、息子のどちらかが鳥島の者たちと死ねば良かったと思うのではありませんかね」

「ふざけたことを吐かすな」

鍋太郎が怒鳴り声を上げた。

「島民がここに押し掛けてくるかもしれませんよ」

「なんだと」

鍋太郎が留吉を睨めつける。

「騒がしいな」

障子の向こうから声がした。半右衛門の声が明らかに疲弊《ひへい》していた。

「留と鍋太郎だろう。入れ」

留吉と鍋太郎が顔を見合わせた。

「親父、入っていいんだな」

「ああ」と、しわがれた声だ。

「多恵吉もおりますが、よろしいですか」

留吉は、障子に向かって声を掛ける。

「構わねえよ」

留吉は、膝をついて、障子に指をかけ、開けた。

半右衛門は白装束《しろしょうぞく》を着て、蓮池《はすいけ》が見える南側の窓を開けて、座っていた。その周りには紙が散らばっている。

留吉は、それを見てはっとした。畳の上に広がっているのは写した経文——その一枚一枚に名が記されていた。

「終わった。鳥島の島民百二十五人分だ。なかなか思い出せない者もいたが、おれが名付け親になった子もいてな」

半右衛門は池を眺めたまま、静かに話した。

「ここには寺がまだねえからなぁ。こんなのは供養《くよう》ともいえないが、せめてもの償いになればと思った」

「あれは誰にも予想出来ません。助けることも叶わなかったでしょう」

留吉は頭を下げた。

半右衛門は、ひとりこうして鳥島の者たちと向き合っていたのだ。

いつから当たっていないのか、顔は白い髭に覆われていた。幾分痩せたようにも見えた。

「まあ、こっちに来いよ。ただな、湯も浴びていねえからちょいと臭うがな」

半右衛門は苦笑しながら、留吉たちを手招いた。

鍋太郎が先に入り畏《かしこま》る。留吉と多恵吉はその後ろに座った。

「八丈島は平地が少ないから畑も増やせない。漁に出るといっても漁場の取り合いになっちまう。仕事がなけりゃ、人は腐る。怠ける。生きることさえ億劫《おっくう》になる」

人の一生なんてよ、と半右衛門は息を吐く。

「突き詰めれば、食って寝るだけのもんだ。けどよ、それさえままならねえ、そうした奴らが息を吹き返すためには、どうしたらいいかおれは考えた。だから、おれは、八丈島の奴らに、暮らしを与えたかった。あそこに閉じ込められていることはないのだとな。新たな島を開拓して、村を作る。すでに形が出来ている場所に入るのは難しい。古参の者らに追従しなきゃならないこともある。しかし、一から自分の村を作るとなれば、皆、懸命になれる。八丈の者たちが楽しいと思える暮らしを与えたかった。その最初が鳥島だった」

多恵吉が唇を噛む。と、鍋太郎が口を開いた。

「親父、この島の者たちが、アホウドリの祟りだといっている」

「そりゃあ、祟られても仕方がないかもしれないな」

半右衛門は笑い飛ばすことなく、眉をひそめた。

「認めてどうすんだ。冗談じゃない」

「そう、かっかするな。鍋太郎。おれはアホウドリのおかげで、長者になった。だから、この南大東島を拓くための資金が出来た。でかい船を三隻も持てた。それのどこが悪い？　殺生で銭を稼いでなにが悪い。なら漁師はどうだ？　時化《しけ》で船が沈んだからといって、魚に祟られたというか？　人は、気に食わないことや、恐ろしいことが起きれば、必ず何かのせいにしたがる。そのほうが安心するんだ。いわせておけばいいのだよ」

「そ、そうだな、親父」

鍋太郎が顔を引きつらせながら、いった。

「さすがだな、親父。ともかくだ。ここで暮らせるのが、誰のおかげか、金を出しているのが誰かもわからない奴らのいうことなんか聞かなきゃいいんだ。気に食わないなら、八丈に帰ればいい。留吉、多恵吉もおたおたするな。戯言《ざれごと》は突っぱねてやれ、ははは」

と、多恵吉がぎりぎりと歯を食いしばりながら、口を開いた。

「祟りは別にして、ここも噴火するんじゃないかという不安が島民の中にあるようです」

まさか、と鍋太郎の顔色が変わった。

ないな、と半右衛門があっさり応えた。

「この島は珊瑚環礁だ」

「では、そのことを会頭から皆に伝えてやってくださいませんか？　鳥島の噴火のことだって、詳報《しょうほう》は伝わってこない。ただ恐怖だけが広がっていく。けれど、会頭は屋敷に籠もって出てこない。もっと不安が広がる。祟り話もそうした会頭の態度から出ているんです」

「おい、口が過ぎるぞ」

と留吉が多恵吉を叱り飛ばした。

「半右衛門さんは、こうして写経をして鳥島の民を悼んでいたんだ」

「それは今見たからわかりますよ、ですが――」

半右衛門が掌《てのひら》を多恵吉に向けて、制した。

「お前のいう通りだ。正直、おれもあまりのことにどうしていいのかわからなくなってたんだ。意気地のないことだ。そうだよなぁ、お前は鳥島に線路を敷くのに、島で長いこと暮らしていたんだものなぁ。それが軌道に乗ったから、こっちに来いと命じたんだ。おれより、辛かろうよ。辛いだろうよ」

半右衛門の声が優しいものに変わる。

多恵吉は、堪えきれず、ぐっと奥歯を噛み締めた。

よしっ、と膝頭を叩いた鍋太郎が、立ち上がる。

「辛気くせえ話は終わりだ。鳥島はもう使えないんだ。今度はここを盛り立てないとな。親父。おれと鎌三郎に砂糖は任せておけ。どんどん作らせる」

「ああ、頼むぞ」

鍋太郎は鼻をうごめかせた。

「ともかく、製糖はこの島を支える産物になる。質のいい砂糖ができれば、必ず売れる。もう羽毛には頼れない」

「安心しろよ、親父、サトウキビならいくら搾っても祟らねえ、ははは」

「鍋太郎」

半右衛門の低い声が響いた。

「なんだよ、親父」

「いい加減にしないか。おれはな、鎌三郎とお前が、島民から大将と呼ばれているのを知っているよ。それが、皮肉だってことにも気づかない馬鹿息子だってこともな。大学校を出ても、使えない奴はとことん使えない。お前らに無駄な学問をさせたと思いたくない。おれの苦労が水の泡だ。煙草の火で火事を出したのは――もうどっちでもいい。おれが死んだら、そっくりこの島がお前たちのものになると思うなよ。鳥撃ちして遊んでねえで、お前も、鎌三郎も性根を入れ替えろ」

わかったら、さっさと動け！　と、半右衛門は怒鳴りつけた。

鍋太郎は、怯えた顔で肩を窄めた。それを見て多恵吉がわざとらしくため息を吐く。留吉は多恵吉を肘で小突いた。

半右衛門が紙を集め、文机《ふづくえ》の上に揃えて置いた。

「鍋太郎、多恵吉、こいつをここで一番、見晴らしのいいところに埋めてくれ。鳥島に行って、一人ひとりの骨を拾ってやりたいが、叶わぬ今は、ただ成仏してくれとしかいえない。鳥島の奴らの魂をここで眠らせてやりたいからな」

半右衛門から差し出された百二十五枚の紙を、鍋太郎は神妙な顔つきで受け取った。

「さっさと行け」

鍋太郎がはじけるように腰を上げた。多恵吉を振り返り、顎をしゃくる。留吉も頭を下げると、半右衛門がいった。

「留は残れ。ああ、先に多恵吉、勝手にいって酒肴を用意させてくれるか」

「承知しました」

多恵吉と鍋太郎が揃って座敷から出て行く。

南国の陽が座敷に差し込む。

遠くから、島民たちのかけ声が聞こえる。島民らは収穫したサトウキビを背負子に山のように積んで運ぶ。製糖所に持ち込みにきているのだろう。島に線路が敷かれれば、それも楽になる。

「迷惑をかけたな」

「いえ。少しお痩せになったようですね。まさか、あのようなことをしているとは」

半右衛門が苦笑いする。

「おれは、百人以上の命を奪った。なにをしようが、許されるものじゃない」

「島が噴火するなど誰にもわかりません。半右衛門さんのせいじゃない」

「いや、おれは、志賀先生から聞いていた。あそこは火の山の島だと。噴火の前には、必ずいろんなことが島に起きるってな。水が温《ぬる》くなったり、地面が揺れたり。おれはそれを島民には伝えなかった」

「どうして？」

「それでなくても減収していたんだ。銭が稼げなくなっていたんだ。こっちの開拓が滞る。山が火を噴くかは誰にもわからないんだ」

留吉は身を乗り出す。

「だとしても、いうべきだった。わずかでも兆しに気づいた者は島を出たかもしれない。島民全員が犠牲になることは避けられた。半右衛門さんがすべての責を負う必要はないとしても、いうべきだったと思います」

「わかってるよ。留、おれが、南大東島すべてを玉置商会にするといったのは覚えているだろう？」

もちろん、と留吉は頷く。

「その足掛かりの島島を失った。おれは、心底、落胆した。一番儲けが出る場所を失ったんだからな。それを取り戻すためにも、この島でやらねばならないことがある。それには、百枚の写経だろうが、なんでもやる。島民の気持ちがここから離れないようにな。暮らしのすべてが成り立ち、仕事が行き渡るようにする」

半右衛門の眼が険しくなる。

だからな、と懐から、巻紙を取り出し、留吉の前に広げた。

「これは?」

「今後、ここを玉置商会にするための策だ。落ちついて吟味してくれ」

巻紙を留吉は眼で追いながら、半右衛門の決意が並々ならぬことを感じ取った。

鉄道敷設、沖縄、大阪からの定期便船、牛、豚、鶏などの家畜、サトウキビ以外の農地の開拓、学校、病院、商店――。

学校は、すでに医師が寺子屋程度のものを開き、読み書き算盤を教えている。だが、半右衛門は、学校を建てると話した。

「おれが小さい頃は、学校なんてものはなかった。島で富蔵さまが開いていた手習い所で学んだだけだ。昔は勘と度胸だけでやれたが、今は違う。これからは学がなけりゃ、騙されたり、仕事に困ったりもするだろう。おれは、息子たちを大学校までやって学士さまにした。これから商会を担う息子たちは、人に敬われなきゃ駄目だ。島民が増えれば、子も増える。学校は必要だ。でないと、移住しようという若い家族も集まらない」

外界との連絡手段がないと不安になる。早急に定期便船は必要だ。物資の不足も補える。

留吉はじっと見入ってから、口を開いた。

「内地と常に繋がっていることが島民の安心にも繋がる。今は、手紙のやり取りすら数ヶ月かかってしまう。だとすれば、郵便を扱う事務所も作らねばなりません」

留吉は島が、内地の生活に近づいていけば、移住者もさらに増えると感じた。住居はむろん、人手がいくらでもほしい今は、十分な仕事が得られ、向後、教育、医療、通信、定期便船が整備されれば、南大東島はきっと魅力的なものになる。

ごめんくださいませ、と勝手を預かる女がふたり、廊下に膳を運んで来た。

年増の女が、嬉しそうに言った。

「旦那さん、やっとお元気になられて」

「すまなかったな。湯を沸かしてくれるか。垢を落とさねば」

「はい。うちの亭主が、旦那さんはアホウドリになっちまったんじゃないかって、馬鹿なことをいってたんですよ」

「おう、それは心配をかけたな。ほれこの通り、羽は生《は》えておらんのでな、安心しろ」

半右衛門は袂《たもと》をひらひらと振った。

ふたりの女たちは、戯《おど》ける半右衛門を見て笑いながら去って行った。

「祟り話は島中に広がっているのだな」

「そのようです。早いうちに皆に顔を見せませんと」

留吉は、徳利《とっくり》を取る。

半右衛門が、うまそうに酒を呑んだ。

「郵便は玉置商会が一手に引き受ける。学校も病院も、日用雑貨を扱う商店もすべて玉置商会が経営する」

留吉はわずかに疑念を感じ取る。

「では、個人で商売をやりたいと移住を考えている者は――」

「すべて玉置商会が営めば、認める必要はない。そのほうが厄介事も少ないだろうしな。製糖事業はむろんのこと、サトウキビもうちがすべて銭を出しているんだ。他の商人は受け入れることはない。無駄なんだよ」

それとな、留吉、と半右衛門がにやりとした。

「銭を作ろうかと思っている」

留吉は絶句した。

「玉置商会の札だ。その昔、藩札ってのがあったじゃないか。それと同じだ。この島だけで通用する銭だ」

「じゃあ、賃金もそれで支払うと」

留吉はあまりにも突飛な発想に恐る恐る訊ねた。

「そうだ。島民は、商会の店で雑貨も日用品も、その札と交換する。どうしても内地に行くという場合には換金すればいい。つまり、島の中では、商会の作った札しか使えないということだ。ここで生きていくのに、この島で暮らす限りなんの不便も感じないはずだ」

この島すべてが玉置商会になる。まことに半右衛門はそれをやろうとしている。

「ここが理想郷だ。楽園になるんだ」

楽園――。

半右衛門は、酒をあおった。

「ああ、うめえなぁ」

熱く、湿った風が座敷を吹き抜けていく。

「あははは」

半右衛門の笑い声が留吉の耳の奥にいつまでも響いた。

二

留吉は噴火からひと月後、島が秋の暴風雨に襲われる前に東京へ戻った。大番頭の七五郎への挨拶もそこそこに、此度の始末に奔走した礼をいい、損害を訊ね、倉庫に足を運び、羽毛の在庫を確かめた。それらを書面に起こす。半右衛門から言い付かってきたことも早急にしてのけねばならない。七五郎に、半右衛門の盟友ともいえる地理学者の志賀重昂へ電報を出すように伝えると、留吉は上着を羽織った。自宅に戻る暇もなさそうだ、とため息を吐き、扉を開けたとき、

「ああ、留吉さん、これこれ」

七五郎が慌てて風呂敷包みを差し出した。

「鳥島の噴火の報道がされた新聞を集めておいたものだよ」

「あ、ありがとうございます」

留吉はそれを受け取ると、脇に抱えて事務所を出る。新橋停車場で汽車に飛び乗り、横浜へと向かった。横浜までは五十分。二等車の座席で新聞を広げた。

新聞各紙『鳥島大爆発』『悲劇の島』『島民絶望　死の島』などの見出しが躍っていた。

鳥島噴火を発見したのは、日本郵船の船だったという。島の南西の海上から、噴煙を確認。汽笛を鳴らし、島に近づいたが、家屋も人影もすでになかったとあった。

ふと、アホウドリの祟り、と書かれているのを見て、留吉は唇を噛む。

南大東島でもそうだった。祟りなどつまらぬ因縁話だ。そう思っても、殺生を繰り返し、大金を得ていた事実がある。妬みがいわせる場合もあるが、殺生をしていた当事者たちはその罪悪感から口にしてしまうこともあるのだろう。

いずれにせよ、祟りなどで噴火は起きない。留吉は、何よりも犠牲になった者たちに想いを馳せた。鳥島に連れて行かれたのは、いつのことだったか。火山島らしい岩だらけのゴツゴツした地もあれば、短い草やススキ原が広がる斜面もあった。なにより美しい光景だったのは、アホウドリが旋回しながら飛ぶ鳥柱だ。自然と生命の力強さを見た。

ガタンと大きな振動が身に響いた。横浜だ。留吉は新聞をまとめると、足早に汽車を降りた。

大口の契約者であるウィンケル社、ジャーディン・マセソン商会は、思いがけず事情を考慮し、無理難題を押し付けてくることはなかった。それどころか、半右衛門への見舞いの言葉まで述べた。

何やら肩透かしを食った気分だったが、留吉は安堵した。万が一、契約不履行《ふりこう》を喚いてくることを考え、どれだけの羽毛をいつまで納めることができるか、書面にしたが、それを提示するまでもなかった。

ふたつの老舗商会が強硬な態度でなかったのには、ここ数年の間に、別の開拓者と取引を行っていたのが幸いした。中でも水谷新六《しんろく》が発見した南鳥島は、羽毛の他に、アホウドリ等の剝製やグアノで引く手あまただった。ともかく、長期契約にせずに助かったと留吉は胸を撫で下ろした。数年ぶりに足を向けた横浜のウィリアム商会では、留吉の甥である徳太がすっかり大人びた顔になり、一人前の商館番頭になっていたのには驚いた。ウィリアムがしっかりと仕込んだのだろう、今では異国の陶器や銀製品を横浜の商店に売り込み、また日本の焼き物などを異国に送っているのだという。

「鳥島は災難だったね」

ウィリアムとの久方ぶりの再会の挨拶がこれだった。留吉はただ頷き、謝罪した。

「これは災害だ。玉置商会に落ち度はないよ。防ぐことは無理だ。半右衛門さんはどうだい？さぞ辛いことだったろうね」

「今はだいぶ気力を取り戻しましたが」

詳しいことは語らなかったが、ウィリアムはそれで得心してくれたようだった。

その日は、ウィリアムの屋敷に泊まった。積もる話で和《なご》やかな時を過ごしたが、留吉の心は鬱々《うつうつ》としていた。

再び車上の人となる。車窓からは海が見えた。留吉は飛ぶように流れていく景色を眺めながら、こうして人の一生も過ぎ去っていくのだと、ひどく感傷的になっていた。が、不意に、半右衛門の言葉を思い出し、息を吐いた。

南大東島を離れるとき、半右衛門は、

「世間はおれを責めたりはしない。おそらくその逆だよ」

そういって、二通の書状を留吉に手渡した。一通は志賀重昂、もう一通は榎本武揚宛だ。

半右衛門は、南洋進出と、移住、植民を推進する榎本が立ち上げた『殖民協会』に名を連ねている。その強力な伝手を頼って、此度の鳥島噴火の悲劇を訴えるつもりでいるようだ。むろん、書状の中身はわからない。が、半右衛門が留吉に命じたのは、志賀に会い、書状を手渡すことだ。

新橋の料理屋に志賀が先に到着していた。が、志賀と向き合って座っている壮年の男がいた。肌は日焼けして浅黒く、まとった小袖からもその筋骨のたくましさが見て取れた。しかし、顔は一見、いかつい印象だが、その顔立ちは怜悧《れいり》なものだ。

「やあ、久しぶりだね。先にやっていたよ」

口髭を蓄えた恰幅の良い身体を揺らしながら、志賀が笑みを浮かべた。

「遅くなりまして申し訳ございません」

留吉は座敷に入るなり、丁寧に頭を下げた。

「留吉さん、紹介するよ。水谷新六くんだ」

これは驚いた。半右衛門に勝るとも劣らない情熱で、海を渡っている男だ。

「初めてお目にかかります。南鳥島の水谷さんですね。私は、玉置商会の菊池《きくち》留吉と申します」

すると新六が、ああ、と嘆息《たんそく》した。

「鳥島のことはまったくもってお気の毒でありました。まさか、大噴火となるとは。私も玉置商会とは比べ物になりませんが、南洋の商いをしているものですから、他人事《ひとごと》とはとても思えません。会頭さんはさぞやお力落としのことでございましょう」

「かたじけのうございます。今は南大東島にいるため、鳥島の状況がどうなっているのか焦れております」

志賀が、さもありなん、と口惜しげに頷き、留吉を手招いて、盃を取るよう促した。

「それで、留吉さん、横浜の商会とは」

「おかげさまで、災害ということもあり、ご理解をいただきました。新規の契約は難しいが、此度の契約満了までは納品できるだろうと伝えましたら、納得してくれました。納品分が不足していたなら、別の業者から買い取ることも覚悟しておりましたが、幸い倉庫にはまだかなりの羽毛がありましたので」

「それはよかった。さ、こちらにこちらに。少し陽に焼けたね、留吉さん」

留吉は、膝で進むと盃を取った。

「うろ覚えで失礼ですが、水谷さんは、硫黄島の調査をした横尾東作さまの――」

「ええ、かつて横尾さんの恒進社《こうしんしゃ》で事務をしておりました」

やはり。横尾東作は南進論を説き、南洋探検に早くから出ていた。半右衛門とは、歳もほぼ同じはずだ。硫黄島の調査に当たったときは半右衛門も同行していた。ただし、半右衛門とは、出自が大きく異なる。横尾は仙台藩士であり、若い頃は江戸に遊学し、藩命により横浜で英語を学んだ俊英だ。

「しかし、やはり玉置会頭の鳥島、南大東島の開拓への並々ならぬ熱情は我らのような理屈が先に立つ者にはとても敵うところではありません」

新六が自分を納得させるようにいった。

「もう十五年ほども前になりましょうか、新聞で連載された小説は会頭さまそのものを描いた物語と思っております。あれに憧れた者は多かったのではないでしょうかね。我も我もと海に出た」

留吉は苦笑した。当時は、海洋小説と銘打った冒険家たちの小説が流行した。孤島を発見し、開拓をし、分限者になる話だ。

確かに、半右衛門の鳥島開拓や、それこそ横尾東作のような探検家たちが元になっているのだろう。横尾東作は、西洋の地図を元にして南洋群島の案内書まで刊行していた。

ただ、と留吉は思う。

小説や無人島の案内書が人々に関心を持って受け入れられたのは、国の利益や軍備、領土拡大などといった政治的な思惑がなかったからだ。あくまでも、人の好奇心をくすぐる、冒険心を掻き立てる、なにより一攫千金の夢があったからだろう。

豊富な資源を求め、国の利益、経済の発展を唱え南洋を目指すという大義など、半右衛門のような叩き上げの者たちは、利用はしても、使命感は二の次ではある。

それでも、半右衛門の行動の根底には、八丈島が常にある、そう思っている。

「南鳥島の発見は、どのように？」

南鳥島は、おそらく現在、日本国最東端の島になるはずだ。

「実は、別の島を探していて偶然、見つけたのですよ。あの島では――」

と、志賀が割り込むように声を上げた。

「燐鉱《りんこう》が見つかったのだったね。なあ、新六さん。燐鉱は肥料として有望だ。これからは捕獲制限されそうな羽毛より大きな商いになるやもしれんぞ。しかし、ふた月前のことだ。アメリカにもう少しで取られるところだった」

聞けば、アメリカの商人が、グアノ採取のため上陸するという報告があり、すでに日本の領有が認められている島であることから、政府はそれを阻止するため軍艦を派遣したのだという。

アメリカ商人は自分が、南鳥島を発見したと主張したが、そこで事業は行われていない。すでに日本では水谷新六が島に労働者を派遣していた。国際法では先に占拠することが有効とされており、アメリカ政府もそれを了承して、自国の商人側の訴えを退け、事なきを得た。

「実は、中部太平洋のミッドウェー諸島にも日本人がいるのだが、その領有について、我が国は干渉しないと表明している。アメリカはそれもあり、南鳥島で強行するのは得策ではないと思ったのだろうな」

志賀は自ら銚子を傾け、盃に酒を満たす。

留吉は唖然とした。日本人は本当にはるか遠くの島に出て行っているのだ。それでもなお太平洋上の孤島を目指し、南進を続けている。どこの大陸とも接していない日本は、太平洋に飛び石のように孤島を占有して、世界を巡ろうとしているのだ。

「まあ、南鳥島のゴタゴタは鳥島の噴火のときと重なっていてね。大変だったよ。私は噴火のあった半月後に様子を見に行ったのだがね」

留吉は、眼をしばたたく。

「新聞記事は読みましたが、実際上陸されたということですか？　それで島の様子は？　人は？」

留吉は腰を浮かせて、言葉を並べ立てた。

まあ、落ち着きたまえ、と志賀にたしなめられ、留吉は、息を整えた。

志賀の口からもたらされたのは、絶望的な鳥島の姿だった。鳥島は、島の中心の火山口が吹き飛び、玉置村と呼ばれていた海岸周辺はすべて埋没《まいぼつ》し、島民の探索も行ったが、遺体はなく、百二十五名は行方知れずのまま死亡とされたという。

やはりそうだったのか。留吉は拳を震わせる。ただ、無念の思いが胸底に広がる。水谷新六もまた悲痛な面持ちで志賀の話を聞いていた。

だが、事実を聞かされ、悲嘆に暮れている場合ではなかった。留吉は志賀に頼まねばならないことがある。

深く息をすると、背筋を正し、脇においた風呂敷包みを解いて、二通の書状を取り出した。

志賀が怪訝な表情をする。

「会頭から、先生と榎本武揚侯へ。鳥島の今後についてお頼みしたいことがあると」

志賀は自分宛の書状を開き、眼鏡を指先で上に上げると、素早く眼を走らせた。

次第に表情が変わる。

「な、んと」

眉を寄せ、口元を引き締める。険しい顔だ。留吉は書状に綴られた文言は知らない。だが、半右衛門から言付かった言葉を伝えた。

「新聞社の記者を紹介していただきたいのです」

志賀は、はっと眼を見開き、唸った。

「半右衛門さんは、この悲劇を利用しようというのかね？」

利用ということでは、と留吉は困惑しながらも、ゆっくり頷いた。

半右衛門は、鳥島での羽毛採取をまだ続けようと思っていたのだ。島民が全滅した噴火が起きようと諦めていなかった。

志賀は腕を組んで、沈思する。

「どうか、お願いできませんか？　まだ噴火の記憶が新しいうちに」

「留吉さん、それは、君も望んでいることかね？　子どもの使いじゃないのだよ。君はどう思っているのだね？　見解を聞きたい」

眉をひそめる志賀に問われ、留吉は言葉に詰まった。私は――。

押し黙る留吉に、志賀はいささか呆れた口調でいった。

「まさか、半右衛門さんから提案されるとはね。むろん私は、学者として、鳥島をこのままにしておくわけにはいかないと思ってはいたが」

と、志賀は新六を窺った。新六が口を開く。

「我々開拓者は、協力者はおりますが、突き詰めれば独りです。政府も開拓が上手く進めば、急に色気を出してくる。それは学者先生もそうです。いかに有益な島かと集まってくる」

「耳が痛いな」と、志賀が苦笑する。

「いえ、志賀先生は我らにとって必要なお方ですよ。早くから南洋進出に熱心で協力的でいらした。助言もしていただいている。ただ、海に出るには金がかかる。開拓に失敗すれば、無一文。開拓民とて一枚岩ではない。銭になるから集まる。仕事がきつくて投げ出される。銭をこちらが渋れば、あっという間に逃げ出す」

そうした苦労は、会頭さんも同じでしょう？　と新六が留吉を見る。

「もちろん鳥島でも南大東島でも出稼ぎ人を募りますが、会頭の場合は、有象無象《うぞうむぞう》より、故郷の者が多い。ですから、縁が深いのですよ。もともと島暮らしの者たちであれば開拓の知恵もある。それは内地から孤島に入るただの出稼ぎ人とは違います。ですが、今はそうしたことを問題にしているのではありません。鳥島の存続を考えていただきたいということですから」

留吉がきっぱりいい放つと、新六は鳥島存続か、と呟き口を閉ざした。

半右衛門は八丈島の者たちに暮らしを与えたかったのだ。新たな土地を得て、仕事をする。家族を作り、住みよい場所を作り上げる。食に困らない新しい場所には希望がある。生きる上での励みとなる。半右衛門は、それを分け与えることができると若い頃から考えていた。だからこそ、留吉は玉置半右衛門を見続けてきた。半右衛門が描く開拓の完成形がいつ訪れるのか、その望みがどのような形で叶うのか。最初の目撃者でありたいと思っている。

「なるほど」

志賀がじっと留吉を見つめる。

留吉は、頭を巡らせた。言い訳めいた、あるいは情に訴える物言いでは志賀は納得しないだろう。半右衛門は決して損得ずくではない。利益欲しさではないと留吉は信じてもいた。留吉は腹に力を込めた。

「鳥島の噴火は玉置商会にとって、正直大きな痛手です。南大東島の開拓も進み、製糖作業も始まりましたが、まだまだ上質な物とは言い難く、量も少ない。軌道に乗るまでは、鳥島での利益は欠かせないものでした。志賀先生の唱える南洋進出が、日本国にとって必要であるとお考えならば、鳥島、南大東島のふたつをこのまま失うのはどうでしょうか？　それは我が国にとっての損失にはなりませんか？　それこそ、新六さんの南鳥島がアメリカ商人に狙われたのだとしたら、大東諸島にも進出してくる可能性があります。いえ、アメリカ人のかつての上陸跡も南大東島にはあります。そのさらに南のラサ島も諸外国から狙われている可能性がありましょう。いかがでしょう。鳥島をこのまま死の島にしておくのは得策ではないと考えています。しかし、そのためには金がいる」

留吉はひと息に吐き出し、志賀を見据えた。

志賀が、大きく息を吐いて、留吉を見返してくる。

「承知した。助力しよう。以前、鳥島に渡った記者がいたろう？　またその者に書かせればいい。あの男なら、同情を誘いながらうまく書いてくれる。それを各社に配ろう。で、その代わりといってはなんだがね、これについては留吉さんに任せたいのだが、どうだね？」

「しかし、私は島に戻らねばなりません」

「いや、東京の玉置商会は留吉さんが預かるべきだ。この件にしても監査として入ることを望む。これについては、私から半右衛門さんに伝えておこう」

「承知しました」

留吉が頭を下げると、

「ときに、依岡さんはどうしているかね。まさかとは思うが、南大東島にいるのかな？」

志賀が訊ねてきた。

留吉は苦笑しながら、銚子を取った。

「先生のまさかは大当たりですよ。製糖機が作動したのを見届けると、船に乗って、グアムに行くと。先日は、獲ったカニばかり食べていると電信がありました」

志賀と新六が顔を見合わせて、笑った。

「どうにも一ヶ所に留まっていられない男なのだなぁ」

志賀が呆れながら、盃をあおった。

「半右衛門さんと同じですよ。陸地にいては、尻がムズムズしてしまうのでしょう。海に出る男は皆そうなのかもしれません。ラサ島を再び目指すといっておりましたが、さて今はどこの海にいるのやら」

息を洩らした留吉が眼を移すと、新六が肩を揺らして笑っていた。

志賀との対面から日をあけず、新聞各紙に鳥島の義援金募集の記事が出た。

三

真っ直ぐ空へ向けて立つビロウの木々の葉が、さわさわと音を立てて揺れる。その下には、少し傾いた陽の光を浴びたサトウキビ畑が、見渡す限り広がっていた。

開拓された土地は、およそ千五百町（約十五平方キロ）にもなった。それは、南大東島の中央の湿地帯を除いた土地の約半分にも及ぶ。眺めは壮観だ。

高木、低木、蔓草のはびこる密林が、サトウキビの畑に変わった。

入植から十年が過ぎた。

畑では、半裸の男たちが、鎌を手にキビ刈りに精を出している。

サトウキビは、おおよそ三寸（約九センチ）から五寸（約十五センチ）間隔に節があり、それが竹によく似ていた。生育すると八尺（約二百四十センチ）以上にもなる。温暖な気候の南大東島では、年に二回の収穫が可能だ。

サトウキビ以外にも、芋類や、豆類、根菜類なども多く栽培され、果樹類もパイナップル、バナナ、マンゴーといったものが小笠原諸島などから取り入れられ、もともと土壌がよかったのか、今ではかなりの収穫量になっている。

島民の数は四百名をゆうに超えた。独り者もいるが、一家での移住も増えている。ほとんどが八丈島、沖縄本島からやって来た者たちだ。開拓当初は、西海岸側の事務所近くに幾つかの家屋があったが、圃場《ほじょう》が広がるにつれ、幾つかの集落が出来始めている。

とはいえ、家屋の屋根は変わらずビロウの葉だ。

留吉は、一年振りに南大東島にやって来た。

明治四十三年（一九一〇）の春を迎えた。

東京の玉置商会を切り盛りしながら、これまで島と東京を幾度も往復しているが、来る度に栄えているのを感じた。沖縄本島から遠く離れた無人島はすっかり人が暮らせる島となった。

砂糖の島として、内地でも知られている。すでに病院、郵便局、小学校もある。校長を務めるのは、八丈島の者だ。通っている子どもは百五十人にも及ぶ。校名は『南大東島玉置小学校』だ。

留吉は多恵吉とともに事務所を出て、島に敷設した軽便鉄道の様子を見に行く途中だった。手押しのトロッコ鉄道ではあるが、収穫したサトウキビを南の製糖工場まで運搬している。今は一本だが、これを延ばし、島をぐるりと一周させる工事がまもなく始まる。

牛を引く少年がすれ違いざま、ふたりに会釈をしていった。

「年の初めに、三回目の村会議員の選挙が行われました。ですが、この島で選挙が行われるとは思いませんでしたよ。支配人の提案ですか？」

多恵吉が島を貫く本道を歩きながら、サトウキビを見上げる。

「違うよ。私は権蔵さんら島民の総意を半右衛門さんに伝えただけだ。各集落も含め、ここの島民のすべての生活は玉置商会が面倒を見ているにしても、当然ながら不満は募る」

「やはり銭のことが一番だったのではないでしょうかね。当時は、沖縄からの出稼ぎ人には給金が支払われていましたが、島民には銭が支払われない。土地を開墾して、作物や砂糖を作っても、見返りがないんですから」

まあ、この島では銭を使うことが、まずないですがね、と多恵吉が苦笑し、上着の衣嚢《いのう》から紙幣《しへい》を取り出した。

縦三寸半、横二寸半の紙の上部には玉置の「T」の文字と「南北大東島通用引換券」と印字され、中央には大きく「金壱圓」とある。

「それか」

と、留吉は顔を曇らせる。半右衛門がその構想を語っていたが、まさか本当に紙幣を造るとは思わなかった。正式には物品引換券であり、沖縄県はむろんのこと内地でも通用しない。ここでは玉置紙幣と呼ばれ一銭から十円まで六種類がある。

この島では、報酬、日用品とすべてをこの玉置紙幣で賄う。

ただし、生活雑貨を売る店は玉置商会が営んでいるため、その利益は商会のものだ。砂糖の収益は、島民と商会で分配するが、支払われるのもこの玉置紙幣だった。

むろん、南大東島は沖縄県の管轄《かんかつ》にあるのだが、遠く離れたこの島には行政は及ばない。警察でさえも、商会が雇っている。ここは玉置半右衛門の島であり、島民は玉置商会のために汗水垂らしている。

これが――。

「沖縄から何かいわれるのは嫌だからなぁ。いい方策はないだろうか？」

数年前に半右衛門から相談された留吉は、島でも人望を集めている権蔵ら数人を集め、集落ごとの代表者を決めるのはどうかと提案した。

それを島民の意見だとして、半右衛門に勧めたのだ。

「数人の議員を選んで、会議を開く。そうすれば、沖縄の役所も文句はいえまいよ」

半右衛門は満足して、すぐに了承した。

「選挙はどうなったんだ?」

「滞りなく。支配人は一回目も二回目の際も東京でしたけど——権蔵さんがすでに引退して、多少村会議員の顔ぶれは変わりましたが」

「なんだよ、歯切れが悪いな」

「ようは、自治などないということです。議員たちはいまだ会頭の相談役みたいなものですね」

留吉は眉をひそめる。

ここはすべてが玉置商会になると、かつて半右衛門はいった。まさにその通りになったということだ。

留吉の胸底が揺れ動く。

これが——半右衛門の望んだことなのか。

開拓当初は皆が協力しなければ、木の伐採もできない、家も建てられなかった。皆が気持ちを同じにしている間は不平を感じずにいられる。皆が、辛苦も喜びも同じだけ分かち合えていた。だが、人が増え始めれば、差が出て来る。

「集落が出来れば指示役やまとめ役が必要になるのは当たり前だ。半右衛門さんとて、全員の声を聞くことは不可能だからな」

「けれど、村議会は名ばかりというのでは、いずれ別の不満が頭をもたげませんか」

「それも考えているさ。それでも軽便鉄道や製糖機、砂糖の島にしたのは半右衛門さんだ。その功績はある。皆が頼るのも当たり前だが」

心配はある。半右衛門の威光が及んでいるうちはいいが、息子たちはいまだ島民たちに好かれていない。村議会が機能しなければ、あっという間に商会も立ち行かなくなる。

「そうだ。大東神社の祭礼も年々賑やかになってますよ。八丈島と沖縄のいいとこどりの祭りですからね。ほら、神社の前には、シーサーがいますし。はじめは妙な感じがしましたが、不思議と鳥居と馴染むものですね。狛犬に似てるといえば似ていますからね」

多恵吉がくすくす笑う。

「心の拠《よ》り所を作らないといけないと、半右衛門さんがいい出したのだよ」

多恵吉が、へーっと眼を瞬《また》いた。

「会頭は誰より神仏なんぞ信じない性質だと思っていましたが」

「そうでもないぞ」

半右衛門はいまだに近藤富蔵から渡された一本のわらしべを守り袋に入れて持っている。粉々になって形を留めていないと、ずいぶん前に半右衛門から聞かされたが、それがこれまでを支えてきたのだろう。人が、よるべにするのはなにも神仏とは限らない。先祖や、それこそ自分が信じているものでもいいのだ。

ただ、半右衛門にとって、わらしべがもたらす最後は一体なんであるのだろう。

流人の島で大工の腕を磨き、開港地横浜で異人の家を造り、小笠原の父島開拓に加わり、それが頓挫すると、八丈島の特産である紬《つむぎ》、黄八丈で身を立て、鳥島の羽毛で長者になった。東京の屋敷は信天翁御殿と呼ばれた。

わらしべ一本で長者になるなら、鳥島で上がりのはずだった。

けれど、半右衛門は、それでも飽き足らず、南大東島の開拓に当たった。

金儲けだけなら、危険をかえりみず、わざわざ海を渡りなどはしない。

悠々自適な隠居《いんきょ》暮らしが送れるはずだった。それでも、半右衛門は海に出た——。しかも、沖縄本島からはるか離れた大海の孤島だ。これまで、幾人かが挑んで失敗したこの無人の島を人が暮らせるものにした。けれど——。

「痛っ」と、多恵吉がいきなり声を上げ、指先を押さえた。

留吉は指先を口に含んだ多恵吉を笑いながら見る。

「おいおい、サトウキビの葉は刃物のように鋭いんだ。何年、ここにいるんだ」

多恵吉は顔をしかめて、再びサトウキビへ眼を向けた。

「しかし、こいつらはすごいですよね」

感心したようにいったのを、留吉が訝る。

「強いってことですよ。去年はカジフチがすごかったでしょう?」

「カジフチ? ああ、野分《のわき》のことか」

南大東島は暴風雨の通り道だ。秋になると、大の男でも飛ばされそうなほどの激しい風雨にさらされる。けれど、水資源の乏しい島にとっては恵の雨にもなる。

しかし、サトウキビは風を受け、薙《な》ぎ倒されても、また立ち上がる。水が乏しくて枯れても、雨が降ればまた元の姿を取り戻す。多恵吉はそれをいっているのだ。

くしくも、それは半右衛門の生き様のようでもあった。

挫《くじ》けず、挑み続ける。

熱情を決して失わず、心は常に何かを求めている。留まることがなかった。

「支配人、知ってますか。南大東島の犬は暴風に耐えて、地に足をつけて踏ん張るから、短足になったって」

「馬鹿いうなよ。だったら、人も短足になる」

犬を誰が連れてきたんだったか。二回目の上陸のときだったたか。

「お前、事務部長になったんだろう。妙な話をするんじゃないよ。この先、もっと励まないとな」

「でも、まさか三男の傳さんが商業部長になるとは、思いもよりませんでした。おれはてっきり、長男の鍋大将が就くと思っていたので」

そうだな、と留吉は返した。

半右衛門は、いち早く南大東島に送り込んだ長男、次男を退け、三男にこの島を任せた。

それを快く思っていないのか、ふたりは島の仕事からすっかり逃げ、遊び呆けている。

「支配人さん、島に戻ってくれませんか？」

遠くから、威勢のよい声と、ガタガタと音が響いて来る。トロッコがこちらに向かって来るようだ。畑は青々とした緑をたたえ、皆が働き、行き交う者たちは、留吉と多恵吉に声を掛け、笑顔を向ける。

ここは、本当に楽園になったのだろうか。

「東京の事務所も忙しくてな」

「鳥島のアホウドリですか？　今はどのくらいの収益になっているんです？」

「六千から七千円というところだ。最盛期に比べれば十分の一だが、そもそも飛来するアホウドリの数も減っている」

「義援金はすべて鳥島に注ぎ込んだのですよね」

ああ、と留吉は頷く。新聞掲載の効果はすぐに出た。義援金はまたたく間に集まった。なにより留吉が仰天したのは、この悲劇に対して、皇室から弔慰金が送られたことだ。ここまで影響があるとは想像だにしなかった。結句、二万円近くが集まったのだ。

いつからだろう。どこか半右衛門に対して違和感を覚え始めたのは――。

噴火後、しばらくして半右衛門の手船で、ともに鳥島へ渡ったときか。

志賀の言葉通りだった。遠くから眺めても、島の形が変わっているのが見て取れた。上陸してさらに啞然とした。敷物を敷いたような緑の草原は、一面岩だらけの灰色に変わっていた。島民の亡骸《なきがら》は結局、一体も見つからなかった。

これはもう、アホウドリは来ないだろう、ここはまさに死の島なのだ、と留吉は絶望的な気分になった。が、

「留、こっちへ来い。草だ、岩の間から草が出ている」

半右衛門が叫んだ。留吉が慌てて駆け寄ると、確かに草だ。

他も探せ、と半右衛門が声を張った。眼が血走っている。留吉も他の者たちも島に散る。あちらこちらに柔らかな草が生えている。歓声が上がる。自然とは凄いと、留吉は胸を熱くしたが、同時に畏怖を抱いた。地を無残に変えた噴火。人の命を一瞬で奪った火の川。

しかしまた、島は元の姿を自ら取り戻そうとしている。

この島にとっては、ただ自然の循環《じゅんかん》でしかないのだろう。

半右衛門は腰を落とし、岩の草を抜き、愛おしげにその感触を確かめると、

「アホウドリは来る。必ず来るぞ。再開だ。もう一度、ここを開拓する」

まるで宣言のように言い放った。

その帰路の船上での話だった。羽毛の採取ができると、興奮する半右衛門に、義援金の一部は犠牲になった島の者たちの縁者の見舞金にすべきだと留吉は提案した。実際、島の者たちが東京の事務所に訴えに来たことがある。息子を亡くした、夫を亡くした、そういう者たちだ。

それを訴えたが、

「馬鹿いうなよ、留」

と、暗い眼をむけた。

義援金は鳥島の再開拓の資金だといい切った。

「死んだ者の縁者はどうせ銭目当てだ。いっときの銭など受け取っても、あぶく銭だぞ。すぐ使ってしまうのは眼に見えている。情けなど、今は忘れろ。羽毛採取が優先だ。商売人が眼の

前に転がるお宝をほっとくのはどうだよ。今銭を与えるより、またアホウドリが来るようになれば、八丈の者を送り込めばいい。仕事を与えることのほうが肝心なのだよ。長い眼で見ろ。いくらでも働き手はいるんだ。替えはきくんだ。島の奴らを引っ張ってくればいい」

そして、その通りになった。激減したとはいえ、アホウドリは戻り、八丈島の者たちは再び鳥島に渡った。

結果としてはよかったのかもしれない。いや、よかったといえるのか。

半右衛門の言葉にはかつてのような温かみが感じられなかった。「島の奴らを引っ張ってくればいい」そういった。仕事を与えるといえば聞こえはいいが、使役しているだけのような気がしてならない。

あれ以降か。留吉は、喉に小骨が引っかかっているような嫌な思いが拭えなかった。

己のこの年月は——。

「おれ、ちょっと不安なんですよ。会頭ももう七十過ぎたでしょう。先日も具合が悪いと寝込んでいたんです。それでね、事務所は開拓当時から一緒にやって来た気心も知れている者ばかりですけど、会頭があってのこの島ですからね」

留吉ははっとして我に返る。

「医者はなんと診立てているんだ」

うーん、と多恵吉は腕を組んだ。

「歳だといってますが、本当は病じゃないかなって、おれは思っています。ほら、圧倒的な力を持つ頭が弱ると、皆がバラバラになることってあるじゃないですか。南大東島は、会頭に何かあったら、きっと鍋大将と鎌大将がしゃしゃり出て来るはずです。だから、支配人が戻ってくれれば——それに、ちょっとね、気になることもあります」

ためらいながら多恵吉が口にした。留吉は耳を疑う。

子どもたちに身の回りの世話をさせているという。子どもらの親は、半右衛門から指名されることを名誉と感じている。それは子にもいい聞かせられ、決して逆らえない、会頭の言葉は絶対だからともいい含められているのだという。

選ばれた子らは、鉛筆や帳面など文房具の褒美が与えられるらしい。


楽園？　誰のための？　留吉は呆然とした。


夕刻。とはいっても、島の陽は明るく、暑い。なんの鳥か、さえずりが聞こえる。

「半右衛門さん、ただいま帰りました」

廊下にかしこまった留吉の眼に飛び込んできた光景は何とも醜悪《しゅうあく》なものだった。

半右衛門は、椅子に腰掛け、酒を呑んでいた。テーブルの上には島で採れた色とりどりの果実と大皿に肉の煮物が山のように積まれている。別の器には、饅頭《まんじゅう》が積まれている。そうか、私の乗った船で届いたのか。

半右衛門の両側には、まだ年端もいかない子どもがビロウの葉で風を送っている。

これか、と留吉は呟いた。

「よう、留。無事に戻れてよかった。かみさんはどうした？」

「いえ、私ひとりです」

「なんだ、娘ももう嫁に行ったのだろう。東京で銭勘定していないで、こっちで夫婦ふたり呑気に暮らせばいい。傳もそこそこ頑張っているが、まだまだ商会を任せるのは心許《こころもと》ない。お前がいてくれれば安心なんだが」

「ありがとうございます」

子どもたちの顎から汗が垂れる。どれだけ、扇《あお》がせているのか、立っているのも辛そうだ。

「お身体の具合がかんばしくないと聞きましたが」

「多恵吉からか？　あいつは大袈裟なんだよ。まあ、ここは暑い。確かに年寄りの身には堪《こた》えるが、おれは元々が島生まれだ、たいしたことはない。お前もだろう？」

半右衛門は浅黒い顔を綻《ほころ》ばせた。

皺がくっきりと浮いて出る。瘦せたな、と留吉は思った。

以前よりも顔の肉も削げて、単衣《ひとえ》の襟から、浮いたあばらが覗いている。

「で、大阪の商店はどうだった？　寄ってきてくれたんだろうな」

「売れ行きは順調だそうです」

「そいつはよかった。ここはすっかり砂糖の島として名を馳せることになった。事務所で聞いたか？　もう百万近い収益を上げている。なんといっても、沖縄本島より量が多いんだ。凄いことだよ。島民にはその七割が支払われている。おい、風が弱くなってるぞ。しっかり、扇げば褒美をやるといったろう。それそれ、頑張れ、ははは」

手を伸ばした半右衛門が右側にいる子どもの頭を撫でる。子どもは首をすくめた。顔が強張り、どこか怯えているふうにも見える。

留吉は耐えきれず、口を開いた。

「子どもたちを下がらせてください」

「なぜ？　暑いじゃないか」

留吉は半右衛門の返答を聞かず、子どもたちに饅頭を与え、部屋から出した。

まったく、と、ぶつぶついいながら、半右衛門は手拭いで首元の汗を拭った。

「ところで、志賀先生はどうだった？　お喜びだったか？」

「ええ、無事に届きました。感激しておられましたよ」

半右衛門は、志賀のために、ビロウの幹で机を誂《あつら》えたのだ。

志賀に届けると、「かの島のビロウに会えるとはなぁ」と、感慨深げに机の表面を撫でていた。

「それからな、合名会社として申請した。これで、この島は玉置商会そのものになる。留、喜んでくれよ。おれはとうとう成し遂げた。南大東島は、おれの物だ」

あはは、と半右衛門が笑う。

違う。違うだろう。留吉は唇を噛んだ。玉置商会の島、おれの物。

留吉の表情を見て取ったのか、半右衛門が不機嫌な声を出した。

「なんだ、留。お前もこの玉置商会の一員なんだぞ。おれの義兄弟なのだ。どうして、そんな顔をする。まあ、おれも先は長くない。なあ、留。息子たちのためにも働いてくれよ。あいつらはまだ危なっかしいからな。おれは、お前を信じている。誰よりもな。この頃、妙に昔を思い出す。お前を横浜に連れて行ったこととかな」

留吉は俯いて、半右衛門の言葉を聞いていた。

「お前が英語を学びたいといった。おれは手を貸した。お前は商売を学んで、異人の商館番頭にまでなった。おれが睨んだ通りだったよ。おかげで、羽毛の取引もうまくいった。お前がいなければ、こんなに稼げなかったかもしれないな。すべてお前のおかげだよ」

だから、玉置商会を守ってくれ、と半右衛門はいった。

違う、やはり違う。私は――。

「それは、以前にも聞きましたよ。私がこれまで何も意見をいわずにいたのは――逆らわず従ってきたのは――恩義があったからというのはあります。しかし、ここが、半右衛門さんの終着なのですか？」

「ああ？」

半右衛門が動揺する。留吉は顔を上げた。

「こんなことのためではなかった。玉置商会はただの隠れ蓑だ。あなたは、島の王様になりたかっただけではないか」

半右衛門のこめかみがぴくりと動いた。

「なんの話だ？　留吉。おれが島の王様だって？　それじゃいけないのか？　おれはもう探検家だの冒険家だのとは違う。沖縄でも内地でも、富豪の実業家ってものになっているんだぞ。王様か、それもいいじゃないか。それでは駄目なのか」

留吉は静かにいった。

「この島は歪んでいる。人々が笑っていても、何かが違う。病院、学校は当然でしょう。ですが、商店はすべて玉置商会が経営している。外の者を入れないため競うこともない。それでは島の発展は望めない。すべてが島で完結している。引換券もそうです」

留吉は、自分で発した言葉に愕然とした。

すべてが島で完結している。まさにその通りじゃないか。半右衛門が、かつていっていた理想郷だ、楽園だ。

「何をいっているのかわからないな。引換券は、希望する者にはちゃんと国の銭に換えているぞ。年に一度、島民の預金、買い上げた砂糖代の確認をして、知らせている」

半右衛門が不機嫌にいう。

「そうでしょうか？　砂糖の代金など現金はすべて商会に入る。日本国の通貨も紙幣もここでは通用しないのですから、島民には必要がない。ゆえに、島への現金輸送は行われていません。つまり銀行に入った金はそのままで、利息を生み出す。私が、そこに気づかないとでも思っていたのですか？」

腹の底が熱くなってくる。

「現金を島民に渡さないということは、つまり、外からも内からも島への出入りは難しいということになります。島民を逃さないための方策のような気がしてならない」

「逃さないだと？　口の利《き》き方に気を付けろ、留。利息がどれほどの儲けになるというのだ。ばかも休み休みいえ」

「幼い頃の私は、八丈島には見えない壁が取り巻いていると思っていた。外海に出ることは命と引き換えなければならないのだと。その閉塞感から解放してくれたのは、確かに半右衛門さん、あなただ」

半右衛門が留吉を睨めつける。

「しかし、この島は、周囲が断崖絶壁。港とは名ばかりで、今もウィンチを使って、荷揚げをしている。人もそうだ。逃げ出したくても逃げ出せない」

「留！」

「息子を託されても、私はごめんです」

留吉は腹の底から初めて、怒りをぶつけた。

半右衛門が弱々しく唇を震わせる。

「あいつらは、馬鹿息子だ。甘くしてきたのは、おれがいなくなった後、性根を本気で入れ替えなきゃ、本当に商会は潰れると身をもって教えたかった。言葉で叱りつけてもわからない奴らだからな。本当の厳しさは自分が感じなきゃいけないんだ。だが、留、お前が見張っていてくれれば、商会はなんとかやっていけると踏んでいるんだ。頼むよ、留。この通りだ」

半右衛門は両手を合わせ、すがるような眼を留吉に向けた。留吉は視線を逸らせた。こんな半右衛門は見たくはないのだ。

「甘いですよ。なんでもいうことを聞くと思わないでください」

「お前を八丈島から連れ出したのは誰だ？　異人の商館から引き抜いたのは誰だ？」

半右衛門は、歯を剝き、濁って黄ばんだ眼を向けた。

「ウィリアム商会を救ってくれたことは感謝しています。しかし、あのとき、私があなたを頼らなければ、会うこともなかったはずだ。私から会いに行ったのではないですか！」

違うよ、と半右衛門はいった。

「おれは必ずお前と仕事をするといった。その約束は必ず果たすつもりだった。横浜にお前をおいてきたときから、おれの大事なわらしべだと信じていたんだよ」

白い眉を垂らし、すがるような顔をした。醜悪な様は見たくなかった。

「もう、額突《ぬかず》くつもりはありません」

留吉は唇を強く嚙んだ。

「私は、半右衛門さんが羨ましかった。次々と思いを遂げる熱情が尽きることがない。私は、そんな半右衛門さんを見ているのが好きだった。次は何をするのかと、わくわくさせてくれた。けれど、今は疑問を持っています。半右衛門さんは、八丈島の人々をここに閉じ込めただけだった。皆の自由を奪い、この島で働かせ、この島に縛りつけた。皆が商会の一員といえば、聞こえはいいが、ただ、労働力を搾取し、玉置商会を太らせた。それだけだった。玉置商会は、玉置王国だ。それで、きっと満足なのでしょう」

留吉はすっくと立ち上がった。

「だったら、お前も同じだろうが。無人の島で稼ぐってのはな、こういうことだ。ひとりじゃ何もできないんだよ。誰かを犠牲にして、利用する。それを責めるのか？　おれは、この無人の島を砂糖の島にした。おれは、未来に繋がる事業を興したんだ。五十年、いや百年続く、南大東島の未来を作ったんだ」

留吉は、身を翻した。

「そうさ。皆で力を合わせれば、十分やっていける島になった。なあ、そうだろう？」

媚びるような、懇願するような声が不快だった。だからこそ、気づいてほしかった。この島は玉置商会の物でも、半右衛門の王国でもないことを。

「おい、留、待て。おれはな――」

半右衛門が、懐から何かを取り出しかけたが、留吉は振り返らなかった。

東京に戻った留吉の元に、南大東島の多恵吉から書状が届いたのは、年が明け、冬の名残の雪が降った日の早朝だった。

留吉は、玉置商会を辞め、妻を連れて横浜に戻ると決め、机周りの私物を行李に詰めていたときだ。

「十一月一日　玉置商会会頭　玉置半右衛門逝去　享年七十二」

とあった。留吉は事務所の椅子に座り、天井を仰いだ。

東京へと向かう船内で倒れ、急遽、島に戻ったという。

書状を包んだ油紙の隙間から、何かがするりと床に落ちた。古い守り袋だ。

わらしべ、だ。

留吉は、袋を開けた。小さく折り畳まれた紙が詰め込まれている。まだ新しい物のようだ。

紙を引き出したとき、机上にパラパラと粉が落ちた。わらしべはもうただの粉になっていた。

留吉は、紙を指先で開いて、呻いた。

海図だ。

太平洋の島々が記されている。半右衛門の筆だろう、いくつかの島にまるが付けられていた。

尖閣諸島、印度尼西亜――。

まだ、海へ。紺碧の海へ船を出す思いがあったのか。もう歳だっていうのに。まだ誰も知らない孤島を目指すつもりだったのか。南大東島は人が暮らせる島になった。だから次を、と。

何を考えているんだ。馬鹿馬鹿しい。留吉は笑った。笑いながら、目尻を拭った。

あの日、懐から取り出そうとしたのは、この守り袋だったのだ。海図を広げ、嬉々とした顔をして、話そうと思っていたのかもしれない。

留吉ははっとした。富蔵の言葉。そうだ、思い出した。

「先を見据えて生きるなど無理な話ではあるが、愚直《ぐちょく》に信じることで、拓ける道もある。わらしべがやがて財を成すようにな。一念を通せ。怯むな」

やはり、おれはわらしべだったのか。それならば、おれにとっては、ここまで導いた半右衛門がわらしべだったのかもしれない。

常にその眼は海へ向いていた。最期まで、その身が枯れて、朽ち果てようとも。金や名誉を求めていたわけではないのかもしれない。ただ、未知へ挑むその熱情に衝き動かされ続けたのだ。諦めず、怯まず、いい歳をして。いや、歳など半右衛門にとっては、ただの年月《としつき》であっただけに違いない。命尽きるそのときまで、海を駆け巡りたかったのだ。

留吉は肩を揺らして、笑う。笑いながら目頭を押さえた。

「留、おめえも一緒に行かないか?」

半右衛門の声が耳の奥に響いた。

【参考文献】

『アホウドリと「帝国」日本の拡大　南洋の島々への進出から侵略へ』平岡昭利　明石書店
『アホウドリを追った日本人——一攫千金の夢と南洋進出』平岡昭利　岩波新書
『江戸の流刑囚　近藤富蔵』佐藤友之　三一書房
『幕末の小笠原　欧米の捕鯨船で栄えた緑の島』田中弘之　中公新書
『新編　鳥島漂着物語　18世紀庶民の無人島体験』小林郁　天夢人
『南大東村誌』南大東村誌編集委員会編　南大東村役場
『地図から消えた島々　幻の日本領と南洋探検家たち』長谷川亮一　吉川弘文館
『アホウドリ』藤澤格　刀江書院
『黎明期の大東諸島における居住地の形成——玉置時代の開拓を通して——』中山満　琉球大学法文学部紀要　史学・地理学篇
『榎本武揚の植民構想と南洋群島買収建議』高村聡史　国史学会編

【初出】
「読楽」
二〇二一年　六月、八月、十月、十二月号
二〇二二年　二月、四月、八月、十月、十二月号
二〇二三年　二月、四月、六月号掲載。
単行本化にあたり、大幅に加筆修正しました。

装幀　芦澤泰偉
装画　大竹彩奈

梶よう子　かじようこ

東京都生まれ。二〇〇五年「い草の花」で九州さが大衆文学賞受賞。「一朝の夢」で第一五回松本清張賞を受賞。『ヨイ豊』で直木賞候補、歴史時代作家クラブ賞作品賞受賞。『広重ぶるう』で第四二回新田次郎文学賞受賞。著書に「御薬園同心 水上草介」「ことり屋おけい」「みとや・お瑛仕入帖」「とむらい屋颯太」などのシリーズ、『北斎まんだら』『我、鉄路を拓かん』『雨露』などがある。

紺碧《こんぺき》の海《うみ》

二〇二四年七月三十一日　第一刷

著　者　梶よう子
発行者　小宮英行
発行所　株式会社　徳間書店
〒一四一－八二〇二　東京都品川区上大崎三－一－一
目黒セントラルスクエア
電話［編集］〇三－五四〇三－四三四九
［販売］〇四九－二九三－五五二一
振替　〇〇一四〇－〇－四四三九二

組版　株式会社キャップス
本文印刷　本郷印刷株式会社
カバー印刷　真生印刷株式会社
製本　ナショナル製本協同組合

落丁・乱丁本は小社またはお買い求めの書店にてお取替えいたします。
ISBN 978-4-19-865863-2